Jessica Love

Du und ich und die Liebe in Echtzeit

Jessica Love
arbeitet als Englischlehrerin und absolviert gerade ihren Master im kreativen Schreiben an der Spalding University. Sie gibt ihr Geld am liebsten für Konzertkarten aus und ist beinahe ununterbrochen online. Sie lebt mit ihrer Familie und zwei winzigen Hunden in Kalifornien.

Jessica Love

Du und ich und die Liebe in Echtzeit

Aus dem amerikanischen Englisch
von Anne Markus

Arena

Why do you think I call you »Ghostie«?
Mostly because you're impossible to see.
Punchline

FSC
www.fsc.org
MIX
Papier aus verantwortungsvollen Quellen
FSC® C110508

1. Auflage 2017

Die Originalausgabe erschien 2016 unter dem Titel
In Real Life bei St. Martin's Press/Thomas Dunne, New York.

Aus dem amerikanischen Englisch von Anne Markus
Umschlaggestaltung: Milena Schlosser © Arena Verlag,
unter Verwendung von Bildern von 123rf.com: © welcomia,
© Watchara Khamphonsaeng, © Jakkapan Jabjainai, © andreka,
© subbotina, © Andrii IURLOV; sowie von getty images: © wundervisuals
Gesamtherstellung: Westermann Druck Zwickau GmbH
ISBN 978-3-401-60255-4

Besuche uns unter:
www.arena-verlag.de
www.twitter.com/arenaverlag
www.facebooook.com/arenaverlagfans

1. Kapitel

Freitag

Mein bester Freund und ich haben uns noch nie getroffen.

Wir telefonieren oder chatten jeden Tag und er weiß mehr über mich als irgendjemand sonst. Alles, was mich wirklich ausmacht. Aber im echten Leben haben wir uns noch nie gesehen.

Manchmal, wenn ich mit Nick spreche, frage ich mich, wie diese seltsame, komplizierte Freundschaft eigentlich entstehen konnte. Auf den ersten Blick wirkt sie vielleicht gar nicht so anders. Wie gerade jetzt. Es ist Freitagnachmittag, der Startschuss für den Spring Break im Abschlussjahr. Ich liege neben dem Pool auf dem Rücken, lasse meine Füße im kühlen Wasser baumeln und telefoniere mit ihm. Das machen wir fast jeden Freitag zwischen halb vier und kurz vor halb fünf, bevor er zur Bandprobe muss und ich entweder in Sachen Schule oder Familie unterwegs bin. Klingt eigentlich ganz normal.

Das Problem ist nur, dass Nick in einem anderen Bundesstaat lebt, 274 Meilen von mir entfernt. Ja, ich hab's nachgeguckt.

»Ghost«, sagt er, denn er nennt mich nie Hannah, »du weißt doch, dass ich für meine beste Freundin alles tue, und das hier ist keine Ausnahme. Ich lasse dieses Mädchen aus dem Weg räumen. Kein Problem. Gib mir vierundzwanzig Stunden.«

Ich lache und ziehe meine Füße durchs Wasser. »Kein Grund, zum Mörder zu werden. Es ist nur eine blöde Konferenz. Nächste Woche bin ich drüber weg.«

Obwohl es schon ziemlich verlockend ist, Aditi Singhs vorzeitiges Ableben zu planen. Denn der einzige Grund, warum sie sich überhaupt für dieses College-Vorbereitungswochenende beworben hat – auch wenn eigentlich klar ist, dass die Reise der Jahrgangssprecherin (also mir) zusteht – ist der, dass ich an der University of California in Los Angeles angenommen wurde und sie nicht. Zeigen wir ihr also den Stinkefinger. Blöd nur, dass sie ihn nicht sehen kann, denn sie verbringt ihre Ferien in Washington, D. C., und ich hocke wie der letzte Versager zu Hause.

»Sag Bescheid, wenn du es dir anders überlegst«, sagt Nick. »Das Codewort ist ›Schnabeltier‹. Du brauchst es nur zu sagen und – zack – lasse ich sie verschwinden. So viel bedeutet mir unsere Freundschaft.«

Ich strecke mich, ziehe meine Füße aus dem Pool und setze mich in den Schneidersitz. »Und wie willst du das anstellen?«

»Hey, ich wohne in Vegas. Ich hab Verbindungen zur Mafia. Haben wir hier alle.«

»Du gehst auf die Highschool und wohnst in einer spießigen Siedlung in Henderson. Nicht gerade Al Pacino.«

»Weißt du doch nicht. Alles, was ich dir in den letzten vier Jahren erzählt habe, könnte Fassade sein. Ich brauche ja eine Tarnung. Und wer verdächtigt schon einen unscheinbaren weißen Jungen?«

»Du hast recht. Es gibt viele Dinge, die ich nicht über dich weiß. Ich meine, du könntest jede Menge Geheimnisse vor mir haben.« Das stimmt natürlich nicht. Ich sage das bloß, um mitzuspielen, denn ich bin mir ziemlich sicher, dass ich alles weiß, was es über Nick Cooper zu wissen gibt.

Ich weiß, dass meine Schwester und sein Bruder sich vor vier Jahren auf einem Konzert kennengelernt haben und fanden, wir beide sollten mal chatten, und dass er anfangs dachte, ich wäre einer der Freunde seines Bruders, der ihn reinlegen wollte, bis ich ihm ein Foto von mir mailte. Ich weiß, dass er sich irgendwann in der Elften seinen Kopf kahl rasiert hat, als sein Lieblingsenglischlehrer zur Chemotherapie musste. Ich kenne das raue Kratzen in seiner Stimme, wenn ich ihn mitten in der Nacht mit einem meiner spontanen *Mir-ist-langweilig*-Anrufe aus dem Schlaf reiße. Ich weiß, dass im Ärmel seines Rage-Against-The-Machine-Glücks-T-Shirts, das er von seinem Bruder Alex geerbt hat, ein Loch ist, weil ich es auf zahllosen Fotos gesehen habe. Ich kenne seinen zweiten Vornamen (Anthony), Datum und Uhrzeit seiner Geburt (24. September um 3.58 Uhr morgens) und seine Lieblingsfarbe (Grau). Und er weiß mehr als jeder andere über mich, sogar die oberpeinlichsten Dinge. Wir haben gechattet, gesimst, uns Millionen Fotos gemailt, uns Päckchen geschickt, geskypt und telefoniert.

Wir sind bloß noch nie zum selben Zeitpunkt am gleichen Ort gewesen.

Ich finde nicht, dass es seltsam ist, jemandem so nahe zu sein, den man noch nie getroffen hat. Klar, er wohnt in Nevada und ich in Südkalifornien, aber ich spreche öfter mit ihm als mit den Leuten, die ich schon seit dem Kindergarten kenne. Ich wünschte, wir könnten zusammen ins Kino oder irgendetwas Normales machen, aber wir sehen uns gleichzeitig dieselben Filme an und verreißen sie in Videochats, was mehr oder weniger das Gleiche ist.

Am anderen Ende der Leitung bricht sein Lachen abrupt ab und seine Stimme ändert sich. »Geheimnisse? Was für Geheimnisse sollte ich haben?«

»Wer weiß!« Ich bemühe mich, schockiert zu klingen und dabei nicht loszuprusten, schaffe es aber nicht ganz, das Lachen zu unterdrücken. »Immerhin weiß ich jetzt, dass du insgeheim ein Mafioso bist. Hast du einen Gangsternamen, mit dem ich dich ansprechen soll?«

Seine Stimme hellt sich wieder auf, als ihm klar wird, dass ich Spaß mache. »Na klar. Nick the Knife. Oder ... nein. Warte. Nick the Click.«

»Was soll das denn heißen?«

»Keine Ahnung. Es reimt sich. Reimen sich solche Namen nicht immer?«

»Mit Mafianamen kenne ich mich nicht aus, Nick the Click. Gereimt klingen sie aber nicht so gefährlich.«

Ich höre Schritte, ein Plumpsen und Quietschen auf

der anderen Seite der Leitung und stelle mir vor, wie er sich rücklings auf sein Bett fallen lässt. »Mich ärgert, dass du dich über die Sache mit der Reise so ärgerst.«

»Ich ärgere mich ja gar nicht, es ist nur ... Ich hab mich an die Regeln gehalten, Nick, ich hab genau das getan, was verlangt war. Vier Jahre als Jahrgangssprecherin bedeutet, dass ich fahren darf und nicht Aditi Singh. Jemand, der ein einziges Mal stellvertretende Jahrgangssprecherin gewesen ist, darf nicht fahren! Das hier ist *mein Jahr!* Sie hat sich nicht an die Regeln gehalten, aber gewonnen. Wie kann es sein, dass man gegen die Regeln verstößt und trotzdem alles bekommt, was man will? Das ist nicht fair.«

»Na ja, du kennst bestimmt das Sprichwort –«

»Das Leben ist nicht fair?«

»Klar, das auch. Aber ich dachte an was anderes: Regeln sind dazu da, um gebrochen zu werden.«

Stimmt, das *ist* ein Sprichwort. Das allerdings nicht mit meiner Brave-Koreanerin-DNA konform geht. Gesetze sind dazu da, um *befolgt* zu werden. Das jedenfalls wurde mir von Kindesbeinen an von meinen Eltern eingetrichtert, die nicht wirklich dem Klischee der koreanischen Drill-Eltern entsprechen, aber trotzdem ganz schön streng sind. Und ich habe mich an jede Regel gehalten, genau das gemacht, was man mir gesagt hat, und es hat immer geklappt.

Bis jetzt, wo ich mich im Spring Break zu Hause wiederfinde und mich frage, wie man eine Aditi-Singh-Voodoopuppe bastelt.

Ich hasse Regeln.

Eine Tür irgendwo in Vegas knallt und das Geräusch dringt durch mein Telefon. »Mist«, sagt Nick. »Ich muss Schluss machen, Ghost. Die Jungs sind hier.«

»Generalprobe für das Konzert? Seid ihr aufgeregt?« Nicks Band Automatic Friday hat morgen einen großen Gig als Vorband einer angesagten Vegas-Band, weil die Jungs im Februar einen Band-Wettbewerb an der University of Nevada gewonnen haben. Ich wusste schon immer, dass sie großartig sind, mal abgesehen von ihrem einfallslosen Namen – die ganze elfte Klasse hab ich versucht, Nick dazu zu bringen, ihn zu ändern –, und ich finde super, dass sich endlich auch andere von ihnen überzeugen können.

»Hm, mal sehen. Statt der üblichen Geburtstags-Gartenpartys ist Automatic Friday Vorband für Moxie Patrol im verdammten House of Blues auf dem Las Vegas Strip! Wahrscheinlich ist das unsere einzige Chance, jemals wie eine echte Band in einem echten Club aufzutreten. Sagen wir mal, der Begriff ›aufgeregt‹ trifft nicht ganz die helle Panik, die hier herrscht.«

»Übrigens, ich komme zu eurem Konzert«, sage ich. »Ich werde in der ersten Reihe stehen. Mit einem *Ich-liebe-Nick*-Schild. Wirfst du dein Plektrum nach mir?«

»Nee«, sagt er, »ich werfe meine Gitarre nach dir.«

»Hallo? Gehirnerschütterung!« Wir prusten beide los. »Aber ich wünschte, ich könnte wirklich dabei sein.«

Er schweigt, denn uns beiden ist klar, dass die Wahrscheinlichkeit, Automatic Friday jemals live zu hören, für mich genauso hoch ist wie die, mir ein Körperteil piercen zu lassen, in das keine Löcher gehören.

»*Das* ärgert mich jetzt tatsächlich«, sage ich. »Okay, ich lege auf. Grüß Oscar von mir.«

»Mach ich. Hast du unser Päckchen bekommen?«

»Oh, ja! Das T-Shirt ist super. Ich hab's heute in der Schule angehabt.« Genau, nachdem ich die letzte Nacht darin geschlafen habe. Das schwarze T-Shirt mit ihrem Bandnamen in Knallrosa auf dem Schlagzeug, wobei das A und das F aus Drumsticks bestehen, ist das beste Geschenk, das er mir je geschickt hat. Ich schätze, die Schokokugeln in Form meines Katers Bruce Lee, die ich letzte Woche geschickt habe, sind gut angekommen.

»Das T-Shirt-Design ist von Oscar. Er wollte, dass du auch eins bekommst.«

»Sag ihm Danke von mir.« Ich schaue lächelnd an meinem T-Shirt herunter und streiche es glatt. »Jetzt muss ich mir was besonders Kreatives einfallen lassen.«

»Ich warte am Briefkasten. Bis später, Ghost.«

»Schreib mir, wenn ihr mit der Probe fertig seid.«

Wenn wir uns verabschieden, habe ich nie das Gefühl, unser Gespräch sei zu Ende. Mir fallen immer hundert andere Sachen ein, die ich noch sagen wollte, sobald wir aufgelegt haben, aber das hebe ich mir alles für später auf, denn bei uns gibt's immer ein Später.

Ich schleppe mich auf den Rasen zurück, strecke mich aus und lasse mein Gesicht von der Nachmittagssonne wärmen, während ich wie jeden Freitag zwischen 16.26 Uhr und 16.45 Uhr in einem Tagtraum versinke. Nach unseren Gesprächen fange ich an zu fantasieren und stelle mir vor, wie es wäre, mit Nick im wirklichen Leben etwas zu unternehmen, ihn in echt zu erleben, anstatt nur virtuell befreundet zu sein. Heute male ich mir sogar aus, wie ich auf einem ihrer Konzerte bin: Er an der Gitarre, ich jubele und tanze wie eine Verrückte im Publikum und ...

»Was träumst du gerade, Freaky? Du grinst von einem Ohr zum anderen. Sieht gruselig aus.«

Die Schiebetür knallt zu, ein Zeichen, dass in ein paar Sekunden Lo, meine beste Freundin aus dem wirklichen Leben, neben mir stehen wird. Sie wohnt während des Spring Breaks bei uns, genau wie meine Schwester Grace, die im vierten Jahr an der UCLA studiert, während meine Eltern irgendwo in Mexiko ihren fünfundzwanzigsten Hochzeitstag mit einer Kreuzfahrt feiern. Mom und Dad wollten, dass Grace ein Auge auf Lo und mich hat, aber wie ich meine Schwester kenne, wird es genau umgekehrt sein.

»Ach, du weißt schon«, sage ich beim Aufstehen. Während ich mir das Gras von der Jeans klopfe, bemühe ich mich, Nicks Bild aus meinem Kopf zu bekommen. »Hab nur darüber nachgedacht, einen Mafiaboss anzuheuern, um Aditi Singh aus dem Weg zu räumen. Nichts weiter.«

Lo hat sich umgezogen und ihre Schulklamotten – Jeans und Kapuzenjacke – gegen ein kurzes geblümtes Kleid getauscht. Darunter trägt sie ihren Bikini und ihre langen, lockigen schwarzen Haare, die sie normalerweise im Pferdschwanz trägt, fallen ihr über die Schultern. Sie mustert mich von oben bis unten und schüttelt den Kopf. »Du hast eben mit Nick telefoniert, stimmt's?«

Ich zucke mit den Schultern. Als beste Freundin im echten Leben weiß Lo alles über Nick. Na ja, nicht *alles* –

wenn es um meine Freundschaft mit Nick geht, bin ich selbstsüchtig und behalte eine ganze Menge für mich. Aber auch so ist Lo schon seit Jahren davon überzeugt, dass ich heimlich in ihn verliebt bin. In letzter Zeit zickt sie rum, wenn ich von ihm spreche. Keine Ahnung, vielleicht ist sie eifersüchtig. Lo steht nicht gern an zweiter Stelle.

Sie lässt ihre Reisetasche auf den Rasen fallen und setzt sich drauf.

»Hannah, du kennst meine Meinung. Es wird höchste Zeit, dass du da mal etwas unternimmst. Genau darüber haben Grace und ich eben in der Küche gesprochen.« Sie streckt sich auf dem Rasen aus und ruft nach meiner Schwester, die sich gerade über den Kühlschrank hergemacht hat, als ich nach draußen gegangen bin, um mit Nick zu telefonieren. »Grace! Komm raus! Kriegsrat!«

Ich stöhne. »Es ist wirklich nicht nötig, dass du Grace da mit reinziehst.«

Aber es ist zu spät, ein paar Sekunden später ist Grace bei uns. Sie trägt ihre übliche Uniform: schwarze Jeans, schwarzes T-Shirt mit dem Logo irgendeiner unbekannten Punk-Band mit merkwürdigem Namen, fetten Eyeliner um die Augen. Sie wirft sich auf eine der Liegen am Poolrand, ein Puten-Sandwich klemmt in ihrem Mund.

»Worum geht's?«, fragt sie und beißt von ihrem Brot ab.

»Wir müssen das mit Hannah und Nick noch einmal durchsprechen«, sagt Lo. »Hannah, wo liegt das Problem? Wieso habt ihr beiden euch immer noch nicht getroffen? Du chattest mit ihm seit, na, was ... vier Jahren?

Das ist eine verdammt lange Zeit. Bist du sicher, dass er echt ist?«

Ich schüttele den Kopf, als könnte ich damit die lästigen Fragen verscheuchen. »Er wohnt in Las Vegas, Lo. Er geht nicht nur einfach auf eine andere Schule. Und natürlich ist er echt. Du kannst Grace fragen, durch sie habe ich ihn kennengelernt.«

Grace nimmt die Arme hoch und wedelt mit ihrem Sandwich. »Oh nein. Mich lässt du aus dem Spiel. Ich hab seinen Bruder ein einziges Mal auf einem Konzert getroffen und eine Minute mit ihm gesprochen, wenn's hochkommt. Das war noch auf der Highschool. Ich weiß überhaupt nichts über diesen Typen.«

»Aber du weißt, dass Alex echt ist. Und Nick und Alex sehen sich total ähnlich, also ist dir auch klar, dass er kein Internet-Troll oder so was ist.« Ich habe Grace Fotos von Nick gezeigt. Wir sind einer Meinung, dass er mit seinen verwuschelten braunen Haaren, der schwarzen dick gerahmten Brille und seinem breiten, offenen Lächeln wie ein Doppelgänger seines Bruders aussieht, der Grace vor so vielen Jahren auf einem Konzert aufgefallen ist. Auf den ersten Blick ist der komplett tätowierte Arm von Alex das einzige Merkmal, das die Cooper-Brüder unterscheidet.

Grace zuckt mit den Schultern und macht sich wieder über ihr Sandwich her. »Wie auch immer.«

Ich streiche meine Haare zurück und drehe sie in einem Knoten zusammen. »Ich meine, Las Vegas ist vier Stunden weg und dazwischen ist eine Staatsgrenze. Moms und Dads Meinung dazu kennst du ja.«

Lo steht auf und geht am Rand des Pools auf und ab. »Überleg mal, Hannah. Du bist so gut wie volljährig. Du hast ein Auto. Ich geh mal davon aus, er kann fahren. Wenn ihr wolltet, könntet ihr euch treffen. So wahnsinnig weit ist das doch gar nicht.«

»Wir haben's einmal versucht«, werfe ich ein. »Es ist nichts draus geworden und –«

»Und was?« Grace hat ihr Sandwich gegessen und klaubt sich die Krümel von ihrer schwarzen Jeans, als suche sie einen Schatz. »Klar, dieses eine Mal ging total daneben und hauptsächlich war es meine Schuld. Ich fühle mich übrigens immer noch schlecht deswegen. Aber warum habt ihr es nie wieder probiert?«

Lo beendet ihr Herumgerenne und stellt sich neben meine Schwester, Schulter an Schulter, eine Front. »Hannah, das ist Jahre her. Seit diesem Tag hat sich einiges geändert.«

Dieser Tag gehört zu meinen bittersten Enttäuschungen. Zuerst war ich fast ein bisschen erleichtert, als unser Plan ins Wasser fiel. Aber dann habe ich mir doch gewünscht, ich könnte die Zeit zurückdrehen und noch einmal von vorne anfangen.

Lo weiß, wie meine Eltern sind. Mom hat mir verboten, hinzufahren und mich mit Nick zu treffen. Und wenn Mom irgendetwas verbietet, kann ich nicht einfach losziehen und es trotzdem machen. Ich meine, ich bin ja nicht Grace. Nicht mal ansatzweise.

Grace und Lo starren mich weiter an. So unter Druck, wenn jemand versucht, mich aus meiner sicheren Ecke zu drängen, reagiere ich nie gut. Das Bedürfnis, ihren

Fragen zu entkommen, ist heftig. Anstatt also zu antworten, benehme ich mich total reif und verdrehe die Augen. Dann mache ich mich möglichst ungezwungen auf in Richtung Haus, dem sicheren Zufluchtsort vor ihrem Psychoterror. »Ich muss aufs Klo«, rufe ich ihnen über die Schulter zu.

Ich muss natürlich überhaupt nicht und gehe stattdessen nach oben in mein Zimmer. Ich brauch einfach eine Pause, also lasse ich mich auf mein Bett fallen und klicke mich durch meinen iPod, bis ich *Ghost in the Machine* gefunden habe, eine der Playlists, die Nick für mich zusammengestellt hat. Es ist ein Mix aus Songs von Automatic Friday und anderen Indie-Bands mit ähnlichen langsamen Stücken.

Auf diese Playlist ist hundertprozentig Verlass, lauter Songs über unerwiderte Liebe, wie ich sie schon immer am liebsten höre. Ich starte die Musik und muss lächeln, als die ersten vertrauten Töne und die rauchige Stimme des Sängers den Raum erfüllen.

Ich kann nicht zählen, wie oft ich zu diesen Songs eingeschlafen bin, wie oft ich damit im Auto durch die Gegend gefahren bin, mit aufgedrehten Lautsprechern, bis sie meine Gedanken ganz erfüllten und keinen Raum mehr für etwas anderes ließen. Und es hat Momente gegeben, ganz besonders in letzter Zeit, in denen mich ein Liedtext so berührt hat, dass ich wünschte, Nick hätte ihn geschrieben, nur für mich. Ein absurder Gedanke, denn so ist das nicht zwischen uns, da läuft nichts. Überhaupt nichts. Aber diese Musik hat etwas an sich, das mich in andere Welten versetzt.

Ich hab Nick nach dem Sänger gefragt, Jordy MacDonald, und ob die Leidenschaft in seinen Liedern aus Liebeskummer entstanden ist oder ob seine Freundin ihn dazu inspiriert hat. Nick meinte, dass Jordy ein echter Player sei, und mir war klar, dass damit kein Instrument gemeint war. Er erzählte, Jordy hätte jedes Wochenende eine Neue und dass die anderen Bandmitglieder sich nicht einmal mehr die Mühe machten, sich ihre Namen zu merken. Ich wurde wütend, weil Nick wie ein Obermacho klang, aber er schwor mir, er hätte nur Spaß gemacht und zählte aus dem Stegreif die Namen der letzten zwölf Mädchen auf, die Jordy abgeschleppt hatte, mit Vor- und Nachnamen. Er beschrieb mir ihr Aussehen plus die abfälligen Bemerkungen, die Jordy am nächsten Tag über sie gemacht hatte. Ich gab es auf, an Jordys empfindsame Seite zu glauben und irgendeine Bedeutung in den Texten zu suchen. Aber der Wunsch danach ist geblieben.

Weil ich gerade an Nick denke, ziehe ich mein Handy aus der Tasche und schicke ihm eine Nachricht, auch wenn ich bezweifle, dass er mir antwortet, denn er hat Bandprobe.

Ich hoffe, ihr spielt morgen meine Lieblingssongs.

Ich bitte ihn immer darum, mir bei unseren Videochats meine Lieblingssongs wenigstens auf der Gitarre vorzuspielen, aber das ist ihm zu peinlich. Mir bleibt also nichts anderes übrig, als mir vorzustellen, wie er sie auf Konzerten spielt.

Mein Handy piept. Er hat mir fast sofort geantwortet. Seltsam.

Machen wir doch immer, Ghost.

Ich schaue aus dem Fenster. Lo hat sich bis auf den Bikini ausgezogen und ist in den Pool gesprungen. Sie lässt sich auf meiner Delfin-Luftmatratze treiben und unterhält sich mit Grace, die es sich auf dem Liegestuhl bequem gemacht hat. Los Nicken nach zu urteilen, kaut Grace zum hunderttausendsten Mal die Trennung von ihrem langjährigen Freund Gabe durch, mit dem sie bis vor Kurzem zusammengewohnt hat. Im Moment scheint sie von nichts anderem reden zu können. Wenigstens weint sie nicht mehr. Was schon mal eine positive Entwicklung ist.

Und *das*, Freunde, ist mein total verrücktes, wildes Leben. Es ist der letzte Spring Break meines Schullebens und ich verbringe ihn mit Lo und Grace am Pool. Wie an all den anderen Wochenenden, seit Grace Schluss gemacht hat, werden wir schwimmen und zusammen rumhängen. Meine Eltern sind im Urlaub, wir stehen kurz vorm College und eigentlich sollte ich irgendetwas Aufregendes machen. Stattdessen drohen die langweiligsten, vorhersehbarsten Frühlingsferien aller Zeiten, mich umzubringen. Aditi Singh hat sich meinen Platz auf der College-Konferenz unter den Nagel gerissen und mein bester Freund ist unter die Rockstars gegangen und spielt mit seiner Band im, Trommelwirbel bitte, verdammten House of Blues in Las Vegas.

Dass ich mich die letzten siebzehn Jahre an die Regeln gehalten habe, hat mich schlichtweg nirgendwohin gebracht. So darf das auf keinen Fall weitergehen.

2. Kapitel

Sommerferien nach der zehnten Klasse

Den Tag, an dem Nick und ich uns beinahe getroffen hätten, werde ich nie vergessen.

Unser Beinahe-Treffen nahm seinen Anfang und sein jähes Ende in den Sommerferien nach der zehnten Klasse. Die Nachricht, die alles in Gang setzte, bekam ich, als ich ausgestreckt auf meinem Bett lag und wie alle Streber versuchte, die Ferienlektüre für meinen Zusatzkurs in Englisch gleich hinter mich zu bringen.

Ruf mich an, wenn du eine Sekunde hast, Ghost. Ich habe eine verrückte Frage.

Ich warf einen Blick auf die Uhr. Grace war von der UCLA auf dem Weg nach Hause, wir hatten uns mit Mom zum Mittagessen verabredet. Aber wie üblich war sie spät dran, denn Grace-Zeit hat mit echter Zeit nichts zu tun. Ich drückte auf die Kurzwahltaste mit Nicks Nummer.

»Wolltest du nicht mit deiner Schwester essen gehen?«

»Nicht einmal ein Hallo?«

»Entschuldige. Hi, Ghost. Ich dachte, du wärst beim Mittagessen.«

»Ach, du kennst doch Grace. Sie ist noch gar nicht hier. Und wenn sie aufkreuzt, will sie bestimmt erst einmal ihre Wäsche waschen. Bei ihrem Tempo wird ein Abendessen draus.« Ich lachte. »Was gibt's?«

»Sitzt du?«

»Ja?«

»Ich wollte dir einen total verrückten Vorschlag machen.«

»Nein. Ich werde keine Bank mit dir ausrauben.«

»So verrückt ist er nun auch wieder nicht. Aber fast.«

Ich markierte mir die Seite in *Schlachthof 5 oder Der Kinderkreuzzug,* griff hinter mich, um mein Kissen zurechtzurücken, und setzte mich auf. »Ich höre.«

»Okay, jetzt, wo wir beide unseren Führerschein haben, finde ich, wir sollten uns treffen. Ich meine, in echt treffen.«

Ich schnellte in die Höhe. In echt? Ich und Nick? Was? Das ging nicht. Das wäre viel zu merkwürdig. Was würden wir denn sagen? Es wäre furchtbar peinlich. Und falsch. Und die Welt könnte untergehen. Und ... nein.

Nein.

»Ghost? Bist du noch dran?«

»Äh, ja, ich bin bloß überrascht. Das kommt völlig unerwartet.« Hallo, Untertreibung des Jahrhunderts.

»Ich hab schon alles geplant. Du sollst natürlich nicht den ganzen Weg hierherfahren und ich hab keine Ahnung, ob mein schrottreifer Pick-up es ganz bis zu dir schafft, aber wir können uns in Barstow treffen. Das ist ungefähr in der Mitte und total am Ende der Welt, aber es gibt da einen coolen McDonald's in einem alten

Eisenbahnwaggon. Und ein kleines Outlet-Center. Bestimmt gibt es auch ein Kino oder so. Wir werden uns schon nicht langweilen. Nicht, dass wir uns langweilen könnten. Nicht, wenn wir zusammen sind.«

Er ratterte sämtliche Pläne herunter, die er sich für unser Treffen in Barstow überlegt hatte, aber ich hing immer noch an der Tatsache, dass er mich überhaupt treffen wollte. Seit zwei Jahren hatten wir Kontakt – meist online, aber seit Neuestem auch direkt am Telefon oder per SMS –, doch irgendwie war er für mich, warum auch immer, nie eine echte Person gewesen. Sich im echten Leben zu treffen, war mir ganz ehrlich noch nie in den Sinn gekommen.

Und dann bestand ja die Möglichkeit, dass wir uns trafen und gar nicht mochten. Was, wenn wir nicht miteinander klarkämen? Was, wenn die Unterschiede zwischen uns, die am Telefon witzig und spannend klangen, im wahren Leben einfach zu groß wären? Mit einem Treffen setzten wir unsere Freundschaft und das, was wir hatten, aufs Spiel und ich war mir nicht sicher, ob ich dieses Risiko eingehen wollte.

»Du sagst ja gar nichts, Ghost. Was hältst du davon?« Seine Stimme war höher als sonst, so schnell sprach er. »Komm, lass uns das machen.«

»Okay«, sagte ich, aber nicht sehr überzeugt. Das hier war einer dieser kritischen Momente in einer Freundschaft, fuhr es mir durch den Kopf, die einen entweder zusammenschweißten oder alles zerstörten. Ich wollte das zwischen uns nicht kaputt machen und ich wollte nicht, dass er merkte, wie unsicher ich war. Nicht, dass er glaubte, mein Zögern würde damit zusammenhängen, dass ich uns infrage stellte. Das tat ich nicht. Ich konnte mir einfach nur nicht vorstellen, wie unsere virtuelle Freundschaft im wahren Leben aussehen würde.

»Okay? Super.« Ich konnte sein Lächeln praktisch hören. »Dann müssen wir uns nur noch auf einen Tag einigen und entscheiden, wo wir uns treffen und so weiter.«

»Und ich muss meine Eltern fragen, ob sie mir überhaupt erlauben, so eine weite Strecke zu fahren.« Sobald ich das gesagt hatte, wurde mir klar, dass ich immer noch meine Eltern als Ausrede benutzen konnte, wenn ich mich gegen den Plan entschied. Manchmal können meine Eltern cool sein, sehr viel cooler als die Eltern einiger anderer Asiatinnen, mit denen ich befreundet bin, meistens sind sie allerdings ziemlich streng. Aber mal ganz ehrlich, selbst antiautoritäre Eltern hätten ein Problem damit, ihre sechzehnjährige Tochter ans Ende der Welt fahren zu lassen, um sich mit irgendeinem wildfremden Typen zu treffen, den sie aus dem Internet kennt, oder?

Welche Sechzehnjährige hofft eigentlich darauf, dass ihre Eltern so einen verrückten Wunsch ablehnen? Lo würde die Krise kriegen.

Natürlich nur, wenn ich ihr davon erzählte.

»Wenn sie dir nicht erlauben, alleine zu fahren, nimm doch Lo mit. Ich würde mich freuen, sie kennenzulernen.«

Verdammt, das wäre ja noch schlimmer. Lo wusste zwar, dass es Nick gab, aber viel mehr auch nicht. Ich hatte so gar keine Lust, ihr die Einzelheiten zu erklären. Lieber würde ich alleine fahren und riskieren, als Opfer eines anonymen Internet-Axtmörders zu enden, nur damit ich alles für mich behalten konnte.

»Also, ich weiß ja nicht, wie das in Nevada ist, aber laut kalifornischem Gesetz darf ich keine Minderjährige mitnehmen, und mit Grace oder meinen Eltern fahre ich nicht.«

»Dann nur wir beide, Ghost.«

»Wenn wir uns im echten Leben treffen, kannst du mich nicht mehr Ghost nennen. Dann bin ich kein Geist mehr, sondern real.«

Nick hatte mir diesen Spitznamen nach ungefähr einem Jahr gegeben, während einer unserer spätabendlichen Unterhaltungen, die mit dem Verriss eines schrecklichen Films begann, den wir beide am Abend zuvor zufällig gesehen hatten, und in einer ungewöhnlich ernsthaften Diskussion unserer seltsamen Freundschaft endete.

Er hatte mir gestanden, dass er glaubte, ich wäre zu gut, um wahr zu sein. Dass er manchmal das Gefühl hätte, ich könnte gar nicht echt sein. Er hatte mich gefragt, warum ich mich eigentlich noch mit ihm unterhielt, wo wir doch so weit voneinander entfernt wohnten. Ich wiederum gestand ihm, dass ich so jemanden wie ihn in meinem echten Leben noch nie kennengelernt hätte, was ich absolut positiv meinte. Unsere Unterhaltungen wären der Höhepunkt meines Tages. Er stimmte mir zu und meinte, ich würde ihn den ganzen Tag begleiten, selbst wenn er mich nicht sehen könnte, wie ein Geist. Ich war froh, dass wir nur chatteten, denn bei dieser Beschreibung wurde ich so rot, dass ich dachte, mein Gesicht würde diese Farbe für den Rest meines Lebens behalten.

Das war der Abend, an dem Ghost aus der Taufe gehoben wurde, und seitdem nannte er mich so.

Ich hatte nie einen Spitznamen für ihn gefunden, der eine ähnliche Bedeutung hatte.

»Keine Sorge«, sagte er. »Du bleibst Ghost, was auch immer passiert.«

Ich war überrascht, wie erleichtert ich war. Vielleicht würde sich gar nichts ändern, wenn wir uns trafen.

»Ich muss dir allerdings etwas gestehen. Vermutlich wird's blöd klingen – also bitte nicht lachen, okay?« Er hüstelte und ich hörte ihn auf und ab gehen. »Weißt du, irgendwie hab ich Angst, dass du mich nicht magst. Im echten Leben bin ich nämlich eine Niete. Ich kann nicht reden und so. Ich bin total peinlich. Ich sag immer das Falsche und vermassele alles.«

Ich schüttelte meinen Kopf, auch wenn ich wusste, dass er mich nicht sehen konnte. »Ich glaub dir kein Wort. Wir unterhalten uns fast jeden Tag und du hast noch nie etwas vermasselt.«

Er senkte seine Stimme und flüsterte ins Telefon: »Weil ich mich nicht verstecken muss. Das hier ist nicht echt und deshalb bist du der einzige Mensch, mit dem ich mich wirklich unterhalten kann, Ghost. Du bist der einzige Mensch, mit dem ich jemals wirklich gesprochen habe.«

Ich konnte mir kaum vorstellen, dass er im wahren Leben so viel anders war als jetzt, wusste aber auch, dass es leichterfiel, ganz man selbst zu sein, wenn man keine Rolle spielen musste. Ohne ältere Geschwister, ohne Band oder Musterschüler-Fassade. »Na gut, dann sei einfach nur du, so wie jetzt, und ich verspreche dir, dass ich dich nicht seltsam finden werde.«

Wir redeten, bis Grace irgendwann auftauchte, und verabredeten uns für den folgenden Donnerstagmittag. Wir würden uns in Barstow beim Eisenbahnwaggon-McDonald's treffen und dann weitersehen. Wir würden allein kommen und wieder nach Hause fahren, bevor es dunkel wurde. Wir mussten nur noch unsere Eltern fragen. Na ja, er nicht wirklich. Sein Dad, der seit dem Tod von Nicks und Alex' Mom – Nick war damals acht gewesen – in seiner eigenen Welt lebte, bekam kaum mit, was Nick tat.

Sein Bruder dagegen hatte ihn schon immer damit aufgezogen, dass wir uns nie trafen. Tatsächlich hatte ich sogar den Verdacht, dass Alex' ständige Sticheleien der Auslöser dafür waren, dass Nick mir den Vorschlag gemacht hatte.

Meiner Mum den Plan zu verkaufen, würde nur mit einem Wunder klappen, aber vielleicht hätte ich bessere Chancen mit Grace im Rücken. Schließlich hatte sie mir Nick ja sozusagen vorgestellt, nachdem sie Alex auf dem Konzert kennengelernt hatte. Alex war vier Stunden gefahren, um seine Lieblingsband, Strung Out, auf einem nicht öffentlichen Konzert bei uns in der Nähe spielen zu hören. Danach hatte Grace noch ein paar Wochen mit ihm gechattet, bis ihr langweilig wurde und sie sich etwas Neuem zuwendete. Das war typisch Grace. Sie war das Teufelchen auf meiner Schulter, das mich ständig zu irgendwelchen Dummheiten anstachelte.

Zwei Stunden später passte ich beim Mittagessen einen

günstigen Moment ab, um das Thema anzuschneiden. Zu meinem Glück gab mir Grace das perfekte Stichwort.

»Na, wie geht's Nick?«

»Welcher ist Nick noch mal?« Mom nippte in unserer Restaurantnische an ihrem Kaffee und warf mir einen vielsagenden Blick zu, als würde ich ihr eine pikante Einzelheit verschweigen. Ich wollte sie gerade beruhigen, doch Grace kam mir zuvor.

»Du weißt schon, Hannahs Internet-*Freund.*«

Ich verdrehte die Augen.

»Ach so, der, dem wir die Unmengen von Nachrichten rund um die Uhr zu verdanken haben. Gott sei Dank müssen wir nicht mehr für jede einzelne Nachricht Gebühren zahlen wie damals, als Grace in deinem Alter war.«

»Die guten alten Zeiten«, sagte Grace und nahm einen großen Bissen von ihrem Panini mit Hackfleischbällchen.

»Nick ist nicht mein Freund. Nicht im Entferntesten. Und ihm geht's gut«, sagte ich. »Er hat mit seinen Freunden eine Band gegründet.«

»Tritt wohl in die Fußstapfen seines Bruders.« Grace wischte sich die Tomatensoße vom Mund. »Wie lange willst du diese Online-Beziehung eigentlich noch fortsetzen? Oder hast du vor, ihn für den Rest deines Lebens von Weitem anzuhimmeln?«

»Wir sind bloß befreundet, okay?«, fauchte ich. »Nichts von wegen Beziehung. Und anhimmeln tue ich ihn auch nicht.«

»Wer's glaubt, wird selig«, sagte Grace. »Ihr unterhaltet

euch zu allen Tages- und Nachtzeiten. Das ist mehr als Freundschaft. Nicht mal mit Lo sprichst du so viel.«

»Lo sehe ich jeden Tag in der Schule. Ich unterhalte mich mit ihr zehnmal so oft, das bekommst du bloß nicht mit.« Ich stieß Grace unter dem Tisch gegen das Schienbein. Auch wenn ich mir nicht hundertprozentig sicher war, ob ich Nick überhaupt treffen wollte, sollte sie nicht alles ruinieren, bevor ich Mom überhaupt gefragt hatte. »Und übrigens wollte ich sowieso was mit Mom besprechen.« Ich drehte mich zu Mom. »Ich, äh, ich hab überlegt, ob ich mich vielleicht, also, ob wir uns treffen können. Nächsten Donnerstag.«

Sie kniff ihren Mund zusammen. »Wo wohnt er?«

»In Las Vegas«, sagte Grace mit dem Mund voller Kartoffelchips.

Mom machte das grimmigste *Natürlich-nicht*-Gesicht, das ich je bei ihr gesehen hatte. Okay, gegenüber Grace benutzte sie es regelmäßig, aber was mich betraf, war es ein Erstauftritt. Wieso beherrschen Mütter diesen Blick so gut?

»Aber ich will nicht den ganzen Weg bis nach Vegas fahren«, sagte ich und gab Grace noch einen Tritt. »Das wäre ja Wahnsinn, oder? Wir wollen uns auf halbem Weg treffen. In Barstow.«

Moms Gesicht entspannte sich etwas, genug, um mich hoffen zu lassen. Sie schien viel eher bereit, mir zuzuhören, wenn es nur um Kalifornien ging. »Barstow ist zwei Stunden entfernt, Hannah. Ich halte das für keine gute Idee.«

»Ich bringe den Wagen vorher noch zum Ölwechsel, prüfe den Reifendruck und achte darauf, dass ich alles dabeihabe. Und ich melde mich jede Stunde bei dir.« Ich setzte mein süßes Unschuldsgesicht auf. Grace hatte es mir in den Sommerferien vor der sechsten Klasse beigebracht und über die Jahre hatte es mir gute Dienste erwiesen. »Bitte, bitte, Mom? Wir chatten und telefonieren schon seit Ewigkeiten. Wir sind *befreundet.* Wir wollen uns sehen.«

Bis jetzt war mir selbst noch nicht so klar gewesen, wie ich zu dem Treffen stand, aber als ich Mom erklärt hatte, wie wichtig es mir war, wusste ich, dass es stimmte.

Ich *wollte* ihn sehen.

Im echten Leben.

Mom runzelte die Stirn. »Aber allein darfst du nicht fahren, sonst brauchen wir gar nicht weiter darüber zu diskutieren. Kann Lo nicht mitkommen?«

»Das wäre toll, aber ich darf sie nicht im Auto mitnehmen.«

»Ich komme mit«, sagte Grace. Ich verengte meine Augen und warf ihr einen Blick über den Tisch zu, den sie mit einem teuflischen Grinsen erwiderte. »Keine Sorge, ich werde dich schon nicht blamieren. Ich sorge nur dafür, dass ihr euch anständig benehmt.«

»Grace! Ich hab dir doch gesagt, dass wir nur befreundet sind. Und musst du Donnerstag nicht an der Uni sein oder so?«

»Nee. Mein Sommerkurs war schon voll. Und ich hab doch nur Spaß gemacht. Ich misch mich nicht ein. Komm wieder runter.« Sie lachte. »Und vergiss nicht, so brauchst du deinen Freundinnen nichts von ihm zu sagen. Bei mir ist dein Geheimnis gut aufgehoben.«

»Wieso weiß Lo nichts von diesem Jungen?« Mom beugte sich zu mir, als ob ich sie gleich in etwas total Verbotenes einweihen würde. Pah! Wenn dem so wäre, würde ich *ihr* bestimmt nichts davon erzählen.

»Lo weiß, wer Nick ist.« Ich lehnte mich in meiner Ecke zurück. »Sie weiß nur nicht so viel von ihm.«

Mom tippte mir auf die Schulter, damit ich mich wieder gerade hinsetzte, was ich tat.

»Vor deinen Freunden solltest du keine Geheimnisse haben, Hannah.« Grace konnte Moms tadelnde Stimme perfekt nachmachen. Mom und ich starrten sie mit vernichtenden Blicken an.

»Es reicht, Grace.« Mom legte die Hände um ihre Kaffeetasse und wandte sich wieder mir zu. »Also gut, von mir aus kannst du fahren, aber nur unter der Bedingung, dass Grace mitkommt. Und ich muss erst noch mit eurem Vater sprechen.«

Ich grinste. Ich hatte so gut wie gewonnen. Dad war zwar ein Topanwalt und superstreng, was Zensuren und Hobbys betraf, aber wenn es um seine Frau und seine Töchter ging, wurde er weich wie ein Teddybär. »Danke, Mom.« Ich legte meinen Kopf auf Moms Schulter und sie strich mir über mein Haar.

In der Nacht vor unserem Treffen konnte ich kaum schlafen. Doch schon beim Aufstehen wusste ich, dass alles schiefgehen würde. Ich konnte es förmlich in der Luft spüren. Unheil. Überall.

Mit Grace fing es an.

Ich sprang aus dem Bett, ohne dass mein Wecker mich

wecken musste, und wollte ins Badezimmer, um zu duschen, aber die Tür war abgeschlossen. Auf der anderen Seite hörte ich ein ekelhaftes Würgegeräusch.

Ich hämmerte gegen die Tür. »Was ist los, Grace? Lebst du noch?«

Die Antwort brauchte ich gar nicht erst abzuwarten. Ich wusste, was passiert war. Sie hatte die Nacht nicht mehr in ihrem Zimmer in L.A. verbracht, sondern war gestern schon nach Hause gekommen, um ihre Wäsche zu waschen und ein paar anständige Mahlzeiten abzugreifen, bevor wir losfuhren. Mom und Dad hatte sie gesagt, sie sei mit ihrer Freundin Priya verabredet, um ins Kino zu gehen. In Wirklichkeit hatte sie sich aus dem Haus geschlichen, um sich mit ihren Exfreund Patrick zu treffen – Mom und Dad nannten ihn immer »Der, dessen Name hier nicht genannt wird« –, was bedeutete, dass sie zu irgendeiner Party gegangen war und sich hatte volllaufen lassen. Und deswegen hing sie über der Toilette. Grace hatte einen üblen, üblen Kater.

»Bitte sag mir, dass du nicht Auto gefahren bist«, rief ich durch den Türspalt.

»Patricks Freund hat das Auto nach Hause gefahren«, stöhnte sie.

Sobald ich mich davon überzeugt hatte, dass Grace weder im Sterben lag noch umgebracht werden musste, weil sie betrunken Auto gefahren war, arbeitete ich an Plan B: Mom davon überzeugen, dass ich die Fahrt auch alleine schaffen konnte.

Doch als ich mit unserem Kater Bruce Lee als Schutzschild auf meinem Arm die Treppe hinunterkam, stand

Mom tropfnass in der Küche, ihre Kleidung klebte ihr am Leib.

»Was ist denn mit dir passiert?«

Wenn Blicke töten könnten, hätte Mom einen Atomkrieg auslösen können. »Deine Schwester«, sagte sie, »hat gestern Abend mein Auto genommen, weil ihr Tank leer war. Und sie hat die Fenster offen gelassen.«

»Und es regnet?« Ich hatte noch gar nicht nach draußen geschaut, aber jetzt konnte ich den Regen gegen das Erkerfenster in der Küche trommeln hören und stöhnte.

»Heftiges Sommergewitter«, sagte Mom. Das Wasser tropfte aus ihren Haaren und lief an ihrem Gesicht herunter. »Das Auto ist komplett durchgeweicht.«

Patricks blöder Freund hatte die blöden Autofenster offen gelassen. Unglaublich. Ich machte den Mund auf, ohne wirklich zu wissen, was ich sagen wollte, doch Mom unterbrach mich.

»Heute fährst du nirgends mehr hin.«

»Aber Mom ...«

Bruce Lee, der auf Spannungen genauso allergisch reagierte wie ich, wand sich aus meinem Arm und hinterließ ein paar ordentliche Kratzer, als er an mir herunterkletterte.

Verräter-Katze.

»Deine Schwester hat eine Lebensmittelvergiftung und übergibt sich in einer Tour. Ich lasse meine sechzehnjährige Tochter doch nicht allein durch die Wüste fahren, damit sie sich mit einem Jungen treffen kann, den sie nur aus dem Internet kennt.«

»Aber –«

»Und schon gar nicht, wenn es in Strömen gießt. Du hast deinen Führerschein erst ein paar Monate, Hannah, und noch keine Fahrpraxis bei diesem Wetter. Du weißt doch, die Kalifornier können bei Regen einfach nicht fahren. Tut mir leid, aber daraus wird nichts. Versuch gar nicht erst, mich zu überreden.«

Tränen brannten in meinen Augen. Mom tropfte immer noch, aber sie kam auf mich zu und versuchte, mich in den Arm zu nehmen. Das war das Letzte, was ich jetzt brauchte. Ich drehte mich um, stürmte in mein Zimmer und sank auf meinen Schreibtischstuhl. Den Blick starr auf den Laptop gerichtet, fragte ich mich, wie ich das Nick beibringen sollte.

Wenn unser Treffpunkt näher gewesen wäre oder wenn es nicht geregnet hätte oder wenn Grace, wie vereinbart, einfach nur ins Kino gegangen wäre oder wenn irgendjemand die bekloppten Fenster zugemacht hätte oder tausend andere Sachen, wäre es mir vielleicht gelungen, Mom zu überreden. Aber anscheinend hatte sich das gesamte Universum gegen mich verschworen.

Ich überlegte kurz, Mom zu erzählen, dass ich mit Lo wegfahren würde, und stattdessen heimlich nach Barstow aufzubrechen, egal wie nass die Sitze waren. Die Vorstellung, mich mal nicht an Regeln zu halten und mich über ein striktes Verbot hinwegzusetzen, war aufregend. Aber noch während ich mit dem Gedanken spielte, kamen schon die Was-wäre-Wenns. Ich könnte eine Reifenpanne haben. Ich könnte mich verfahren. Nick könnte sich als Entführer-Mörder-Vergewaltiger herausstellen und niemand wüsste, wo man nach meiner zerstückelten Leiche suchen sollte.

Ich nahm die Andenkenmünze in die Hand, die Nick mir letzten Monat mit der Post geschickt hatte – das erste Geschenk, das er mir je gemacht hatte. Die Münze stammte aus dem Circus Circus Hotel & Casino in Vegas und klebte auf der Rückseite einer *Las-Vegas-Strip-bei-Nacht*-Postkarte. Ich hatte mich mit einer Andenkenmünze bedankt, die ich mir vor ein paar Jahren in Disneyland gekauft hatte. Sie zeigte die drei trampenden Geister aus der Geistervilla.

Ich strich mit meinem Zeigefinger über das Clownsgesicht, das auf die Münze geprägt war. Wie albern von mir zu denken, ich könnte gegen die Regeln verstoßen. Das war Grace' Spezialgebiet, nicht meins.

Und außerdem, wieso wollte ich überhaupt hinfahren? Was brachte das? Ich war mit Nick befreundet, aber mehr auch nicht. Es war nicht nötig, dass wir uns persönlich trafen.

Ich konnte mir nicht erklären, warum, aber irgendwie war ich erleichtert, dass dieser ganze Mist passiert war. Vielleicht gab es einen guten Grund, warum alles schiefgelaufen war.

Hannah: *Schlechte Nachrichten.*
Nick: *bitte nicht*
Hannah: *Es regnet.*
Hannah: *Ehrlich gesagt schüttet es. Ganz plötzlich.*
Nick: *neinnnnnnnnnnnn*

Hannah: *Und Grace ist krank. Sie hat sich gestern volllaufen lassen und kotzt die ganze Zeit.*
Nick: *neinnnnnnnnnnnnnnnnnnnnnnnnnnnnnn*
Hannah: *Und sie hat das Auto ruiniert.*
Hannah: *Als ob das Universum entschieden hat, heute alles an mir auszulassen.*
Nick: *du kommst also nicht?*
Hannah: *Ich kann nicht.*
Hannah: *Tut mir leid.*
Hannah: *Bist du noch da?*
Nick: *ja*
Nick: *bin bloß enttäuscht*
Nick: *ich hatte mich so gefreut*
Nick: *wir verschieben es auf ein andermal, ja?*
Nick: *ja?*

3. Kapitel

Freitag

Vielleicht liegt es am neuen Song von Automatic Friday, den ich auf Dauerschleife gestellt habe; dieses Lied, bei dem Jordys kratzige Stimme so echt klingt, als würde er neben mir auf meinem weißrosa getupften Bettüberwurf sitzen und für mich singen. Vielleicht liegt es daran, dass die Band morgen auf einem richtigen Konzert in einem richtigen Club spielt und dass ich nicht dabei sein werde. Vielleicht liegt es an der Erinnerung an diesen verdammten Tag, an dem Nick und ich uns treffen wollten, und dieser seltsamen Mischung aus Bedauern und Erleichterung, dass alles schiefgelaufen war, eine Mischung, die mich bis heute, fast zwei Jahre später, verfolgt. Vielleicht liegt es an meiner Wut auf Aditi Singh, wenn ich an ihre geschürzten Lippen denke, als Mrs Marx ihr sagte, sie wäre die erste stellvertretende Jahrgangssprecherin in der gesamten Geschichte unserer Schule, die nach Washington fahren durfte. Oder vielleicht liegt es am Anblick der Clown-Münze, die leicht angestaubt auf meiner Kommode liegt.

Keine Ahnung, was genau es ist, vermutlich alles zusammen, das mich dazu bringt, mir die Münze zu schnappen und in den Garten zu rennen, bevor ich überhaupt merke, dass meine Beine sich in Bewegung gesetzt haben. Lo lässt sich immer noch im Pool treiben und Grace, die im College vermutlich nie isst, futtert sich gerade durch eine Dose Pringles.

»Was haltet ihr von der Idee, nach Vegas zu fahren?«, platze ich heraus, während ich noch die Schiebetür hinter mir zuziehe.

»Waaas?« Grace verschluckt sich und spuckt ein paar Chipsstückchen aus.

»Grace, igitt!«

»Tut mir leid«, entschuldigt sie sich und wischt sich mit ihrem Ärmel die Krümel aus dem Gesicht. »Ich glaub, ich sitze im falschen Garten. Was hast du gesagt?«

Diesmal atme ich tief ein und langsam wieder aus und lasse mir jedes einzelne Wort durch den Kopf gehen, bevor ich es ausspreche: »Wir drei. Spring Break. Lasst uns morgen nach Las Vegas fahren und zu Nicks Konzert gehen. Es ist wirklich wichtig und ich möchte da sein.«

Ich kann buchstäblich sehen, wie sich die Räder in ihrem Kopf drehen, als Grace verarbeitet, was ich eben gesagt habe. Grace, die ihre Teenie-Jahre damit verbracht hat, aus dem Fenster zu klettern, um unter der Woche auf Punkrock-Konzerte zu gehen. Grace, die ständig versucht, mich dazu zu bringen, etwas anzustellen, irgendetwas, was nicht von mir erwartet wird. Dass ich mal gegen eine Regel verstoße, egal wie belanglos sie ist.

Ihr Lächeln nimmt fast ihr ganzes Gesicht ein.

»Hast du wirklich das gesagt, was ich meine, gehört zu haben?« Lo hüpft aus dem Pool, schnappt sich ein Handtuch von Grace' Liege und wickelt sich darin ein, alles in einer gefühlten halben Sekunde. Sie baut sich direkt vor mir auf und das Wasser tropft aus ihren langen Haaren auf meine Füße. »Hast du, Hannah Cho, mustergültige Schülerin, Tochter und Bürgerin, eben allen Ernstes vorgeschlagen, dass wir heimlich nach Las Vegas fahren, in die *Stadt der Sünde*, um diesen Typen zu besuchen, den du nie persönlich kennengelernt hast, ohne vorher unsere Eltern zu fragen?«

Ich stecke die Münze in meine Hosentasche. »Scheiß auf unsere Eltern«, sage ich, zucke aber zusammen, als die Worte aus meinem Mund kommen. »Nein, so meine ich das nicht. Ich liebe Mom und Dad. Ich meine, scheiß auf die Regeln. Scheiß auf die Leute, die mir alles vorschreiben wollen.« Ich fühle mich voller Energie. Lebendig. »Es ist bloß für eine Nacht. Morgen fahren wir hin, gehen zum Konzert, übernachten in einem Hotel und fahren am nächsten Tag wieder nach Hause. Sie werden nie dahinterkommen, dass wir nicht die ganze Zeit hier waren.«

Grace platzt beinahe vor Freude, als sie von ihrem Liegestuhl aufspringt und mich fest in die Arme schließt. »Ich wusste es! Ich wusste, dass du es in dir hast! Manchmal hab ich mich gefragt, ob wir wirklich verwandt sind, aber ich wusste, dass du eines Tages etwas total Verbotenes tun und mich richtig stolz machen würdest.«

Lo klinkt sich in unsere Umarmung ein, aber weil sie immer noch triefend nass ist, schütteln wir sie ab. Ihrer

Freude scheint das allerdings nichts anhaben zu können. »Ich wollte schon immer nach Vegas«, ruft sie und hüpft von einem Fuß auf den anderen. »Und ich wollte schon immer Zeuge werden, wie du deine Musterschülerin-Ketten sprengst und die verrückte Hannah rauslässt. Ein echtes Girls-Gone-Wild-Event!«

»Übertreib mal nicht«, sage ich. »Ich habe eine Strickjackensammlung. Ich bin nicht wirklich der Girls-Gone-Wild-Typ.«

»Oh nein«, sagt Grace. »Wenn schon, denn schon. Wir durchforsten Los Kleiderschrank. Sie hat doch diese ganzen heißen Teile –«

»Moment mal«, ruft Lo dazwischen.

»Und wir stylen dich so auf, dass du dich selbst nicht wiedererkennst. Oh, und Nick ... Mann, der wird sterben, wenn er dich sieht.«

»Kommt wieder runter, Mädels.« Ich hebe meine Hände und trete von Lo und Grace zurück, die mich anschauen, als wäre ich eine Art Projekt für den Kunstunterricht. »So ist das nicht zwischen uns.«

Grace prustet los. Sie kriegt sich überhaupt nicht wieder ein und fällt nach hinten auf den Liegestuhl.

»Was ist daran so lustig?«, frage ich.

»Natürlich ist da was zwischen euch«, japst sie und versucht, sich zusammenzunehmen. Hilfe suchend schaue ich Lo an, denn sie weiß, dass Nick und ich nur befreundet sind. Von meinen Gefühlen beim Hören seiner Playlists weiß sie nichts, aber ihr ist klar, dass ich in den letzten paar Jahren eine ganze Reihe von Freunden hatte; ich gehöre also *nicht* zu den Mädchen, die sich nach ihrem besten Freund verzehren. Tatsächlich bin ich gerade zum ersten Mal seit langer Zeit wieder Single. Ich brauche ein bisschen, um über die Katastrophe mit Josh Ahmed hinwegzukommen, weil ich dachte, er sei *der Richtige*. Ich meine, ich habe eigentlich nicht vor, mich ernsthaft mit jemandem einzulassen, bevor ich aufs College gehe. Was nicht bedeutet, dass ich etwas für Nick empfinde oder er für mich. Nein.

Ja, genau, und deswegen erwarte ich von Lo, dass sie mich vor Grace in Schutz nimmt, die heile Familie mit ihrem Ex gespielt und wahrscheinlich gar nicht gemerkt hat, wie wenig Nick-bezogen mein Leben in Wirklichkeit ist. Doch stattdessen stellt Lo sich neben Grace, hakt sich mit ihrem nassen Arm bei ihr unter und sagt: »Na klar, Hannah. Dich hat's schlimm erwischt.«

Worauf ich mich da eingelassen habe, wird mir erst richtig klar, als Lo nach Hause sprintet, um Klamotten zusammenzusuchen, und ich mit einer hellauf begeisterten Grace im Wohnzimmer zurückbleibe. Meine Schwester hüpft auf dem Sofa herum und tippt wie eine Wilde auf ihrem Handy, während ich mit meinem Hin-und-her-Gerenne eine Krisenspur im Wohnzimmerteppich hinterlasse.

»Wo sollen wir übernachten? Wie buchen wir ein Hotel, ohne dass Mom und Dad es merken? Wir können nur mit unserer Notfall-Kreditkarte bezahlen und ich glaube kaum, dass wir das hier als Autopanne, Brand oder Verletzung verkaufen können.«

Grace schaut von ihrem Handy auf. »Hey, wenn du beschließt, etwas Durchgeknalltes zu machen, heißt das für mich Großalarm. Wir müssen die Gelegenheit nutzen, bevor du es dir anders überlegst.«

Ich werfe ihr einen bösen Blick zu, aber sie wischt ihn mit einer Handbewegung weg.

»Ich schreibe Nick.« Ich greife über den Sofatisch, um mein Handy aus dem Ladekabel zu ziehen. »Vielleicht hat er ja eine Idee, wo wir übernachten können.«

»Nein!« Grace wirft sich über das Sofa und schnappt sich mein Handy, bevor ich es zu fassen bekomme. »Keine Nachricht. Das soll eine Überraschung werden.«

»Warum?«

»Weil das so viel mehr Spaß macht. Stell dir seinen Blick vor, wenn du beim Konzert auftauchst. Er wird total ausflippen.«

Tief im Bauch spüre ich, wie falsch es ist, Nick bei so etwas Großem außen vor zu lassen, bei etwas, das alles verändert. Bei dem Gedanken, daraus ein Geheimnis zu machen, ballt sich mein Magen wie eine Faust zusammen. Selbst wenn es nur vierundzwanzig Stunden sind, selbst wenn es ein Spaß sein soll. Ich erzähle Nick alles. Na gut, fast alles. Jedenfalls mehr als irgendjemand anderem. Sogar mehr als Lo.

Aber dann male ich mir das Szenario aus, das Grace geplant hat: Nick mit der Band im House of Blues. Auf der Bühne an der Gitarre. Er sieht mich im Publikum. Der Moment, als er mich erkennt. Das Lächeln. Die Umarmung. Die Begeisterung.

Das ist der Augenblick, den ich in so vielen Tagträumen heraufbeschworen habe, der Augenblick, den ich für immer verloren glaubte, seit ich beschlossen habe, dass ein Treffen mit Nick nie stattfinden würde. Seit ich mein Gefühl der Erleichterung über meine Enttäuschung siegen ließ.

Ich kann ein Geheimnis für eine Nacht bewahren, wenn das bedeutet, dass es diesen Augenblick geben wird.

»Okay. Na gut. Überraschung.« Ich löse meine Haare aus ihrem Knoten, schüttele sie und stecke sie wieder hoch. »Dann haben wir aber immer noch das Hotelproblem.«

Grace springt vom Sofa, gibt mir mein Handy und einen Klaps auf den Po. »Oh, das ist schon erledigt. Mithilfe von *Rocker.«*

»Rocker? Wie meinst du das?« Ich habe keine Ahnung, was ihr Praktikum bei der Zeitschrift *Rocker* mit einem Hotel zu tun haben soll, aber ich bin ganz Ohr.

»Na ja, dieses Praktikum war ein Streitpunkt zwischen Gabe und mir, wie du weißt –«

»Einer von vielen, ja.«

Grace verdreht die Augen. »Egal, seit wir Schluss gemacht haben, hab ich mich da voll reingekniet. Ich hab versucht, ein paar Geschichten vorzuschlagen«, sagt sie. »Ich dachte mir, weil sie ja schon jede Menge Experten in Sachen L.-A.-Musikszene in der Redaktion sitzen haben, könnte ich mich ein bisschen um Vegas kümmern. Um Bands, die aus Las Vegas kommen. Meine Redakteurin steht auf so was.« Sie sieht sehr zufrieden mit sich aus und es ist beruhigend zu sehen, wie das alte Selbstvertrauen in ihr Gesicht zurückkehrt. Das Beziehungsende mit Gabe hätte Grace beinahe zerstört; ich hatte schon

Angst, er hätte ihr Selbstvertrauen mitgenommen, als er sie verlassen hat.

»Aber du bist doch nur Praktikantin«, sage ich. »Du kochst Kaffee und machst Kopien. Du schlägst keine Geschichten vor.«

Sie wühlt in ihrer abgetragenen Ledertasche und zieht ein Notizbuch hervor. Triumphierend reißt sie einen pinken Zettel heraus und hält ihn mir unter die Nase. »Schau dir das an.«

Quer über das Blatt steht gekritzelt: *Super Idee für eine Geschichte, Grace! Ich würde gerne mehr in dieser Art von dir hören. Weiter so.*

Ich schüttele den Kopf und werfe ihr den Zettel wieder zu. »Und?«

»Eben hab ich meiner Redakteurin eine Nachricht geschickt, dass ich nach Las Vegas fahre. Anscheinend spielt sie regelmäßig mit hohen Einsätzen im Planet Hollywood, und als ich ihr sagte, dass ich für eine Geschichte recherchieren wollte, wenn ich schon mal dort bin, hat sie meinen Ehrgeiz gelobt und mir ihren Sondertarif angeboten. Kannst du's glauben?«

»Na ja, ein Rabatt ist super, Grace, aber was ist mit den restlichen Kosten?«

»Mädel, ich weiß, dass du dein Taschengeld hortest. Tu nicht so, als wärst du total arm. Und Mom und Dad haben mir für die ganze Woche Geld zum Einkaufen gegeben. Ich finde, so dient es einem viel besseren Zweck.«

»Besser als Essen? Du verhungerst doch ohne deinen endlosen Käsecrackervorrat.«

»Das ist es wert.« Grace stößt mich mit dem Ellenbogen

an. »Sag nicht, dass ich mich noch nie für dich aufgeopfert hätte, kleine Schwester.«

Ich lasse mich aufs Sofa fallen. Bis jetzt war diese ganze Sache nicht mehr als Gerede. Und auf einmal haben wir ein Hotelzimmer. Heißt das … fahren wir wirklich nach Las Vegas?

»Ich weiß nicht«, sage ich. »Ich gebe es ja ungern zu, aber ich glaube, ich hab mich geirrt. Das gibt Ärger. Mom und Dad werden es herausfinden. Nick wird gar nicht wollen, dass ich komme. Ich werde dahinterkommen, dass er irgendein perverser alter Knacker ist oder so. Das Ganze ist eine schreckliche Idee. Lasst uns einfach zu Hause bleiben und Netflix gucken bis zum Abwinken.«

»Hannah«, sagt Grace und greift nach meiner Hand. Ihre Miene wird ernst und traurig. »Ich brauche das. Ich muss hier raus. Ich bin gar nicht mehr ich selbst, seit …« Sie beendet den Satz nicht, aber das ist auch nicht nötig. Selbst wenn Grace nicht mehr zu Hause wohnt, verbringt sie immer noch jede Menge Zeit bei uns und ich musste aus erster Hand mit ansehen, wie sehr sie die Sache mit Gabe mitgenommen hat. Gabe war ein gruseliger Freund, kontrollsüchtig und halsstarrig, und meine Schwester, die eigentlich ihren eigenen Willen hat, buckelte vor ihm und ist zu einem ganz anderen Menschen geworden. Als er mit ihr Schluss gemacht hat, war sie am Boden zerstört. Stück für Stück kommt wieder die alte Grace zum Vorschein, aber es dauert länger, als wir alle erwartet haben.

»Ich weiß.«

»Ich muss bloß … mir ist klar, wir tun das hier deinetwegen, aber auch für mich.« Sie lässt meine Hand los und spielt geistesabwesend mit dem Schlüsselanhänger ihrer silbernen Tiffany-Kette, ein Geschenk von Mr Arschloch höchstpersönlich. Ich wünschte, sie würde sie nicht mehr tragen. »Ich will nach Vegas fahren, damit ich mal was anderes unternehme, als immer nur rumzuhocken und an ihn zu denken, verstehst du?« Ihre Stimme wird leise. Wie aus der Ferne. Aber dann schüttelt sie die düstere Stimmung genauso schnell ab, wie sie gekommen ist, und lässt den Anhänger zurück auf ihre Brust fallen. »Du weißt, wovon ich spreche. Du hast ja auch gerade erst Schluss gemacht.«

Stimmt, Josh Ahmed, mein letzter auf-dem-Papier-perfekter Freund, und ich haben uns kurz vor Weihnachten getrennt. Aber wir wissen beide, dass meine Trennung im Vergleich zu ihrer Kinderkram war.

»Okay. Wir fahren.«

»Großartig«, sagt sie und ihr Gesicht leuchtet auf. »Ich freue mich ja so für dich, dass du morgen Abend endlich mit diesem Typen rummachen kannst.«

»Grace, schmink dir das ab. Ich werde definitiv nicht mit ihm rummachen.« Ich stoße sie an. »Ich hab dir doch gesagt, dass es zwischen mir und Nick anders ist.«

Aber das heißt nicht, dass ich nie daran gedacht habe.

4. Kapitel

Vor vier Monaten

Stunde der Wahrheit: Tatsächlich denke ich oft daran, wie es wäre, mit Nick zusammen zu sein.

Wenn ich ganz ehrlich bin, sogar die ganze Zeit. Aber ich habe mich gezwungen, mir etwas vorzumachen, und irgendwie habe ich meinen eigenen Lügen geglaubt, auch wenn das gar keinen Sinn macht, wenn man darüber nachdenkt.

Es begann alles an dem Abend, an dem ich mit Josh Ahmed Schluss machte.

»Hey, Ghost«, sagte Nick, nachdem er sein Handy nach dem ersten Klingeln abgehoben hatte. Ich habe keine Ahnung, wann und wie es passiert ist, aber irgendwann hat sich unsere Beziehung geändert: Erst war er nur jemand, mit dem ich mich ab und zu online unterhielt, dann jemand, mit dem ich mir regelmäßig Nachrichten auf dem Handy schrieb, bis er zum ersten Menschen wurde, den ich anrief, wenn ich jemanden brauchte.

»Hast du Zeit?«

»Was ist passiert?«

Ich wusste, dass meine Stimme verzweifelt klang. Ich war verzweifelt. Ich war gerade erst aus dem Haus meines Freundes gestürmt. Total aufgewühlt und den Tränen nahe, bemühte ich mich, nicht den Verstand zu verlieren und meine Würde und mein Selbstwertgefühl zu bewahren, denn all das drohte, meinem zitternden Griff zu entgleiten. Doch jetzt war Nick da. Er würde dafür sorgen, dass es mir wieder besser ging. Das tat er immer.

Ich keuchte ins Handy und versuchte, wieder zu Atem zu kommen.

»Sag was, Ghost. Geht's dir gut? Was ist los?« Man hörte ihm an, dass er Angst um mich hatte. Seine Stimme klang zögernd. Behutsam. Er konnte ja nicht wissen, ob ich überfallen, von jemandem angezündet oder von Außerirdischen entführt worden war.

»Bleib dran, ja?«, sagte ich. »Ich bin auf dem Weg nach Hause. Rede ein paar Minuten mit mir. Erzähl mir, was du machst, während ich laufe.« Es war dunkel und die Straßen menschenleer. Josh hatte mich vorhin abgeholt, und als ich so überstürzt aus seinem Haus gelaufen war, hatte ich nicht daran gedacht, dass ich keine Rückfahrmöglichkeit hatte. Vor mir lagen fünfunddreißig Minuten Fußmarsch. Aber ein langer Spaziergang würde mir guttun. Genug Zeit, um mich wieder einzukriegen.

»Äh, ich war mit Alex und seiner neuen Freundin essen«, sagte er. »Sie hatte eine Freundin von außerhalb dabei und er wollte angeben und mit den beiden in dieses lächerliche Schickimicki-Restaurant im Caesars Palace gehen. Total überteuert – und ich musste natürlich für mich selber *und* für die Freundin bezahlen. Sie fand's aber klasse. Vermutlich ein gutes Zeichen, auch wenn ich wie immer den absoluten Superdeppen gegeben habe.«

»Wie heißt sie?« Ich wunderte mich über den Anflug von Eifersucht, als er das fremde Mädchen erwähnte. Gleichzeitig war ich dankbar für den Stich, denn so konnte ich wieder ruhiger atmen und musste einen Moment nicht weinen.

»Die Freundin? Kate.«

»War sie süß?«

»Keine Ahnung. Sie hat zu viel geredet. Sie konnte ihr Handy nicht eine Sekunde aus der Hand lassen. Ich bin mir ziemlich sicher, dass sie mich auf den Mond gewünscht hat.«

Beruhigend. »Was habt ihr denn bestellt?«

Ich kickte einen Kieselstein auf dem Bürgersteig vor mich her, froh über die Ablenkung und seine Gesellschaft auf meinem erniedrigenden Weg nach Hause, während er in aller Ausführlichkeit seine Tortilla mit Hühnchen beschrieb.

»Das klingt lecker«, murmelte ich.

»Das war es auch.« Er hustete. »Geht's dir jetzt wieder besser?«

»Ich hab eben mit Josh Schluss gemacht.«

»Oh Ghost. Das tut mir leid. Was ist passiert?«

»Darf ich dich etwas Persönliches fragen?« Er wusste fast alles über mich, aber zwischen uns herrschte die unausgesprochene Regel, dass der *echte* persönliche Kram tabu war. Er sprach über seine Freundinnen, erzählte mir aber nie Einzelheiten. Er wusste, dass ich Freunde gehabt hatte, aber sehr viel hatte ich nicht über sie preisgegeben. Doch er war der einzige Mensch, mit dem ich in diesem Moment reden konnte, und deshalb musste ich gegen unser Tabu verstoßen. Ich war noch nicht so weit, dass ich Grace oder Lo oder sonst irgendjemanden, der Josh im echten Leben kannte, einweihen konnte.

»Du kannst mich alles fragen. Das weißt du doch.«

»Ja klar, aber ich meine etwas richtig Persönliches. Etwas, über das wir normalerweise nicht reden.«

»Ach so.« Er hustete. So wie man hustet, wenn man eine Verlegenheitspause überbrücken muss. »Warte kurz.« Ich hörte die Tür, als er sie zumachte, und ein Quietschen, als er sich auf sein Bett setzte. »Okay. Was wolltest du mich fragen?«

»Das klingt bestimmt komisch. Normalerweise sprechen wir über so was nicht. Aber bist du ... äh, ich meine, hast du ...«

»Nein«, sagte er, bevor ich meine Frage beenden konnte. »Habe ich nicht.«

»Nicht mal mit Christine?« Seine letzte Freundin. Es war ziemlich ernst zwischen den beiden gewesen. Ich dachte, sie hätten, aber egal. Allerdings hatte er mir erst von ihr erzählt, als sie schon wieder Schluss gemacht hatten. »Warum nicht?« Auch wenn er sich selbst für unbeholfen hielt, sah Nick gut aus und anscheinend standen jede Menge Mädchen auf ihn. Dass ein Junge wie er an unserer Schule immer noch Jungfrau wäre, konnte ich mir kaum vorstellen. Selbst die totalen Idioten an unserer Schule hatten Sex.

»Keine Ahnung. Ich lasse nicht viele Menschen an mich heran, Ghost. Und mit ihr war es ... na ja, es fühlte sich nicht richtig an.« Seine Stimme war ganz leise geworden. Als wäre er gar nicht am anderen Ende der Leitung, sondern bloß ein Gedanke in meinem Kopf.

»Ja, ich weiß, was du meinst.« Ich stieß einen langen Seufzer aus. »Ich hätte beinahe ... äh, du weißt schon, mit Josh gerade eben. Wir haben schon seit Wochen darüber gesprochen. Und ich dachte, es wäre der richtige Zeitpunkt und er der richtige Junge und ich wäre so weit. Aber dann ...« Ich stoppte, bevor ich zu sehr ins Detail gehen konnte. »Aber anstatt mich sexy zu fühlen, hatte ich das Gefühl, mich übergeben zu müssen.«

Nick lachte.

»Lach mich nicht aus.«

»Ich lache nicht über *dich*. War das bei deinem Freund damals in der achten Klasse nicht genauso?«

»Was?«

»Erinnerst du dich nicht? Als wir gerade angefangen hatten zu chatten? Wie hieß er noch gleich? Jeremy Martinez. Du hast mir erzählt, er hätte versucht, dich zu küssen oder so, und dir wurde übel. Du hast deine Mom angerufen und sie gebeten, dich von der Schule abzuholen.«

»Daran erinnerst du dich noch?« Unfassbar. Ich konnte mich ja kaum selbst daran erinnern.

»Ich erinnere mich an jedes Wort, das du mir gesagt hast, Ghost.« Seine Stimme klang ernst und ich glaube, der Tonfall traf uns beide unerwartet, also brach er in Gelächter aus, wahrscheinlich, um die Anspannung ein bisschen zu lösen. »Ich habe ein Gedächtnis wie ein Elefant. Aber egal, ich ... ich kann's nachvollziehen.«

»Wirklich?«

»Ist mir auch schon so gegangen. Wenn's so richtig heiß wird ...«

»Du hast nicht gerade ›heiß‹ gesagt ...«

»... und ich voll dabei sein sollte, und eigentlich bin ich das auch, aber dann bin ich ... keine Ahnung, irgendwie nicht dabei. Als wäre ich irgendwo anders.«

»Genau!« Kaum zu glauben, dass es ihm genauso ging wie mir. Ich fühlte mich gleich nicht mehr so allein.

»Ich hab schon ein paar Freunde gefragt, was die dazu meinen, und Alex.«

»Was haben sie gesagt?« Ich blieb stehen, setzte mich auf den Bordstein und lehnte mich an einen Laternenpfahl.

»Dass das nicht normal sei.«

»Oh.«

»Vermutlich sind wir also beide Freaks. Jedenfalls, wenn es nach Alex geht. Obwohl der mich natürlich sowieso für einen Freak hält.«

Ich malte mit meinem Zeigefinger Kreise auf meine Jeans. »Glaubst du, wir waren bloß nervös? So was wie Lampenfieber? Geht es dir auch so, wenn du mit der Band auf der Bühne stehst?«

Er begann wieder zu husten, wie vorhin. »Äh, Lampenfieber bekomme ich nicht. Aber wenn ich in der Schule ein Referat halten muss oder so, werde ich schon ein bisschen nervös. So fühlte sich das aber nicht an.«

»Stimmt. Bei mir war es auch keine normale Unsicherheit.« Dann sagte ich, ohne nachzudenken: »Ich frage mich, ob das mit –«

»Mit wem?« Er unterbrach mich hastig und eine Welle der Erleichterung durchfuhr mich, weil ich meinen Satz nicht beenden musste.

Ich stand auf und lief wieder los, als könnte ich mit dem Ort auch das Thema wechseln. »Äh. Jemand anderem.«

Eigentlich hatte ich *»mit dir«* sagen wollen. Ich hatte überlegt, ob ich mich bei Nick auch so unsicher fühlen würde, einem Jungen, den ich schon so lange und so gut kannte. Aber das Thema klammerten wir aus. Dass wir uns als echte Menschen betrachteten. Wir waren Geister. Geister gab es nicht im echten Leben. Einen Geist konnte man nicht berühren.

Aber ich nahm mir trotzdem eine Sekunde, eine Sekunde nur, um das Bild in meinem Kopf entstehen zu lassen: dasselbe unsichere Fummeln wie eben mit Josh, nur diesmal mit Nick. Ich war mir ziemlich sicher, dass Nick größer war als Josh und auch etwas schlanker, wenn die Fotos von ihm der Wirklichkeit entsprachen. Ich ließ die Szene vor meinem inneren Auge aufleuchten – ich, wie ich perfekt an Nicks Brust passte. Nicks Arme um meinen Körper.

Mehr als eine Sekunde verging, ich weiß. Ein paar Sekunden, mindestens. Ich sagte nichts mehr, weil meine Gedanken mich ganz gefangen nahmen und ich völlig vergessen hatte, dass Nick am Telefon war und nicht hier bei mir. Ich ließ Gedanken zu, die ich mir nie zuvor erlaubt hatte. Ich dachte auf eine Art und Weise an Nick, von der ich mir versprochen hatte, sie nie, niemals zuzulassen. Ich verlor mich in meiner Fantasie.

»Ghost.«

Seine Stimme riss mich aus meinen Gedanken. Ich hatte gar nicht gemerkt, dass ich mitten auf dem Bürgersteig stehen geblieben war. Was war in mich gefahren? Hatte ich eben wirklich von Nick fantasiert? Meine Wangen brannten und ich war heilfroh, dass das hier kein Videochat war.

»Entschuldige.« Ich war völlig durcheinander. »Ich hatte ...« Mir eben ausgemalt, mir dir allein zu sein. Und mich gefragt, wie deine Haut riecht. Mir vorgestellt, in deinen Armen zu liegen.

»Wo bist du gerade gewesen?« Seine Stimme nahm einen sanften Klang an, den ich nicht bei ihm kannte, und mir war klar, dass er wusste, woran ich gedacht hatte. Ich hatte keine Ahnung, woher, aber er wusste es, und seine Stimme klang beinahe ... machte er sich etwa Hoffnungen? Nein.

»Hast du an –«

»Ich hab an Josh gedacht«, sagte ich schnell. Ich musste das Thema wechseln. Ich konnte Nick nicht sagen, dass er es gewesen war, an den ich gedacht hatte, dass ich verbotenes Land zwischen uns betreten hatte.

Ihm das zu gestehen, könnte unsere Freundschaft ruinieren. Und unsere Freundschaft war etwas, das ich auf keinen Fall riskieren wollte.

»Oh, verstehe«, sagte er mit einem nervösen Lachen. »Ich dachte, du hättest vielleicht ... egal.«

Wir verbrachten die nächste Stunde – viel länger, als ich nach Hause brauchte – damit, über belangloses Zeug zu sprechen, und ich vergaß darüber Josh. Aber mir gelang es nicht, das Bild, das ich von Nick heraufbeschworen hatte, aus meinem Kopf zu verbannen. Das war das erste Mal, dass ich in Nick mehr als nur einen Freund sah.

Aber nicht das letzte Mal.

5. Kapitel

Samstag

Es könnte der Lärm im Badezimmer sein, der mich aus dem Schlaf reißt, aber in Wahrheit habe ich keine Ahnung, ob ich überhaupt je eingeschlafen bin. Die ganze Nacht haben sich meine Gedanken panisch im Kreis gedreht und ein Szenario nach dem anderen durchgespielt, wie sich unser Ausflug nach Vegas in einen Höllentrip verwandeln könnte, ein Bild unwahrscheinlicher als das andere. Ich meine, mir ist schon klar, dass es auf unserer Fahrt durch die Mojave-Wüste keine Lawinen gibt, unter denen wir in Grace' SUV begraben werden und uns entscheiden müssen, wen von uns wir essen, um zu überleben, aber versuch das mal meinem überdrehten Gehirn klarzumachen.

Und jedes Mal, wenn ich dachte, ich würde wegdriften, fing Lo – die mit einer Pizza und zwei Tüten voller sexy Klamotten zurückgekommen und sofort auf meinem Fußboden eingepennt war – so laut an zu schnarchen, dass Nick sie vermutlich in Vegas hören konnte.

Vielleicht ist es also der Krach, der mich weckt, oder

vielleicht bin ich halb wach und in Gedanken bereits auf dem Weg nach Vegas, aber irgendetwas an diesem Poltern im Badezimmer und dem Gurgelgeräusch, das folgt, versetzt mir einen angstvollen Stich ins Herz. In Sekundenschnelle bin ich aus dem Bett und auf den Füßen. Lo sägt immer noch ganze Wälder auf dem Fußboden, das heißt also, der Lärm im Badezimmer muss von Grace kommen.

Oh nein. Nicht schon wieder.

Ich renne durch den Flur, springe über Bruce Lee und hämmere gegen die Badezimmertür.

»Was machst du da drin, Grace? Sag ja nicht, dass du gestern Abend weggegangen bist und dir die Kante gegeben hast, denn wenn du mir das noch einmal antust, nehme ich das Auto und fahr ich dich über den Haufen. Ich schwör's dir.«

Erst als ich aufhöre, gegen die Tür zu hämmern, merke ich, dass sich niemand übergibt – das Gurgeln ist bloß der Badewannenabfluss.

Die Tür schwingt auf. »Tut mir leid«, sagt Grace. »Die Lotion ist mir in den Mülleimer gefallen.«

Sie steht im Türrahmen mit dem Fön in der einen und der Haarbürste in der anderen Hand und ihre triefend nassen, frisch rot gefärbten Haare fallen ihr über die Schultern.

Sie hat sie vorher nicht gebleicht, der Unterschied zwischen der neuen Haarfarbe und ihrem natürlichen Schwarz ist also nicht so groß. Das Rot wirkt eher wie eine Tönung, eine Akzentuierung. Aber irgendetwas an dieser kleinen Veränderung bewirkt, dass sie wieder wie die alte Grace aussieht, die Grace vor der Trennung, die Grace vor Gabe.

Und außerdem ist da ein Leuchten in ihren Augen. Ein verrücktes *Ich-will-es-wissen-*, ein Teufelchen-auf-meiner-Schulter-Funkeln. Das hab ich schon seit Ewigkeiten nicht mehr bei ihr gesehen.

»Geh Lo wecken«, sagt sie. »Die Party kann losgehen.«

In weniger als zwei Stunden sind wir alle geduscht und startbereit und sitzen in Grace' SUV. Als wir auf die Autobahn fahren, befolge ich Grace' Rat und schicke Mom und Dad, die auf ihrem Kreuzfahrtschiff täglich im überteuerten Internet-Café ihre Mails checken, zur Vorsicht eine E-Mail. Ich schreibe ihnen, dass wir uns einen sehr langweiligen Tag im Kino machen und uns so viele Filme wie möglich anschauen und dass ich mich später wieder melden werde.

»Das Handynetz könnte ausfallen, wenn wir durch die Wüste fahren«, sagt Grace, während sie sich in den Verkehr einfädelt. »Wer die Regeln bricht, sollte sich vorher überlegen, was alles schieflaufen könnte.«

»Du solltest deine Energie mal für etwas Gutes einsetzen und nicht nur für Verbotenes«, sagt Lo und gibt Grace einen Klaps auf die Schulter. Das muss gerade sie sagen.

Die E-Mail ist abgeschickt. Ich lehne mich in meinem Sitz zurück, schaue auf die vielen Autos neben uns, streiche geistesabwesend mit meinem Daumen über die Clown-Münze und gehe unseren Plan noch einmal durch. Je nachdem, wie oft wir Pause machen und ob

Grace von ihrem Formel-1-Fahrstil Gebrauch macht, sollte die Fahrt von Orange County bis Las Vegas nur dreieinhalb bis vier Stunden dauern, aber der Verkehr wirft uns in unserem Zeitplan total zurück. Ich darf das Konzert nicht wegen eines blöden Staus verpassen. Ich darf Nick nicht verpassen.

Sobald wir auf dem Freeway 15 sind und in Richtung Wüste fahren, wird der Verkehr Gott sei Dank flüssiger. Aber kaum haben wir ein paar Meilen zurückgelegt, wechselt Grace auf die rechte Spur und nimmt die nächste Ausfahrt. »Boxenstopp«, verkündet sie.

Ich muss zweimal auf das Ortschild schauen. »Wir sind in Fontana. Ich kann mir nicht vorstellen, dass es hier irgendetwas gibt, was man in Vegas braucht. Hier stinkt's, als hätte eine Kuh einen Dieselmotor ausgeschissen.«

»Genau.« Lo klingt regelrecht durchtrieben.

Ich drehe mich um und schaue sie mit zusammengekniffenen Augen an: »Was hast du vor, du Verrückte?« Wenn Lo in diesem Ton spricht, weiß ich genau, dass sie mal wieder irgendeinen teuflischen Plan geschmiedet hat. In der Schule ist sie berüchtigt für ihre »genialen Ideen«. Ihr Einfall, Siraj und Manny in den letzten Sommerferien auf der Party von Seth White dazu zu bringen, vom Dach in den Pool zu springen, hatte mindestens drei gebrochene Knochen für die armen Kerle zur Folge. Und ihre Idee, mit der Fußballmannschaft des neunten Jahrgangs eine Art *Tribute von Panem* zu organisieren, war extrem lustig gewesen, bis der Coach dahinterkam, was genau die Spieler mit ihren Stollenschuhen vorhatten. Mein persönlicher Favorit ist das Mal, als sie zur Wahl als Homecoming-Queen aufgestellt war und bereits zum Footballspiel davor mit einer riesigen Krone auf dem Kopf erschien. Ich gebe mir die allergrößte Mühe, einen gewissen Abstand zu wahren und meinen Ruf als Schulsprecherin nicht zu gefährden, aber einfach ist das als ihre beste Freundin nicht. Glücklicherweise bin ich bisher unbeschadet an ihren Eskapaden vorbeigeschrammt. Doch nun stecke ich mit ihr und meiner außer Kontrolle geratenen Schwester in einem Auto fest, und wie ich Lo kenne, ist sie gerade dabei, einen ihrer verrückten Pläne in die Tat umzusetzen.

»Ich mach das Navi an.« Grace' Lächeln ist genauso durchtrieben wie Los Stimme. Ich hasse es, wenn die beiden sich gegen mich verbünden.

Grace' Navi lotst uns mit seinem versnobten englischen Akzent durch Fontana und wir fahren von einer fragwürdigen Straße in die nächste, bis wir auf dem Parkplatz vor einem Supermarkt, einem Münzwaschsalon und einer heruntergekommenen Bar landen.

»Hast du vor, mich als Sexsklavin zu verkaufen, um dir Kohle fürs Glückspiel zu beschaffen?«, frage ich. Dieser Parkplatz ist der Inbegriff von zwielichtig. Scherben liegen auf dem Boden und Typen, die wie Verbrecher aussehen, wandern ziellos vor den Schaufenstern auf und ab. Das hier ist haargenau der Ort, den man in den Nachrichten in einem Bericht über junge Mädchen sieht, die sich einen schönen Abend machen wollten und von denen man danach nie wieder gehört hat.

»Richtig erkannt«, sagt Lo und tippt wieder auf ihrem Handy herum. »Für euch heiße Koreanerinnen werden

Höchstpreise gezahlt. Von dem, was ihr beide einbringt, wird Mutti sich ein neues Paar Schuhe kaufen.«

»Wem schreibst du?« Die ganze Sexsklaven-Geschichte ist nur ein Witz, ist ja klar, doch als ein Obdachloser anfängt, ein mit Brettern vernageltes Schaufenster anzubrüllen, merke ich, dass ich anfange, mich ein bisschen – nein, sehr sogar – zu fürchten. Was haben wir hier verloren?

»Er heißt Max«, sagt Lo.

Verwirrt runzele ich die Stirn. »Der Obdachlose?«

»Nein, du Dummerchen.« Sie schnallt sich ab und beugt sich zu mir. »Du musst mir jetzt versprechen, nicht die Nerven zu verlieren.«

Ich stöhne. Typisch Lo. Dieser Satz kommt immer vor einem ihrer haarsträubenden Einfälle.

»Dir wird nichts passieren, Hannah.« Grace tätschelt meinen Arm. »Beruhige dich und hör auf Lo.«

»Wegen Lo wurde ich schon mal fast verhaftet!«

»Das war nur aus Versehen«, sagt sie und bringt Grace damit zum Lachen.

»Die Geschichte muss ich unbedingt hören«, sagt Grace.

»Können wir bitte darauf zurückkommen, warum wir hier auf diesem seltsamen Parkplatz sind?«

Lo lächelt. »Also gut, dieser Max ist mit Carlos befreundet. Erinnerst du dich noch an Carlos? Auf meiner 4.-Juli-Party vor ein paar Jahren?«

»Der Typ, der in Jeans in den Pool gesprungen ist?«

»Ja, genau der. Er sagt, Max würde uns versorgen.«

»Uns mit was versorgen? Lo, du weißt, dass ich keine Drogen nehmen werde. Wenn du –«

»Nein, nein. Keine Drogen. Versprochen.« Bevor sie ihre Erklärung weiter ausführen kann, biegt ein Lieferwagen mit quietschenden Reifen auf den Parkplatz und bremst abrupt neben uns ab. Auf einer Seite des Wagens prangt ein Airbrush-Gemälde, das wiederum den gleichen Lieferwagen zeigt, der von zwei Streifenwagen und einem Polizeihubschrauber verfolgt wird. Ich weiß, dass es der gleiche Lieferwagen ist, denn dasselbe Bild mit einem winzigen Lieferwagen und Miniatur-Streifenwagen findet sich auf seiner Seite.

»Wow«, sage ich.

»Das ist Max.« Lo steigt aus und klopft auf die Windschutzscheibe, damit ich ihrem Beispiel folge. Ich hole tief Luft, löse meinen Gurt und öffne vorsichtig die Tür.

»Ich bleibe hier«, sagt Grace. »Mach dir keine Sorgen, kleines Angsthäschen. Ich rufe die Polizei, wenn er versucht, sich an euch zu vergreifen.«

Max steigt nicht aus. Als Lo ans Fahrerfenster tritt, mustert er uns von Kopf bis Fuß. »Hey, Paloma.« Nur Familienmitglieder dürfen sie mit ihrem vollen Namen ansprechen. Extrem fragwürdige Typen schließt das anscheinend mit ein.

Er schiebt zwei Briefumschläge durchs Fenster, begleitet von einem süßlichen Haschisch-Geruch. »Nach den Angaben, die Carlos mir gegeben hat, sind das die Besten, die ich auftreiben konnte.« Er mustert uns noch einmal eingehend. »Ich glaube, sie sollten passen.«

Mein Puls rast und ich werfe Lo einen verzweifelten Blick zu. Ich wünschte, sie würde mir verraten, was hier abgeht und warum wir mit einem wildfremden Menschen, auf dessen Lieferwagen das Gemälde einer rasanten Verfolgungsjagd abgebildet ist, in Fontana auf einem Parkplatz des Grauens stehen.

Mit Überraschungen kann ich nicht gut umgehen und ich muss gegen den Drang ankämpfen, einfach loszurennen.

Lo stößt mich mit dem Ellenbogen an, reicht mir einen der beiden Umschläge und deutet mit ihrem Kinn drauf. »Schau rein.«

Im Umschlag befinden sich sechs Führerscheine, die alle in Kalifornien auf irgendwelche jungen Asiatinnen ausgestellt sind. Ich drehe mich zu Lo um und sehe, dass sie dieselben Dinger in der Hand hält, nur mit mexikanischen Mädchen. »Was zum ...«

»Sucht euch den aus, den ihr am besten findet«, sagt Max. »Das macht dann dreißig pro Schein. Ich mach euch einen Sonderpreis, weil Carlos für mich *familia* ist.«

»Wir besorgen uns gefälschte Führerscheine?«, zische ich Lo ins Ohr.

»Ist das nicht total abgefahren?«, flüstert sie zurück.

Nein, das ist nicht total abgefahren. Es ist sehr, sehr illegal.

Ich habe mir selbst und meinen Eltern ein Versprechen gegeben: während der Highschool immer schön den Fokus behalten. Feste Freunde sind okay, solange sie meine Noten nicht negativ beeinflussen. Keine Drogen, kein Alkohol, keine Partys. Mich an die Regeln halten. Wenn ich mit der Highschool fertig bin, darf ich machen, was ich will, solange das ein abgeschlossenes College-Studium mit einschließt. Dieses Versprechen habe ich gehalten und bin, wie meine Schwester, an der UCLA angenommen worden, meine Erstwahl. Und weil dem so ist, finde ich es okay, dieses Wochenende heimlich nach Vegas zu fahren und mich ein bisschen auszutoben. Aber nicht so wild wie ein gefälschter Führerschein. Und auch nicht so wild wie illegale Parkplatzgeschäfte mit einem Gruseltyp im Lieferwagen.

Doch dann drehe ich mich zu unserem Auto um und sehe, wie Grace mich angrinst, als würde ich gerade ein Weihnachtsgeschenk öffnen, das sie eigens für mich ausgesucht hat. Der rötliche Ton in ihren Haaren schimmert in der Sonne.

Ich seufze.

»Entspann dich mal ein bisschen, Hannah«, sagt Lo. »Das College steht vor der Tür. Sei nicht immer so ein Kontrollfreak. Sieh es als Party-Übung.« Ich mag es nicht, wenn sie mich Kontrollfreak nennt, als sei das etwas Schlimmes, und trete ihr gegen das Schienbein. Das macht ihr nichts aus. Sie weiß, dass ich irgendwann tue, was sie möchte.

»Könnt ihr euch beeilen?« Max schaut uns mit gerunzelter Stirn an. »Sonst verpasse ich *Ellen*. Heute gibt's ein Schöner-Wohnen-Spezial.«

»Na schön«, sage ich zu Lo. »Ich lege mir eine falsche Identität zu. Aber das heißt nicht, dass ich sie auch benutze. Für den Moment reicht es mir schon an Illegalität, wenn ich mir eine besorge.«

Lo klopft mir auf die Schulter. »Braves Mädchen. Such dir eine aus.«

Ich gehe die Führerscheine in meiner Hand durch. Keins der Mädchen sieht mir besonders ähnlich. »Wonach suche ich am besten aus?«

»Schau dir die Größe an«, knurrt Max. »Die ändert sich nie. Du möchtest keinen Führerschein haben, in dem steht, dass du einen Meter vierundsiebzig bist, wenn du eindeutig nur einen Meter achtundfünfzig bist.« Offensichtlich scheint er die Haken und Kniffe des Geschäfts zu kennen.

»Wo hast du die überhaupt her?«, frage ich ihn.

Er schaut mich mit zusammengekniffenen Augen an: »Stell keine Fragen und beeil dich.«

Ich schaue auf meine Alternativen: Tran Nguyen ist nicht mal Koreanerin, gerade mal einen Meter fünfzig groß und sieht aus wie ein Mann, die scheidet also schon mal aus.

Kristy Chang ist zwar viel hübscher als ich, aber sie hat das gleiche runde Gesicht und sogar meine Grübchen. Und wir haben dieselbe Größe und dasselbe Gewicht. Perfekt.

Ich halte Kristys Führerschein neben mein Gesicht. »Sehe ich wie Kristy Chang aus Riverside aus? Kann ich als Dreiundzwanzigjährige durchgehen?«

»Du siehst bezaubernd aus, Liebling.« Lo hat sich Sarah Kingston ausgesucht: Sternzeichen Fisch und ihre Adresse ist ganz in der Nähe unserer Schule.

»Das Mädel ist nicht mal Mexikanerin, Lo.«

»Weiß ich, aber sie sieht mir viel ähnlicher als die anderen. Schau dir mal die Augenbrauen von der hier an. So würde ich niemals rumlaufen.«

»Seid ihr so weit?«, fragt Max, der sichtlich genervt ist, weil wir so lange brauchen.

Lo gibt ihm die beiden Umschläge zurück. »Vegas, wir kommen, Baby!«

Er starrt uns an.

»Was starrt er uns so an?«, flüstere ich Lo zu. Sofort stelle ich mir Max vor – trotz Grasgestank und dem ganzen Lieferwagen-Szenario scheint er ja ganz nett zu sein –, wie er sich in Mr Hyde verwandelt und uns in seinen Lieferwagen zerrt, davonbraust und Grace, die ihm nur noch hilflos mit der Faust drohen kann, allein auf dem Parkplatz zurücklässt.

»Mein Geld«, sagt er und reißt mich in die Wirklichkeit zurück. »Umsonst sind die nicht.«

»Ja, klar.« Lo wühlt in ihrer Handtasche und zieht einen Umschlag mit Bargeld heraus. »Das geht auf mich, Hannah. Solange du mir versprichst, den Führerschein zu benutzen. Ich will mein Geld nicht zum Fenster rauswerfen.«

»Ja, versprochen.« Ich habe natürlich null Intention, das Ding jemals irgendwem zu zeigen, aber ich werde Lo auch nicht auf die Nase binden, dass sie besser wegkäme, wenn sie mit ihrem Geld zum Roulettetisch gehen und alles auf Rot setzen würde. Das hier mach ich noch mit, aber ich werde nicht trinken und wir sind uns einig, in keine Bars zu gehen. Außerdem hat Grace dreimal überprüft, dass es für das Konzert im House of Blues keine Altersbeschränkung gibt.

»Ich hätte dir meinen alten Führerschein leihen können«, sagt Grace, als wir wieder im Auto sitzen. »Aber weil wir ja zusammen sind, kann ich ihn dir nicht geben und meinen neuen benutzen. Wir können nicht beide gleichzeitig Grace Cho sein.«

Und gleich darauf liegt Fontana schon hinter uns und vor uns der lange Weg nach Vegas.

»Wir sind fast da«, sagt Grace.

Ich habe keine Ahnung, woran sie das erkennen will. Wir haben in Barstow im berühmt-berüchtigten Eisenbahnwaggon-McDonald's eine Pinkelpause eingelegt und seitdem ging es nur noch durch die Wüste. Die Landschaft hat sich kein bisschen verändert, seit wir Baker verlassen haben, der Ort – und das ist kein Witz –, in dem das größte Thermometer der Welt steht. Das ist eine von den superspannenden Sehenswürdigkeiten, auf die man sich freuen kann, wenn man durch die Wüste fährt: Schotter, Schotterhaufen, ein stillgelegtes Spaßbad, ein Laden, der etwas namens Alien-Dörrfleisch verkauft, eine Autobahnabfahrt mit dem Schild Zzyzx Road und eben ein unglaublich großes Messgerät zur Bestimmung der Temperatur.

Meine anfängliche Begeisterung für diese Reise ist im Verlauf der ewig langen und eintönigen Fahrt durch die Pampa allmählich abgeebbt. Ich hab es mit ein paar Nachrichten an Freundinnen versucht, aber die meisten von ihnen machen richtigen Spring-Break-Urlaub – also hab ich mir die Zeit hauptsächlich damit vertrieben, Grace und Lo mit Nick-Geschichten aus den letzten vier Jahren zu unterhalten. Aber selbst das wurde nach einer Weile langweilig und Lo flehte mich fast an, den Mund zu halten, nachdem ich die zehnte mit Insiderwitzen gespickte SMS-Unterhaltung zwischen Nick und mir Wort für Wort vorgelesen hatte.

»Gleich sollte hier irgendwo die Staatsgrenze auftauchen.« Grace tastet in der Mittelkonsole nach ihrer Wasserflasche – anscheinend hat sie vergessen, dass sie den letzten Tropfen vor etwa vierzig Meilen getrunken hat – und ich reiche ihr meine. »Dann sind wir offiziell in Nevada und von der Grenze bis Vegas ist es nicht mehr weit.«

»Ist das dort die Grenze?« Lo zeigt nach vorne auf einen Farbtupfen. Als wir näher kommen, sehe ich, dass es Kasinos sind, auf die wir zufahren – umgeben von Wüste, Wüste und noch mehr Wüste.

»Die versuchen, einen ins Kasino zu locken, sobald es erlaubt ist, oder?«, sage ich. »Warum nicht gleich nach Vegas weiterfahren, wenn man schon mal so nah dran ist? Wer geht dahin?«

»Hoffnungslos Spielsüchtige? Jemand, der sich vor der Mafia verstecken muss?«, schlägt Lo vor. »Wer weiß, aber ich bin froh, dass das nicht unser Ziel ist. Sieht so aus, als ob das hier bald den Bach runtergeht.«

Als wir über die kalifornische Grenze fahren und in Primm, Nevada, sind, jubeln wir alle drei und ich schaue aus dem Fenster, um zu sehen, was uns im neuen Staat erwartet. Ein Outlet-Center, dann diese drei Hotels mit Kasino, die nicht besonders beeindruckend wirken, so mitten in der Pampa und von Sträuchern umgeben, wahrscheinlich verblassen sie im Gegensatz zu all dem, was uns in Vegas erwartet, und ...

»Oh mein Gott«, sagt Lo. »Schaut euch diese riesige Achterbahn an.«

Zum zweiten Kasino rechts von uns – laut dem großen Neonschild in Form eines Büffelkopfs mit Federschmuck das Buffalo Bill's – gehört eine gigantische gelbe Achterbahn, die sich durch das ganze Gelände zieht.

Grace lacht. »Soll ich anhalten, damit du Achterbahn fahren kannst, Hannah?«

»Willst du mich foltern?«

Grace reißt das Lenkrad herum und fährt nach rechts. »Du kannst es doch kaum erwarten.«

»Scheint nicht mal in Betrieb zu sein.« Wir alle drei schauen auf die Gleise, doch kein einziger Wagen flitzt an uns vorbei. »Ist vielleicht kaputt. Oder geschlossen, weil sie sich als Todesfalle herausgestellt hat. Wahrscheinlich hat die Achterbahn unschuldige Kinder auf dem Gewissen und irgendjemand ist bereits unterwegs, um das Ding zum Wohle dieses Ortes hier abzureißen.«

»Ganz ruhig, ganz ruhig.« Lo beugt sich vor und tätschelt meine Schulter. »Niemand zwingt dich dazu, Achterbahn zu fahren. Schau, wir sind schon vorbei. Die Gefahr ist gebannt.«

Ich hasse es, wenn sie mit mir wie mit einem Kleinkind redet, aber Lo hat ein paar verkorkste Disneyland-Besuche mit mir hinter sich und weiß aus erster Hand, dass ich schon bei dem Gedanken an eine Achterbahn eine Panikattacke bekomme.

Um die Wahrheit zu sagen, bin ich tatsächlich noch nie in so einem Ding gefahren und habe auch nicht das

Bedürfnis, es jemals auszuprobieren. Es ist das Gefühl, völlig ausgeliefert zu sein, der freie Fall. Ich weiß, einige Menschen finden das toll. Es gibt auch Menschen, die zum Spaß aus Flugzeugen springen. Manche Leute sind eben verrückt.

Nachdem wir die Todesfalle sicher hinter uns gelassen haben, fahren wir das restliche Stück auf der 15 nach Vegas. Gott sei Dank ist das die letzte Etappe unserer Fahrt. Seit unserer McDonald's-Pause in Barstow haben wir im Auto gesessen und die liegt fast zwei Stunden zurück. Meine Beine fühlen sich steif an, ich sehne mich danach, meine Schultern zu strecken, und ich halte es noch ungefähr fünf Minuten aus, bevor ich Grace zum Anhalten zwingen muss, damit ich hinter einem Felsbrocken pinkeln gehen kann. Ich hasse es, die nervige kleine Schwester zu sein, aber ich habe das Gefühl, dass ich kaum noch still sitzen kann.

Nick ist so nahe.

»Wie lange noch?«

»Noch ein paar Minuten«, sagt Grace. »Ich zeig euch was Tolles.«

Ich wippe mit den Füßen und trommele mit den Fingern auf meinen Schenkeln herum, während wir weiter durch die Wüste fahren. Ich kann mir nicht vorstellen, dass es hier irgendetwas Sehenswertes gibt, und ich bin nicht in der Stimmung, noch einen Boxenstopp in irgendeiner Geisterstadt oder einem heruntergekommenen Kasino einzulegen.

»Bitte schön.« Grace nimmt ihre Hand vom Lenkrad und zeigt nach vorne.

»Berge«, sagt Lo. »Die sehen wir doch schon seit vier Stunden. Was ist so toll daran?«

Aber kaum hat Lo die Worte ausgesprochen, macht die Straße eine kleine Biegung und die Bergketten rechts und links von uns öffnen sich. Statt der Berge haben wir nun diesen Wahnsinnsblick vor uns. Obwohl es noch gar nicht dunkel ist, kann ich die glitzernden Lichter der Kasinos und Hotels und Gebäude ausmachen, vermutlich der Las Vegas Strip.

»Wow«, sage ich. »Das ist ja wie im Film oder auf einer Postkarte.« Unfassbar, dass diese Lichter alle echt sind.

Das hier ist definitiv ein Ort, an dem Wunderbares passiert. Ich kann gut verstehen, warum Menschen mit ihren Träumen nach Vegas kommen. Und wie passend, dass ich nun hier bin, in der Stadt der großen Träume, um endlich meinen besten Freund kennenzulernen. Das verstaubte, langweilige Barstow mit diesem schrägen McDonald's wäre kein Ort für uns gewesen. Unsere Freundschaft braucht funkelnde Lichter und Musik und Überraschungen. Das hier ist unser Ort. Ich spüre es.

Die Lichter kommen näher und sie halten mich in ihrem Bann, bis ein Piepen meine Aufmerksamkeit auf sich zieht. Mein Handy.

Keine Ahnung, ob wir bereit für das Konzert sind. Du solltest mal Oscars Frisur sehen. Oh mein Gott. Sieht aus, als hätte er eine Zeitreise ins Jahr 1983 gemacht.

»Du lächelst«, sagt Grace. »Das muss Nick sein. Was schreibt er?«

»Nichts.«

Ich antworte:

Ich wünschte, ich könnte ihn sehen.

Etwa dreißig Sekunden verstreichen, bevor ich seine Antwort bekomme.

Ich auch, Ghost. Ich wünschte, du könntest alles sehen.

6. Kapitel

Der Las Vegas Boulevard ist noch viel überwältigender, als ich ihn mir vorgestellt habe. Turmhohe Kasino-Hotels säumen den Strip, Lichter strahlen und Schilder blinken. POKERTURNIER! BBQ-RIBS FRISCH VOM GRILL! Und, igitt, SPIELAUTOMATEN: BILLIG & WILLIG! Die Bürgersteige sind brechend voll von Touristen jeden Alters, jeder Figur und Aufmachung; Autos und Taxis drängen sich dicht an dicht auf den Straßen; und wir drei fahren mitten durch den Dschungel, die Gesichter an den Scheiben, während wir versuchen, uns einen Überblick über all das Chaos zu verschaffen.

Wir brauchen nicht lange, bis wir das gigantische Planet Hollywood Hotel gefunden haben. Das riesige Gebäude ist in schlichtem Weiß gehalten bis auf das rote Schild über den endlosen Fensterreihen. Wir brauchen also nicht besonders weit zu fahren. Grace biegt in die Parkgarage. Von dort laufen wir mit unserem Gepäck durch das angrenzende Einkaufscenter und schauen uns auf dem Weg in die glitzernde Empfangshalle die Schaufenster an.

»Das ist ja wie bei der Zulassungsstelle«, sagt Lo. »Ich schwör's, hier ist jede einzelne Gesellschaftsschicht vertreten.«

Zu »jeder Gesellschaftsschicht« gehören unter anderem ein übergewichtiges Paar in identischen Mickey-Mouse-T-Shirts, in der Hand riesige Plastik-Eiffeltürme, aus denen sie Eisgetränke schlürfen; drei Mädchen in Stilettos mit meterhohen Absätzen und Bikinis, über die sie sich nur durchsichtige Kaftane geworfen haben; und eine Busladung Touristen, die mit endloser Begeisterung den Souvenirladen gegenüber von der Rezeption fotografiert. Drei Kinder spielen Fangen und ich bete, dass sie von irgendjemandem beaufsichtigt werden, aber bitte, bitte nicht von den Bikini-Mädels!

Und dann wir: zwei Asiatinnen und eine Mexikanerin. Siebzehn, achtzehn und einundzwanzig. Grace, ganz in Schwarz und mit Beanie-Mütze; Lo, die ihre langen gelockten Haare aufgesteckt hat und ein geblümtes Sommerkleid zu Motorradstiefeln trägt; und ich – in meiner Röhrenjeans, dem schwarzen Top mit Spaghettiträgern und mit den superglatten Haaren sicher der langweiligste Mensch in ganz Vegas.

Die Warteschlange an der Empfangstheke ist lang und ich überbrücke die Zeit, indem ich vor meinem inneren Auge alle Möglichkeiten durchgehe, wie sich diese Zu-gut-um-wahr-zu-sein-Hotelzimmer-Gelegenheit vor unseren Augen in Luft auflöst. Aber das Zimmer ist für uns reserviert, ganz wie Grace' Redakteurin versprochen hat, und als wir drei in den Fahrstuhl steigen und nach oben fahren, gebe ich die heimliche Hoffnung nicht auf, dass uns der am Rande fallen gelassene Name *Rocker* zu irgendeiner *Hangover*-Suite oder so verholfen hat.

Aber es ist bloß ein ganz normales Zimmer. Keine Suite. Nur zwei Betten, ein Sessel, ein kleiner Tisch und eine Wahnsinnsausicht auf den Strip.

»Empire Records?«, fragt Lo. Vermutlich haben sie jedes Zimmer im Planet Hollywood mit irgendwelchen Überbleibseln aus dem einen oder anderen Film ausgestattet. Von *Empire Records* habe ich noch nie gehört.

»Das ist ein Klassiker aus den Neunzigern. Ich hab ihn mir nie angeschaut. Aber hier ist ein T-Shirt, das einer der Schauspieler im Film getragen hat.« Grace zeigt auf die Wand. In einem Schaukasten aus Plexiglas hängt ein rotes T-Shirt.

»Als ob jemand vorhätte, ein altes, verschwitztes T-Shirt zu klauen«, sagt Lo. »Ich wünschte, wir hätten ein cooles Zimmer zu einem Film wie *Pitch Perfect* oder so bekommen. Meinst du, wir sollten unten anrufen und fragen, ob sie uns das *Pitch-Perfect*-Zimmer geben?«

»Halt die Klappe, Lo.« Grace wirft ihre Reisetasche auf das Bett am Fenster. »Du übernachtest hier umsonst und das Zimmer hat dir zu gefallen. Selbst wenn es mit verschwitzten T-Shirts ausgestattet ist, die aus einem Film stammen, den kein Mensch gesehen hat.«

Ich setze mich auf die Kante des Sessels in der Ecke und checke mein Handy. Es ist vier Uhr, noch drei Stunden bis zum Konzert. Ich muss mich umziehen, mich schminken, irgendwas zu essen auftreiben. Dann planen, wie wir zum House of Blues kommen, und mich psychisch darauf vorbereiten, dass mein Leben nicht mehr das sein wird, was es mal war. Drei Stunden sollten dafür reichen. Nervös wippe ich mit den Füßen und beiße mir von innen auf die Wange.

Grace wirft sich aufs Bett und hopst auf der Matratze auf und ab, lässt mich aber nicht aus den Augen. »Okay, Hannah. Ich sehe, dass du Panik schiebst. Wo ist das Problem?«

»Na ja, das Blues ist im Mandalay Bay und hinlaufen wollen wir ja nicht, weil das wahrscheinlich zu weit ist, stimmt's? Wir müssen uns umziehen und entweder hinfahren oder ein Taxi nehmen und irgendwann müssen wir auch noch essen, denn der McDonald's-Lunch hält bei mir nicht mehr lange vor.«

»Im Mandalay Bay gibt's jede Menge tolle Restaurants«, sagt Lo und scrollt über ihren Handybildschirm. »Anscheinend auch eine Pizzeria. Was haltet ihr davon?«

»Perfekt«, sagt Grace. »Wir hübschen uns auf, fahren im Taxi rüber zum Mandalay Bay – selber Auto fahren tue ich mir jetzt nicht mehr an – und essen in dieser Pizzeria.« Sie beugt sich vor und tätschelt mein Knie. »Und dann gehen wir zum Konzert.«

»Gehen wir zum Konzert«, wiederhole ich, ziehe meine Knie hoch und umschlinge meine Beine mit den Armen. »Wir gehen zum Konzert und wir sehen Nick.«

Seit ich mit dieser hirnverbrannten Idee gestern herausgeplatzt bin, hat Grace Druck gemacht, doch jetzt steht sie vom Bett auf, hockt sich vor mich und legt ihre Hand tröstend auf mein Bein. »Alles klar?«, fragt sie. »Denkst du, du schaffst das?«

Ich weiß es nicht. Schaffe ich das? Will ich das? Ich antworte nicht und starre aus dem Fenster. Vom Sessel aus kann ich zwar nicht den Strip sehen, dafür aber das Paris Las Vegas Hotel nebenan. Der Eiffelturm, wo vermutlich das mollige Paar von vorhin seine riesigen Drinks gekauft hat, ragt hoch in den Himmel. Ich bin in Las Vegas. Ich bin über die Staatsgrenze gefahren. Jetzt kann ich nicht mehr zurück, oder? Spielt es überhaupt noch eine Rolle, wenn ich es nicht schaffe? Ich ziehe die Clown-Münze aus meiner Hosentasche und drehe sie zwischen meinen Fingern.

Lo stützt sich auf die Sessellehne. »Soll ich dir was sagen, was du bestimmt nicht hören willst?«

Ich schaue sie schief an, was sie offenbar als Aufforderung versteht.

»Auch wenn ich mich wiederhole, hör mir bitte trotzdem zu. Ich weiß genau, dass du Gefühle für diesen Typen hast. Und ich meine keine Beste-Freunde-Gefühle.« Sie stupst meine Münze mit dem Finger an und ich fange sie mit der Handfläche auf.

Ich sage nichts. Ich versuche, die Worte zu verarbeiten.

Sie fährt fort. »Ich glaube kaum, dass du je einen Freund für länger als ein paar Monate haben wirst, wenn du nicht bereit bist, diesen Gefühlen auf den Grund zu gehen.«

Grace räuspert sich.

»Was?«, fauche ich sie an.

»Wusste ich's doch«, sagt sie, sehr zufrieden mit sich. »Nick ist der Grund, warum du mit Josh Schluss gemacht hast.«

Ich verdrehe die Augen. »Nein, ist er nicht.« Meine Stimme klingt genervt, aber es ist so: Tief in mir glaube ich, dass sie recht haben könnte.

Oh Gott, sie haben beide recht.

»Was meinst du?«, fragt Lo. »Glaubst du, du könntest mehr als nur Freundschaft für Nick empfinden?«

»So was wie Ich-will-dich-küssen-Gefühle?« Grace grinst.

Ich strecke ihr die Zunge raus. Dann drehe ich mich zu Lo und frage, wieder ernst: »Aber ich habe ihn noch nie getroffen. Wie kann ich wissen, ob ich ihn wirklich mag?« Die Wahrheit ist, dass ich immer etwas empfinde, wenn ich an Nick denke. Sobald ich seinen Klingelton höre, heben Schmetterlinge in meinem Bauch ab. Seine vertraute Stimme macht mich glücklich, egal wie schlecht gelaunt ich gerade bin. Und ich scrolle dermaßen oft durch seine Fotos, dass sie sich bestimmt noch auf meinem Display einbrennen.

Aber ich kann unmöglich wissen, ob es mir auch mit dem wirklichen Nick so gehen wird. Und ich habe mir all die Jahre eingeredet, dass ich es nicht zur Realität machen will.

»Na ja«, sagt Lo, »nach allem zu urteilen, was du mir erzählt hast, empfindet er mit Sicherheit etwas für dich.«

»Glaubst du wirklich?« Ich starre nach unten auf die glatte Kupfermünze und denke an die Postkarte, auf der sie geklebt hat und die jetzt an meiner Pinnwand hängt. *Für meinen Lieblingsgeist – ich dachte, Spuk wäre etwas Gruseliges, aber du sorgst dafür, dass er Spaß macht. Alles Liebe, Nick.* Das war das erste Mal, dass mir der

Gedanke kam, ich könnte mehr für Nick sein als eine gute Freundin – und es war nicht das letzte Mal. Aber ich habe es immer verdrängt. Weil es einfach unmöglich ist, dass Nick etwas für jemanden empfindet, den er noch nie getroffen hat. Oder dass ich mit jemandem zusammen sein will, der in einem anderen Bundesstaat wohnt.

Unmögliches kann ich in meinem Leben nicht gebrauchen.

»Na gut.« Lo knufft mich zweimal kurz in die Schulter, dann steht sie auf und läuft im Zimmer auf und ab. »Wir kriegen das schon hin. Das wird kein erstes Treffen von zwei Freunden, die sich aus dem Internet kennen. Oh nein, das wird Liebe auf den ersten Blick, nach dem ersten Klick. Wir werden dich so aufstylen, dass er seinen Blick nicht von dir wenden kann, und wenn alles nach Plan verläuft, schafft er es nicht mal mehr, nach seiner Gitarre zu greifen oder was immer er in dieser Band spielt, weil er auch seine Hände nicht von dir lassen kann.«

Angestachelt wühlen Lo und Grace in meiner Reisetasche herum, kippen den Inhalt ihrer Kosmetikbeutel aufs Bett und fangen an, all die verrückten Dinge in die Tat umzusetzen, die sie sich ausgedacht haben, damit ich nicht mehr wie ich selbst aussehe, sondern mehr wie eine Kombination aus ihnen beiden.

Normalerweise würde ich protestieren, aber der von Lo in den Raum gestellte Gedanke lenkt mich von der beängstigenden Anzahl von Pinseln und Lidschatten ab, die auf der weißen Bettdecke verstreut liegen. Kann es sein, dass ich tatsächlich etwas für Nick empfinde? Ist es möglich, dass er etwas für mich empfindet?

Warten wir's ab.

Nachdem ich mich vier Jahre geduldet habe, *wird* heute Abend etwas passieren.

7. Kapitel

Das Mandalay Resort and Casino liegt ganz am südlichen Ende des Strips und ist nur eine kurze Taxifahrt vom Planet Hollywood entfernt. Der goldene Riese ist das erste Hotel in einer langen, langen Reihe von Lichtern und Gebäuden und irgendwo da drin ist das House of Blues. In der Pizzeria verschlinge ich drei Stücke Pizza und ein Drittel des Stücks Schokoladentorte, das uns die Kellnerin bringt. Als ich auf Toilette war, haben Grace und Lo ihr erzählt, dass heute mein Geburtstag sei. Unter normalen Umständen würde ich mir nie so die Wampe vollschlagen, aber ich merke gar nicht, wie viele Kohlehydrate ich in mich hineinstopfe, weil ich in Gedanken nur bei Nick bin. Alles andere ist mir egal.

Nach dem Essen gehen wir, nein, wir rennen praktisch durchs Kasino direkt bis vor den Club. Ich weiß, dass es jetzt kein Zurück mehr gibt.

Mit weichen Knien wanke ich hinter Lo zum Kartenschalter. Vor uns kauft Grace drei Tickets für das Konzert und drückt eins davon in meine zitternde Hand.

»Igitt!«, sagt sie. »Deine Hand fühlt sich an, als hätte dich ein Bernhardiner abgeschleckt.«

»Tut mir leid.« Ich stopfe das Ticket in meine Hosentasche und wische meine Hände an meiner neuen Jeans ab. Beim Aufstylen vorhin kamen für die Mädel nicht mal mehr Los heiße Klamotten infrage, wir mussten nach unten in die Shoppingmeile vom Planet Hollywood rennen, um ein komplett neues Outfit zu erstehen. Das tief ausgeschnittene Glitzertop zu der hautengen Jeans sieht zwar sensationell aus, aber ich fühle mich irgendwie nicht wohl darin. Als wäre ich im Körper einer anderen Person. Immerhin hatte dieser Körper aber die nötige Kraft, ein Veto gegen die Pumps mit den meterhohen Absätzen einzulegen, die Lo mir statt der schicken-aber-trotzdem-noch-bequemen Keilsandaletten andrehen wollte. »Schließlich mache ich so etwas nicht jeden Tag. Ich hab total Schiss.«

»Totaler Schiss« ist noch eine Untertreibung. So zittrig und unsicher habe ich mich nicht einmal vor dem College-Aufnahmetest gefühlt, ein Test, von dem meine gesamte Zukunft abhing.

»Ich dachte, Schokotorte beruhigt die Nerven«, sage ich zu Lo. »Ich kann gar nicht aufhören zu zittern.«

»Stress dich doch nicht so«, sagt sie. Sie nimmt mich an die Hand und wir folgen Grace zu dem mit Seilen abgesperrten Gang, wo ein Türsteher in einem schwarzen Polohemd die Ausweise kontrolliert. »Hol deinen Führerschein raus«, raunt sie mir zwischen zusammengepressten Zähnen zu und schiebt mich vor sich. »Deinen neuen.«

Auf der Hinfahrt haben wir die Karten in unseren Portemonnaies neu sortiert. Mein echter Führerschein ist hinter dem Bibliotheksausweis, dem Schulausweis und den Starbucks-Gutscheinkarten versteckt, die neue Karte ist vorne im durchsichtigen Dokumentenfach.

Ich hole tief Luft, als der Türsteher Grace' Führerschein überprüft und sie den Gang hinunterrauscht. Für einen kurzen Moment überlege ich, ob ich meinen echten Führerschein aus seinem Versteck ziehen und dem Türsteher zeigen soll. Kann ja nicht schaden, oder? Das Konzert hat keine Altersbeschränkung, reingelassen werde ich auf jeden Fall. Der einzige Vorteil des neuen Führerscheins wäre, dass ich Alkohol trinken dürfte, aber das habe ich sowieso nicht vor.

Aber dann fällt mir wieder ein, wie sich Lo und Grace fast die ganze Fahrt von Fontana nach Barstow über mich lustig gemacht haben, weil ich davon überzeugt war, in Las Vegas keinen falschen Führerschein zu brauchen.

Ich beschließe, das Leben ein bisschen auszukosten und ihn doch hervorzuziehen, selbst wenn mein Herz dabei so laut klopft, dass ich schwören könnte, der Türsteher hört es über den ganzen Kasinolärm hinweg. Ich habe den beiden versprochen, meine Hemmungen zu überwinden und Spaß zu haben. Ich denke an all die verrückten Dinge, die ich in den letzten vier Jahren verpasst habe. Sich an die Regeln zu halten, war sicher, aber sicher bedeutet auch langweilig. Mit angehaltenem Atem ziehe ich den neuen Führerschein aus meinem Portemonnaie, reiche ihn dem Türsteher und gebe alles, um meine zitternde Hand ruhig zu halten.

Er leuchtet mit seiner Taschenlampe auf die Rückseite der Karte, betrachtet eingehend das Foto, dann mich und dann wieder das Foto. Er schnippt mit dem Daumen gegen die Karte, zieht sie durch einen kleinen Kartenleser und sagt: »Riverside, ja? Da wohnt eine Cousine von mir.«

Ich gerate in Panik. Bestimmt stellt er mir gleich Fragen über Riverside und ich werde keine davon beantworten können. Ich kenne den Ort überhaupt nicht. Wie hieß ich gleich noch mal auf diesem falschen Führerschein? Man wird mir auf die Schliche kommen, ich werde verhaftet und ins Gefängnis geworfen. Die Bullen werden meine Eltern und meine Schule informieren und mein UCLA-Studium kann ich vergessen. Lo, Grace und Aditi Singh, ich verfluche euch! Ich verfluche euch alle, weil ihr mein Leben ruiniert habt!

Ich zwinge mich zu einem Lächeln, bin mir allerdings sicher, dass es mehr wie eine Halloween-Gruselfratze aussieht. *Du musst improvisieren,* ermahne ich mich. *Tu so, als ob. Mach was.* »Wirklich? Ich bin erst vor ein paar Jahren hingezogen. Äh, nach der Highschool.«

»Oh, wie schade«, sagt er. »Ich wollte dich gerade fragen, ob ihr zusammen zur Schule gegangen seid. Mercy Jordan?«

Ich zucke mit den Schultern. »Nein. Tut mir leid.«

Er gibt mir meinen Führerschein zurück und bindet ein Armband um mein Handgelenk. Er lächelt. »Na gut. Viel Spaß noch.« Dann dreht er sich zu Lo, die direkt hinter mir steht, und nimmt ihren Führerschein.

Ich fasse es nicht. Es hat funktioniert! Während des

Spring Breaks habe ich einen falschen Führerschein in einem Kasino in Las Vegas benutzt und bin damit durchgekommen! Oh Gott, wer bin ich eigentlich gerade?

Ich gleite zwischen den Seilen entlang und warte mit Grace am noch leeren Verkaufsstand vor dem Eingang zum House of Blues auf Lo. Ich will Grace an meinem Erfolg teilhaben lassen, aber sie stößt mich mit dem Ellenbogen an. »Ganz ruhig bleiben, bis wir drinnen sind.«

Der Türsteher sieht so aus, als würde er Los Führerschein ziemlich intensiv beäugen, und er stellt ihr Fragen. Mist. Vor lauter Sorge, selbst erwischt zu werden, habe ich gar nicht mehr an sie und ihr blödes nicht mexikanisches Foto gedacht. Ich kaue auf meiner Unterlippe und gebe mir Mühe, möglichst locker rüberzukommen, als hätte ich nichts verbrochen und würde nur auf meine Freundin warten, die auch nichts verbrochen hat, aber mein Magen turnt dabei eine Gymnastik-Kür und ich stelle mir vor, wie die Sicherheitsbeamten Lo durchs Kasino tragen und zur Tür rauswerfen.

»Wann hast du deinen Highschool-Abschluss gemacht?«, fragt der Türsteher. Glücklicherweise hatte Grace uns gezwungen, Fragen dieser Art im Auto zu üben. Ihre Antwort ruft ein Stirnrunzeln hervor, doch dann fällt sein Blick auf die vielen Leute, die inzwischen hinter Lo anstehen. Er betrachtet mürrisch die Schlange, betrachtet mürrisch Los Führerschein, betrachtet mürrisch Lo, aber dann gibt er ihr die Karte zurück, klatscht ein Armband um ihr Handgelenk und winkt sie durch.

»Was ist passiert?« Ich hänge mich an Los Arm, total

erleichtert, dass sie den Spießrutenlauf überlebt hat und neben mir steht.

»Hast du das gesehen?«, fragt sie mich mit leiser Stimme. »Ich war mir ganz sicher, dass ich aufgeflogen bin. Er hat meinen Führerschein so genau angesehen!«

»Ich hab dir doch gesagt, du sollst dir ein Mädchen aussuchen, das auch wirklich Mexikanerin ist.«

»Aber das Mädchen sieht mir viel ähnlicher als die Mexikanerinnen!«

»Egal. Hat ja geklappt. Habt ihr gehört, wie er mich gefragt hat, ob ich seine Cousine kenne?«

»Ich bin richtig stolz auf dich, wie schnell du mit der Geschichte über den Umzug nach der Highschool gekommen bist«, sagt Grace. »Unter Druck zu lügen, ist eine superwichtige Fähigkeit für böse Mädchen. Aber kommt, gehen wir rein!«

Wir gehen zusammen ins House of Blues und ich bleibe abrupt stehen, als uns das bunte Farbenmeer und der ganze Lärm aus dem Restaurant entgegenschlagen. »Wow«, rufe ich. »Schaut euch das an!« Die Wände hängen voller kitschiger Bilder und Skulpturen und Dekoartikel, die aussehen, als wären sie Teil eines Voodoo-Rituals. Ohrenbetäubender Punk-Pop dröhnt aus den Lautsprechern, während die Gäste essen. Wir gehen unter einem SAY-YEAH-Schild aus hellen Leuchtbuchstaben durch zur Treppe und ich halte mich am Treppengeländer fest, meine Knöchel weiß, weil meine Beine jetzt noch mehr zittern als vorhin am Eingang. Der Bereich im Untergeschoss – die Bühne befindet sich hinten, die anderen drei Wände sind von Theken umsäumt – füllt sich mit Zuschauern, die in Grüppchen vor der Bühne stehen, sich unterhalten und an ihren Drinks nippen, obwohl Nicks Band das Konzert eröffnet und er mir gesagt hat, er würde kaum jemanden erwarten. Moxie Patrol, der Hauptact des Abends, ist erst in ein paar Stunden dran und Nick meinte, das wäre die Band, für die sich alle interessieren. Moxie Patrol ist mir aber egal. Mir geht es nur darum, mit Nick Cooper im selben Raum zu sein. Ich werde Nick live und in Farbe sehen, jetzt und hier und heute Abend.

Vor der Eingangstür sind ein paar Verkaufstische aufgebaut, doch die Kartons mit T-Shirts und den CDs der Bands, die heute Abend spielen, werden gerade erst gebracht. Ich blicke suchend zwischen den Gästen und der Bühne hin und her, um Nick oder irgendein anderes vertrautes Gesicht von den vielen Fotos, die er mir geschickt hat, ausfindig zu machen. Mein Herz klopft wie wild und mein Gesicht glüht, als hätte es Feuer gefangen. Ich bin mir nicht mal sicher, ob ich ihn nun entdecken will oder nicht. Beide Optionen sind total Furcht einflößend.

»Ich weiß nicht, ob ich das schaffe«, flüstere ich in Los Ohr. »Ich sterbe vor Angst. Was, wenn ich ihn nicht erkenne?«

»Hannah, du hast eine Million Fotos von ihm auf deinem Handy. Du hast mit ihm Videotelefonate geführt. Sei nicht albern. Natürlich erkennst du ihn.«

Sie hat recht – das weiß ich ja. Aber einmal muss ich noch einen Blick auf ein Foto von ihm werfen, nur zur Sicherheit. Bei dem Gedanken an den echten Nick zittert meine Hand allerdings und ich mühe mich mit meinem

Handy ab. Irgendwie schaffe ich es trotzdem, durch meine gespeicherten Fotoalben zu scrollen, bis ich eins meiner Lieblingsfotos gefunden habe. Er hat es mir vor ein paar Monaten geschickt. Alex hatte einen herrenlosen Hund gefunden, der in der Skateboard-Anlage herumirrte, und ihn mit nach Hause genommen. Auf dem Foto hat Nick den Hund, den sie Bobo getauft haben – ein Schnauzermischling mit eindrucksvollem Schnurrbart –, auf dem Arm. Er hält ihn direkt neben sein Gesicht, während Bobo ihm mit Hingabe über die Wange leckt. Der Schnappschuss hat Nicks überraschtes Auflachen festgehalten und ich kann mir vorstellen, wie sein Gelächter klingt – voll, laut und ganz spontan. Sein Lachen klingt immer, als hätte er am meisten Spaß von allen und ich muss sofort mitlachen, wenn ich es höre. Auf diesem Foto hat er seine kurzen hellbraunen Haare zu einem Fake-Iro gestylt, seine schwarze Brille ist ein kleines bisschen von der Nase gerutscht, die Lachfältchen um seine Augen sind perfekt und er hat dieses umwerfende Lächeln, von einem Ohr bis zum anderen, total ungekünstelt. Er strahlt richtig. Ich liebe dieses Foto ganz besonders, weil es so natürlich ist. So sieht Nick aus, wenn niemand hinguckt – das weiß ich.

Lo wirft einen Blick über meine Schulter auf das Foto auf meinem Handy, dann schaut sie mich an. Ihr klappt fast die Kinnlade runter: »Wieso bist du nicht schon längst nach Vegas gekommen, um mit ihm ins Bett zu hüpfen?«

»Keine Ahnung, okay? Ganz im Ernst, da läuft wirklich nichts zwischen uns.«

»Zeig mir mehr Bilder«, sagt sie. »Nur, damit ich dir helfen kann, ihn zu finden.« Ich gebe ihr mein Handy, damit sie selbst durch die Fotos scrollen kann. »Nicht, dass wir irgendwelche Schwierigkeiten haben sollten, den süßesten Jungen in diesem Schuppen auszumachen. Mensch, Hannah. Ich weiß echt nicht, warum du dir zu Hause nie solche Typen anlachst. Gewöhnlich sind deine Freunde die totalen Langweiler.«

»Na super, danke. Ich bin halt so dumm.«

»Ich habe nicht gesagt, dass du dumm bist. Ich sage bloß, dass du heute Abend besser keinen Mist baust.« Sie gibt mir mein Handy zurück. »Komm, lass uns einen Platz suchen und einen Plan machen. Wir haben noch eine halbe Stunde bis zum Konzert.«

Wir schlängeln uns durch die Grüppchen, die sich bis jetzt gebildet haben. Grace sagt immer, dass sich die meisten Leute nicht für die Vorbands interessieren und solche Konzerte erst voller werden, wenn das Vorprogramm schon läuft. Ich frage mich, ob das hier wohl Freunde von Nick oder Freunde der Band sind. Um irgendjemanden von den Fotos zu erkennen, ist es ein bisschen zu dunkel, aber ich halte trotzdem weiter nach bekannten Gesichtern Ausschau.

»Ist er hier irgendwo?«, fragt Lo, als wir uns zwischen den Leuten durchschlängeln.

»Ich sehe ihn nirgends.« Ich versuche, so lässig wie möglich zu sein, aber der Gedanke daran, dass ich Nick gleich zum ersten Mal sehen werde, ich meine, *wirklich* sehen werde, macht mich fertig. Ich glaube nicht, dass ich irgendetwas über die Lippen bringen werde. Ich wische meine verschwitzten Hände wieder an meiner Jeans ab und drehe mich zu Lo.

Anscheinend sieht man mir an, wie blank meine Nerven liegen, denn Lo packt mich an den Schultern und zieht mich an sich. »Das schaffst du«, sagt sie. »Es ist doch ganz klar, was er für dich empfindet. Er wird vor Freude durchdrehen, wenn er dich hier sieht. Und du weißt das.«

Irgendwo ganz hinten in meinem Kopf weiß ich es tatsächlich. Dort, wo ich all unsere geflüsterten Telefonate bei Nacht versteckt habe, all die Geheimnisse, die er mir erzählt hat, wie zum Beispiel der ständige Streit zwischen seinem Bruder und ihm; und seine Stimme, die ganz weich wird, wenn er mich Ghost nennt. Ich versuche, mich an all die Dinge, die ich kenne, zu klammern, aber der Teil in meinem Hirn, der mir einreden will, wie falsch ich liege, lässt sich einfach nicht abschalten. *Das ist dumm, Hannah,* sagt er. *Das wird richtig peinlich für ihn. Du zerstörst alles. Verschwinde jetzt, bevor du das hier versaust.*

Ich versuche, Lo anzulächeln.

»Du siehst aus, als hättest du Schmerzen«, sagt Grace, als sie sich mit einem Drink in der Hand hinter Lo schiebt. »Nick wird niemals mit dir knutschen, wenn du aussiehst, als würdest du gleich auf seine Schuhe kotzen.« Sie deutet mit ihrem Kinn in Richtung Bühne auf einen freien Platz ganz an der Seite.

Wir schlängeln uns wieder durch die kleine Zuschauermenge und stellen uns eng zusammen.

»Okay«, sagt Grace. »Wir brauchen einen Schlachtplan.«

»Ich finde es wichtig, dass du ihn siehst, bevor er dich sieht«, sagt Lo. »So wirst du nicht überrumpelt.«

Ich nicke, immer noch nicht in der Lage zu sprechen.

»Deswegen ist dieser Platz hier perfekt.« Grace nimmt einen großen Schluck von ihrem Drink. »Wir stehen halbwegs in einer Ecke, sodass wir alles sehen können. Ideal zum Ausspionieren.«

»Und wir haben einen guten Überblick über all die Idioten«, sagt Lo. »Schaut euch mal den da drüben an. Ich hasse Typen, die denken, es sei völlig okay, mit Basketball-Shorts in der Öffentlichkeit rumzulaufen. Mann, du siehst aus, als hättest du einen Schlafanzug an. Kannst du mal eine vernünftige Hose anziehen, *por favor?«*

Ich blende die aktuelle Berichterstattung der beiden aus und lasse meinen Blick über die Bühne und die Zuschauermenge schweifen. Ein paar Typen laufen über die Bühne und bauen alles für die erste Band auf – was Automatic Friday sein muss. Zuerst kommt mir keines der Gesichter bekannt vor, doch dann steigt ein dunkelhaariger Junge mit einer Gitarre auf die Bühne und ich weiß sofort, wer das ist. Ich hätte ihn sogar ohne die grauenvolle Achtziger-Frisur erkannt.

»Der da – der Typ da drüben!«, flüstere ich laut und zeige auf die Bühne. »Das ist Oscar. Nicks bester Freund.«

»Wer?«, sagt Lo gleichzeitig mit Grace' Frage: »Der im Volcom-T-Shirt?«

»Jup. Oscar Patel. Er spielt Bass. Er spricht drei Sprachen. Seine Katze heißt Mando. Er hat furchtbare Höhenangst.« Ich hätte auch noch die anderen Fakten über Oscar, die ich über all die Jahre von Nick bekommen habe, mühelos aufzählen können, aber der Riesenkloß in meinem Magen hat mich wieder in seiner Gewalt. Oscar ist hier, direkt vor mir. Das bedeutet, dass auch Nick in der Nähe sein muss. Irgendwo hier an diesem Ort. Ich versuche, tief Luft zu holen, verschlucke mich aber und muss letztendlich mehrere Sekunden husten, bevor ich wieder richtig atmen kann.

Lo klopft mir auf den Rücken. »Du bist ja völlig am Ende.«

»Wenn Oscar hier ist, dann ist Nick auch irgendwo. Muss er.« Grace nimmt noch einen langen Schluck aus ihrem Glas und reicht es dann Lo, während ich weiter meinen Blick über die Zuschauermenge wandern lasse. Trägt er eine Mütze? Trägt er seinen Glücksbringer, das alte Rage-Against-the-Machine-T-Shirt? Hat er heute Abend seine Brille auf? Sieht er im wirklichen Leben genauso aus wie auf den Fotos, die er mir geschickt hat?

»Ich glaube, das ist er«, quietscht Lo und ich folge ihrem ausgestreckten Zeigefinger durch den Raum. Auf der Bühne, hinter dem Schlagzeug, sitzt jetzt Nick. Rage-T-Shirt, darüber Kapuzenjacke und Lederjacke. Braunes verwuscheltes Haar, das in alle Richtungen absteht, genau wie auf den Fotos. Brille. Konzentrierter Blick, während er schwer damit beschäftigt ist, irgendwas am Schlagzeug aufzubauen.

Er ist es. Im echten Leben.

Um mich herum gerät die Welt aus den Fugen und mein Mund steht offen. Ich habe versucht, mich seelisch auf diesen Moment vorzubereiten, und sogar ein bisschen gehofft, dass er in Wirklichkeit gar nicht so süß ist wie auf den Fotos. Aber das Gegenteil ist der Fall. Er sieht sogar noch besser aus, absolut hinreißend, wie er da mit konzentriert zusammengepresstem Mund das Becken auf den Ständer schraubt.

Nick. Hier! Vier Jahre lang Freundschaft, Online-Unterhaltungen und nächtliche Telefongespräche und jetzt ist er da, direkt gegenüber, und realer als je zuvor.

»Hör auf, ihn anzustarren. Geh hin und sag etwas«, drängt Lo.

»Da ist eine Absperrung vor der Bühne«, sage ich. »Wie soll ich –«

Grace beugt sich vor und gibt mir einen Schubs gegen die Schulter. »Das ist doch keine Mauer. Er kann dich immer noch sehen. Na los, mach schon«, sagt sie. »Geh jetzt, bevor das Konzert anfängt.«

Ich bin mir nicht sicher, ob meine Beine mir gehorchen werden, denn diese negative Stimme in meinem Kopf ist wieder da, und zwar lauter als je zuvor. Was, wenn ich ihm egal bin? Was, wenn er sauer ist, dass ich gekommen bin? Aber ich muss ihn sehen. Ich muss mit ihm sprechen. Zumindest muss ich aufhören – nach all den Jahren – weiter ein Geist zu sein.

»Auf geht's«, murmele ich und bewege mich in Richtung Bühne. Am besten ist es, überlege ich, mich an die Absperrung zu stellen und von dort aus seinen Namen zu rufen, und dann ... mal sehen, was passiert. Vielleicht schließt er mich in die Arme und wirbelt mich im Kreis. Vielleicht küsst er mich sogar direkt an Ort und Stelle. Bei dem Gedanken kann ich mir ein Lächeln nicht verkneifen.

Lo und Grace feuern mich an und ich zwinge mich, einen Fuß vor den anderen zu setzen, bis ich fast da bin, und dann ...

Dann kommt ein Mädchen von hinten auf die Bühne. Ein winziges Mädchen mit roten Haaren. Nicht etwa fuchsrot, sondern filzstiftrot, wahrscheinlich hat sie sie in irgendeinem Waschbecken oder einer Wanne selbst gefärbt wie Grace heute Morgen. In ihrer Röhrenjeans und dem Oversized-Shirt – allerdings nicht groß genug, um ihre üppige Oberweite zu verbergen – sieht sie aus wie ein Hipster oder ein Groupie oder ein *Oh-ich-gehöre-zur-Band*-Mädchen. Und diese verboten cool aussehende, rothaarige, winzige Person tritt hinter Nick und legt ihre Arme um seine Taille. Dann beugt sie sich vor und küsst ihn auf den Nacken und er lächelt dabei, wahrscheinlich, weil er ihr Gewicht auf seinen Schultern spürt und die Berührung ihrer Lippen auf seiner Haut. Und noch während er lächelt, blickt er auf und schaut in die Zuschauermenge, und sein Blick fällt direkt auf mich. Wie ein Vollidiot stehe ich mit schreckgeweitetem Mund vor der Absperrung, als mir klar wird, dass Nick eine Freundin hat.

8. Kapitel

Unsere Blicke treffen sich und wir starren uns mehrere Sekunden oder Stunden oder Ewigkeiten an, bevor einer von uns beiden sich bewegt.

Tatsächlich ist es seine Freundin, die das lähmende Schweigen beendet.

»Oh mein Gott, ist das Hannah?« Sie löst ihre Arme von Nick und eilt zum Bühnenrand, beugt sich nach unten und begrüßt mich wie eine alte Bekannte.

»Hannah! Wie kommst du denn hierher? Ich hab so viel von dir gehört!« Sie springt von der Bühne und zieht mich über die Absperrung fest in ihre Arme. »Ist ja der reine Wahnsinn, dich kennenzulernen. Ich freu mich total!«

Ich stehe einfach bloß da und lasse mich von diesem zierlichen Mädchen, das meinen Namen kennt, umarmen, weil mir nichts anderes einfällt. Aber meine Arme hängen dabei schlaff an meiner Seite herab und mein Blick ist immer noch starr auf Nick gerichtet, der genauso schockiert und verwirrt aussieht, wie ich mich fühle.

Seine Freundin gibt mich zwar frei, hört aber nicht auf zu reden. »Entschuldige. Wie unhöflich von mir! Ich bin Frankie, Nicks Freundin.«

Ich kämpfe mit dem Drang, mich hier und jetzt zu übergeben, als sie es laut ausspricht. Gäbe es noch irgendeinen Zweifel an meinen Gefühlen für Nick, ließe der sich problemlos mit der Tatsache aus dem Weg räumen, dass mir beim Treffen mit seiner Freundin beinahe die Pizza wieder hochkommt.

»Nick hat mir gar nicht gesagt, dass du kommen würdest.« Sie dreht sich nach Nick um. Vermutlich sieht sie, dass wir beide denselben geschockten Gesichtsausdruck haben, denn endlich scheint sie zu kapieren. »Herrje, ist das eine Überraschung? Super! Ich liebe Überraschungen!« Sie umarmt mich wieder – verdammt – und hüpft begeistert auf und ab. Diesmal drehe ich meinen Kopf zu Lo und Grace und sehe, wie die beiden uns mit offenen Mündern anstarren. Es gibt wohl kaum einen Mund hier, der nicht offen steht.

»Das ist ja der Hammer!«, jubelt Frankie. »Ich bin so glücklich, dass du hier bist.«

Ich versuche zu begreifen, was passiert, aber in meinem Kopf sieht es aus wie in einer Hüpfburg – die Gedanken fliegen durch die Gegend. Wer? Was? Mittlerweile ist Nick an den Bühnenrand gekommen, sagt aber immer noch nichts. Seine Augen sind weit aufgerissen, als stehe er unter Schock, und er öffnet und schließt seinen Mund wie ein Fisch, der auf dem Deck eines Bootes zappelt.

Irgendwann lässt Frankie von mir ab. »Nick, ich kann

das Schlagzeug fertig aufbauen. Ihr zwei wollt bestimmt miteinander reden!« Sie streckt ihm ihre Hand entgegen und er zieht sie zurück auf die Bühne. Sie macht einen kleinen Freudenhüpfer, klatscht in die Hände, gibt ihm einen Kuss auf die Wange und geht wieder zum Schlagzeug, um dort weiterzumachen, wo Nick aufgehört hat.

Nun sind Nick und ich allein und gaffen uns immer noch mit offenen Mündern an. Er steht oben auf der Bühne und überragt mich, also springt er nach unten, auf Augenhöhe.

Er steht vor mir. Direkt vor mir. Nach all den Jahren.

Und er hat eine Freundin.

»Ghost«, sagt er und seine Stimme klingt vertraut, so wie sie immer klingt während unserer langen Gespräche. Aber trotzdem auch ganz anders, ohne das Summen des Computers oder das Rauschen des Handys im Hintergrund. Ich denke darüber nach, ob ich in meine Tasche greifen und ihm die Münze zeigen soll, bloß um irgendetwas zu tun, irgendetwas zu sagen. Doch bevor ich mich bewegen kann, schwingt er sich über die Absperrung, zieht mich in seine Arme und drückt mich an sich.

Ich kämpfe mit Wut, Enttäuschung und einer tiefen Trauer, aber sobald Nick mich zum ersten Mal berührt, verschwinden all diese Gefühle ins Nichts, und zurück bleibt nur noch ein Staunen, wie unglaublich umwerfend er aussieht. Ihn im wirklichen Leben zu sehen, ist die Antwort auf die vielen Fragen, von denen ich nicht einmal wusste, dass ich sie mir gestellt habe. Ich lege meinen Kopf an seine Schulter und meine Arme um seinen Rücken und spüre ihn zum ersten Mal. Das Leder seiner Jacke fühlt sich unter meinen Fingern weich an und er riecht nach einem Shampoo und irgendeinem frischen männlichen Duft. Er ist real. Ein echter Mensch in meinen Armen und nicht nur eine Stimme am Telefon oder ein Name auf dem Bildschirm. »Hi«, sage ich in seine Jacke hinein.

Ich möchte den ganzen Abend hier in seinen Armen verbringen, und so fest, wie er mich an sich zieht, glaube ich nicht, dass er irgendetwas dagegen einzuwenden hätte. Deshalb wundere ich mich, als er sich von mir löst.

Er tritt nervös von einem Fuß auf den anderen. »Was machst du hier?« Seine Stimme klingt fassungslos und er spricht leise, auch wenn niemand neben uns steht. Und selbst wenn, könnte man uns wegen der lauten Musik, die durch den Raum pulsiert, gar nicht hören.

Ich zucke mit den Schultern und fange an, Unsinn zu erzählen. »Grace musste für ihr Praktikum hierher.« Die Lügen kommen mir jetzt noch leichter über die Lippen als draußen beim Türsteher. »Es hat sich ganz kurzfristig ergeben und ...« Unbewusst greife ich nach seiner Hand, um sie zu drücken, doch in der Sekunde, in der wir uns berühren, zucken wir beide hastig zurück. Ich schaue auf meine Hand. Ich bin es nicht gewohnt, mich mit ihm zu unterhalten und dabei Körperkontakt mit ihm zu haben, damit komme ich nicht klar. Er ist zu echt. So echt, dass es wehtut. »Ich dachte, ich überrasche dich einfach.«

Nick verzieht sein Gesicht. Er fährt sich mit der Hand von der Seite durchs Haar und verwuschelt seine Frisur noch mehr. Die Atmosphäre zwischen uns hat sich verändert, Wärme und Geborgenheit sind einem eisigen Polarsturm gewichen. Seltsam. Während wir uns noch vor einer Minute in den Armen lagen und ich nach seiner Hand gegriffen habe, als wäre es wie Atmen oder Sprechen das Natürlichste der Welt, herrscht jetzt eine Kälte zwischen uns, die die Luft dünn und unsere Unterhaltung schwer und hölzern macht. Woher dieser Wandel?

»Äh.« In der Hoffnung, uns wieder dorthin zurückzubringen, wo wir noch vor einer Minute waren, plappere ich los. »Ich freue mich wahnsinnig auf die Band.« Ich lächele, aber aus irgendeinem Grund schneidet er eine Grimasse und die Kluft zwischen uns gefriert zu Eis, das sich wie eine Wand zwischen uns auftürmt. »Und, äh, Frankie scheint nett zu sein.« »Nett« ist das eine. »Durchgeknallt« passt auch. Und »eine verdammte Überraschung« trifft den Nagel auf den Kopf. »Wie lange seid ihr schon, äh ...«

»Ungefähr drei Monate«, murmelt er. Er schiebt seine Hände in die Hosentaschen und schaut auf den Boden.

Drei Monate. Ich fasse es nicht. Seit drei Monaten hat er diese Freundin schon und nie hat er sie erwähnt. Drei Monate lang hat er sie mir verschwiegen. Hat mich angelogen. Als Josh und ich offiziell zusammenkamen, hab ich es ihm noch am selben Abend erzählt. Ich habe ihm von jedem Freund erzählt, den ich hatte. Es wäre mir nicht einmal in den Sinn gekommen, irgendwelche Geheimnisse vor ihm zu haben.

»Wow. Drei ...«

Ich möchte mehr wissen, aber er dreht sich zur Bühne – Frankie ist immer noch damit beschäftigt, das Schlagzeug aufzubauen – und unterbricht mich. »Sie ist toll.«

»Ich, äh …« Mir fehlen die Worte. Ich hatte ja alles Mögliche erwartet, aber ich hätte nie gedacht, dass wir bei unserem Treffen Schwierigkeiten haben würden, miteinander zu sprechen. Miteinander sprechen ist das, was wir am besten können, wir können gar nicht genug davon bekommen. Irgendwo im Hinterkopf hatte ich Angst, dass wir bei unserem Treffen im echten Leben vielleicht auf Hindernisse stoßen würden, aber ich wäre nie, nie darauf gekommen, dass Sprechen das Problem sein könnte.

Die Distanz zwischen uns versetzt mir einen Stich, irgendwo tief in meinem Inneren, wo es dunkel ist. Ich ertappe ihn dabei, wie er wieder auf die Bühne schaut. Frankie. Es ist ihre Schuld. Diese blöde Freundin.

Ich beschließe, sie zu hassen.

»Na gut, dann lass ich dich mal wieder auf die Bühne, damit du dich aufs Konzert vorbereiten kannst.« Ich will nicht wirklich gehen, aber ich muss hier weg. So war das nicht geplant, nicht im Entferntesten, und ich ärgere mich über uns beide.

»Ich stehe da drüben.« Ich zeige mit meiner Hand auf unsere Ecke und bin mir sicher, dass Grace und Lo unser Drama verfolgen, als handele es sich um irgendeine billige Reality-TV-Show. »Für den Fall, dass du später sprechen willst oder wenn's noch irgendetwas anderes gibt, was du mir sagen möchtest.«

Sobald ich mich umdrehe, um wieder zu Lo und Grace

zu gehen, spüre ich, wie mir die Tränen kommen. Am liebsten würde ich die Uhr fünf Minuten zurückdrehen und noch einmal von vorne anfangen. Oder sechs Minuten und gar nicht erst zur Bühne gehen. Einen Tag zurück und niemals diese schreckliche Entscheidung treffen, unsere Freundschaft zu zerstören – oder drei Monate zurück und die Worte zurücknehmen, die ich damals zu Nick gesagt habe, als er mich betrunken angerufen hat.

Verdammte Zeitreisen. Warum gibt es so etwas nicht?

»Was macht er gerade?«, frage ich sofort, als ich bei den beiden ankomme.

»Was zum Teufel war das?«, fragt Grace.

»Was macht er gerade?«, zische ich durch meine Zähne.

»Er hat dir mit offenem Mund hinterhergestarrt, als du zu uns rübergekommen bist«, sagt Lo. »Dann ist er zurück auf die Bühne und jetzt spricht er mit diesem Oscar. Oh Mann. Sieht so aus, als würden die beiden sich streiten.«

»Was zum Teufel war das?«, fragt Grace noch einmal. »Wer ist dieses Mädchen?«

Ich stoße einen langen, qualvollen Seufzer aus und bedecke mein Gesicht mit beiden Händen. »Das ist seine Freundin. Die Tussi mit den roten Haaren und dem Riesenbusen. Sie heißt Frankie. Die beiden sind seit drei Monaten zusammen, sie ist wie ein Schokohase auf Speed. Und sie ist seine Freundin.«

»Ach du Scheiße«, sagt Grace. Sie ist bereits beim zweiten Drink und saugt an ihrem Strohhalm, als wäre sie auf einer verlassenen Insel gestrandet und ihr Leben hinge davon ab. »Das ist eine Überraschung.«

»Das ist grauenvoll.« Ich nehme meine Hände vom Gesicht und schaue die beiden an. »Dabei war es für eine Minute perfekt. Er hat mich umarmt und es war großartig. Aber dann wurde es plötzlich komisch zwischen uns und keiner wusste, was er sagen sollte, und wahrscheinlich will er gar nicht, dass ich hier bin, und dann hab ich die Nerven verloren und bin abgehauen, und jetzt wird er wahrscheinlich nie wieder mit mir reden, und ich hab alles vermasselt.«

Grace runzelt die Stirn. »Erstens: Du hast überhaupt nichts vermasselt. Du bist ja nicht diejenige, die einen heimlichen Freund hat, also mach dir keine Vorwürfe. Zweitens – hier. Den brauchst du jetzt.« Sie reicht mir ihren Drink.

Eigentlich sollte ich ablehnen, aber ich überlege es mir anders und nehme einen großen Schluck. Trinken stand heute nicht auf meiner To-do-Liste, aber dass Nick eine Freundin hatte, auch nicht, und Grace sagt immer, ich müsste flexibler sein. Der Mix aus Limettenlimonade und Reinigungsalkohol füllt meinen Mund und ich zittere am ganzen Körper, als ich das Zeug mit Gewalt runterwürge.

Ein falscher Führerschein und Alkohol an einem Abend. Ich erkenne mich selbst nicht wieder.

»Mir geht's noch nicht besser«, beschwere ich mich, als ich Grace das Glas zurückgebe.

»Okay, jetzt nicht umdrehen«, sagt Lo. Automatisch drehe ich meinen Kopf zur Bühne, doch Lo packt mich am Arm und reißt mich nach vorne »Ich hab doch gesagt, du sollst dich nicht umdrehen. Mann, halt dich mal an Anweisungen.«

»Was ist denn los?« Mir gelingt es nicht, die aufsteigende Panik in meiner Stimme zu unterdrücken, als ich mir die Worst-Case-Szenarios vorstelle, die anscheinend alle im Schatten der sonnigen Best-Case-Szenarios gelungert haben, die ich mir in den letzten paar Jahren erträumt habe. »Packt die Band gerade ihre Sachen und flieht, bevor ich es merke? Oder küsst er sie mitten auf der Bühne?«

»Nein.« Sie beugt sich zu uns, als könnten uns Nick und die anderen auf der Bühne hören. »Er streitet sich immer noch mit diesem Oscar-Typen. Und Oscar hat ziemlich auffällig hier rübergeguckt und mit dem Finger auf uns gezeigt.« Sie kaut auf ihrer Unterlippe. »Oscar ist übrigens total heiß.«

»Darf ich mich jetzt umdrehen?« Ohne ihre Antwort abzuwarten, schaue ich zur Bühne. Nick steht mit dem Rücken zu mir und fuchtelt mit den Armen, seine Körpersprache brüllt förmlich seine Wut und seinen Ärger heraus. Und den Wunsch, sonst wo zu sein, nur nicht hier. Oscar lacht. Mein Herz sinkt in den House-of-Blues-Keller.

»Seht ihr, er plant gerade, wie er mich am besten loswird.« Ich drehe mich wieder zu den Mädchen. »Wollen wir gehen? Gott, ich hab mich heute schon genug zum Affen gemacht. Es ist ja klar, dass er mich nicht hierhaben will.«

»Mann, kommt überhaupt nicht infrage«, sagt Grace.

»Wir sind den ganzen Weg hierhergefahren. Wir haben uns im Auto angehört, wie du vier Stunden lang ununterbrochen von diesem Typen gelabert hast. Verdammt, wir hören uns das schon seit Jahren an. Wir bleiben auf dem Konzert.«

»Aber ...«

»Kein Aber, Hannah. Okay, das ist nicht so gelaufen, wie du es dir vorgestellt hast. Damit musst du leben. Man schmeißt nicht vier Jahre Freundschaft wegen einer verkrampften Unterhaltung weg.«

»Und einer Freundin«, füge ich hinzu.

»Na gut, dann hat er halt eine Freundin«, sagt Lo und tätschelt meine Schulter. »Ist doch egal. Ich bin mir sicher, dass er seit der achten Klasse auch schon andere Freundinnen gehabt hat, oder?«

Er hat mehrere Freundinnen gehabt, genau wie ich mehrere Freunde. Aber diese Freundinnen haben mich nie gestört. Zum einen, weil er mir erst richtig von ihnen erzählt hat, wenn Schluss war, und dann ging es hauptsächlich darum, warum es in der Beziehung gekriselt hatte. Zum anderen, weil ich damals noch nicht so viel für ihn empfunden habe. Es waren einfach nur Mädchen. Keine Konkurrenz.

Aber dieses Mädchen? Bis jetzt weiß ich noch gar nichts über Frankie. Er hat sie nie erwähnt, nicht ein einziges Mal. Ich hab also keine Ahnung, ob das was Ernstes zwischen den beiden ist. Ob Frankie tatsächlich Konkurrenz ist.

Mir hat er zuerst gehört.

»Okay, aber –«

»Gut«, sagt Grace. »Damals bist du damit klargekommen und jetzt wirst du auch damit klarkommen. Benimm dich wie eine Erwachsene, schau das Konzert an, jubele ihm zu und rede noch einmal mit ihm, wenn sie fertig sind. Ich wette mit dir, dass dann alles schon viel besser aussieht, und danach kannst du dir Gedanken machen, wieso er, verdammt noch mal, eine Freundin hat.«

Ich hasse es, wenn meine verrückte Schwester die Vernünftige von uns beiden ist. Aber sie hat ja recht – ich kann nicht einfach verschwinden. Nicht so.

»Du weißt selbst, dass du ihn spielen hören willst«, sagt Lo.

Und das ist es, was mich hier hält. Denn nichts möchte ich lieber als das. Ich möchte erleben, ob Nick mich ansieht, während er spielt. Ich weiß, dass Jordy die Songs schreibt und singt, aber etwas in mir ist mit diesen Texten verbunden, ich muss sie einfach live hören, und wenn es nur darum geht, dass etwas in mir zur Ruhe kommt.

»Na schön«, stimme ich zu und vergrabe mein Gesicht wieder in meinen Händen. »Einen Song.«

9. Kapitel

Vor drei Monaten

Es gibt etwas über Nick, das ich Grace und Lo nie erzählt habe. Ich hab es für mich behalten, weil ich es nicht ganz einordnen konnte, und ich werde es auch weiter verschweigen, weil mir nach Frankie, nach dieser merkwürdigen Situation, klar geworden ist, dass es sowieso keine Rolle mehr spielt.

Es war vor ungefähr drei Monaten. Ich träumte, ich wäre nach Berkeley gegangen, aber Berkeley war auf einer tropischen Insel und ich trug an der Uni einen Kokosnuss-BH, der dauernd nach unten rutschte. Mitten im Traum riss mich irgendetwas aus dem Schlaf.

Mein Handy.

Nicks Klingelton.

Ich schoss in die Höhe und tastete auf meinem Nachttisch herum, bis ich mein Handy fand. Ich hatte keine Ahnung, wie spät es war, aber der Traum war sehr intensiv gewesen und draußen war es stockfinster. Es musste also mitten in der Nacht sein.

»Nick? Was ist passiert? Alles in Ordnung mit dir?« Ich

konnte mir den späten Anruf nur damit erklären, dass er irgendwo halb tot am Straßenrand lag.

Höllischer Lärm drang durch mein Handy. »Ghost!«, brüllte er über den Krach hinweg. »Ich gehe nach draußen, damit ich dich hören kann. Warte kurz.« Schlurfen, noch mehr Schlurfen, ein lauter Knall und dann verstummte der Lärm im Hintergrund.

»Wo bist du? Was ist los?«

»Ich bin auf einer Party. Ich bin auf Jeffs Party.«

»Geht's dir gut?«

»Jaja, mir geht's gut. Mir geht's gut.« Er lallte. Betrunken. »Ich hab dir eine Nachricht geschickt. Nachricht. Hast du sie gelesen?«

Ich warf einen Blick auf mein Handy und entdeckte drei verpasste Nachrichten. »Ich muss schon geschlafen haben«, sagte ich gähnend. »Was wolltest du denn?«

»Ich wollte bloß mit dir sprechen«, sagte er. »Ich setze mich eben hin. Warte.« Wieder Schlurfen, dann ein lautes Plumpsen. »Ich hab dich fallen gelassen! Ich hab dich auf den Rasen fallen gelassen!« Seine Stimme klang ganz weit weg. »Ich kann dich nicht finden. Sag was, damit ich dich finden kann!«

»Nick«, sagte ich so laut, wie ich mich traute. Meine Eltern schliefen nicht besonders tief und es gab bestimmt Lustigeres, als ihnen erklären zu müssen, mit wem ich mitten in der Nacht telefonierte. »Nick, ich bin auf den Rasen gefallen. Heb mich auf!«

»Ich komme«, sagte er und klang schon näher. »Da bist du ja! Hab dich!« Seine Stimme drang wieder deutlich durchs Telefon. »Warum rennst du vor mir weg, Ghost?«

»Du weißt doch, wie trampelig ich bin. Man kann mich nirgendwo mit hinnehmen.«

In der Leitung blieb es still. Ich versuchte es noch mal. »Alles in Ordnung, Nick? Brauchst du Hilfe? Fährt dich jemand nach Hause? Ich möchte nicht, dass du in diesem Zustand fährst.«

»Ich fahre nicht. Unsere Band hat auf der Party gespielt und Alex ist da. Er fährt mich nach Hause. Er hat nichts getrunken. Im Moment ist er, äh, beschäftigt. Mit irgendeinem Mädchen. Weiß nicht. Sie sind in Jeffs Zimmer. Jeff ist angepisst. Du weißt ja, wie Jeff ist.«

»Nicht wirklich. Ich kenne Jeff nicht.« Ich war leicht genervt, dass er mich aus dem Schlaf gerissen hatte, aber nicht sauer genug, um einfach aufzulegen. Ein betrunkener Nick war ganz unterhaltsam.

»Nee, kennst du nicht, Ghost. Du kennst meine Freunde nicht. Weil du nämlich ein Geist bist. Warum bist du ein Geist? Warum bist du nicht hier? Warum bist du so weit weg?«

Ich drehte mich auf die Seite und presste mein Handy dichter ans Ohr. »Weil das nun mal so ist. Du wohnst in Vegas und ich wohne in Orange County und daran lässt sich nichts ändern.«

»So weit ist das gar nicht, Ghost. So weit ist das gar nicht.«

»Mit dem Auto sind es vier Stunden. Über die Grenze. Das ist weit.«

»Weißt du was? Ich würde es sofort machen. Ich würde sofort ins Auto steigen und vier Stunden fahren, nur um dich zu sehen. Ich möchte dich so wahnsinnig gerne sehen, Ghost. Ich würde auf der Stelle losfahren.«

In meinem Körper kribbelte es und die Härchen auf meinen Armen stellten sich auf. So etwas hatte er noch nie zu mir gesagt. Nach unserem geplatzten Treffen in Barstow war das Thema vom Tisch gewesen. Wir hatten uns darauf geeinigt, dass es eben nicht mehr als eine virtuelle Freundschaft werden sollte.

»Jetzt fährst du nirgendwohin. Wie viel hast du getrunken?« Themenwechsel. *Sofort!* Unser Gespräch drohte, in gefährliches Terrain zu schlingern, und es war völlig ausgeschlossen, dass ich um stockfinster Uhr imstande sein würde, irgendwelchen Fallstricken auszuweichen.

»Ich hab ein paar Bier getrunken. Wir haben ein Fass hier, aber das ist jetzt leer. Ganz leer. Ich hatte ein oder zwei Kurze mit Alex, weil er meint, dass ich mich besoffen vielleicht wie ein normaler Mensch benehme und nicht die ganze Zeit so verdammt peinlich bin oder so. Irgendein typischer Alex-Kommentar halt. Keine Ahnung.«

»Arschloch«, murmelte ich. »Fühlst du dich einigermaßen okay?«

»Ja, mir geht's gut.« Er seufzte. »Du kümmerst dich immer so gut um mich, Ghost. Selbst am Telefon passt du immer gut auf mich auf. Hast du meine Nachrichten nicht bekommen? Ich hab dir welche geschickt.«

»Ich sehe sie auf meinem Handy. Soll ich sie jetzt gleich lesen? Oder erzählst du mir, was du mir geschrieben hast?«

»Lies sie später. Ich will nicht, dass du auflegst. Bitte

bleib am Telefon. Alex macht gerade mit diesem Mädchen rum, um irgendeine andere eifersüchtig zu machen. Der anderen ist das aber egal. Total bekloppt. Er ist bekloppt.« Er lachte. »Du bist der einzige Mensch, mit dem ich sprechen kann. Bitte bleib dran, bis Alex aus Jeffs Zimmer kommt und mich nach Hause fährt.«

»Na klar«, sagte ich, obwohl ich keine Ahnung hatte, wie lange das noch dauern könnte. Ich schüttelte mein Kopfkissen auf, drehte es zusammen und legte mein Handy drauf ab, um es nicht halten zu müssen. Nick begann mit einer Zusammenfassung der Party – wer mit wem geknutscht hatte, welche Beziehungsdramen es gab und wer am heißesten aussah. Von dem Mädchen, das Alex gerade versuchte eifersüchtig zu machen. Beim Erzählen tat er so, als ob ich die Leute alle kennen würde, und zum Schluss hatte ich das Gefühl, ich wäre selbst auf der Party gewesen.

»Du hättest mal hier sein sollen, Ghost. Du solltest genau in diesem Moment hier sein.«

»Mmmmm.« Ich war inzwischen ziemlich müde, doch ich zwang mich, wach zu bleiben, weil ich es ihm versprochen hatte. Mir fielen die Augen zu, aber ich schüttelte kurz den Kopf, um sie mit Gewalt offen zu halten. »Mmm.«

»Du solltest mit mir zusammen sein, Ghost. Wir sollten zusammen sein, meinst du nicht auch?«

Meine schweren Augenlider klappten nach oben. »Moment. Nick ...«

»Was?« Meine Reaktion schien ihn ernsthaft zu verwirren, als hätte er bereits vergessen, was er eben gesagt hatte. Das konnte ich aber nicht.

Und ich wollte auf keinen Fall, dass er seine Worte noch einmal wiederholte.

»Hör auf damit!«

Nick senkte seine Stimme zu einem fast verschwörerischen Flüstern, als würde er mich in seinen streng geheimen Plan einweihen, gemeinsam mit mir die Weltherrschaft an sich zu reißen. »Sag nicht, dass du noch nie daran gedacht hast, Ghost. Wir beide. Klar hast du das.«

»Nein, hab ich nicht.« Ich schüttelte den Kopf, obwohl ich wusste, dass er mich nicht sehen konnte. Tatsächlich schüttelte ich bei dem Gedanken, dass er mich nicht sehen konnte, den Kopf noch heftiger, als könnte mein Kopfschütteln in Orange County einen Wirbelsturm aus lauter Neins in Vegas auslösen.

»So empfinde ich nicht für dich, Nick. Hab ich nie. Das geht einfach nicht.«

Was nicht ehrlich war. In Wirklichkeit war es eine komplette Lüge. Ich hatte in letzter Zeit immer öfter in diese Richtung gedacht. Aber die Lüge war das Erste, was mir in den Sinn und über die Lippen gekommen war, und als sie draußen war, konnte ich sie nicht wieder zurücknehmen. Sie machte ja auch viel mehr Sinn als die Wahrheit. Ich könnte nie mit Nick zusammen sein. Er wohnte Hunderte von Meilen entfernt und ich wollte ja schließlich keine Fernbeziehung mit einem virtuellen Freund. So wie es gerade zwischen uns war, Freundschaft, *nur* Freundschaft, online, am Telefon, im Videochat, das war das einzig Logische, das einzig Denkbare.

Ich spuckte also meine Lügen weiter aus. Es war wie ein Zwang, ich konnte nicht mehr aufhören. »Ich meine, platonischer könnten meine Gefühle für dich gar nicht sein. Für mich bist du nicht mal ein Typ. Du könntest genauso gut Lo sein.«

Nick stieß einen langen Seufzer aus. »Schon kapiert. Du musst es nicht noch einmal wiederholen.« Er lallte immer noch ein bisschen, aber seine Stimme klang jetzt leise und resigniert. Niedergeschlagen.

Meine Behauptung, nichts für ihn zu empfinden, war so reflexartig gewesen, dass ich keine Sekunde darüber nachgedacht hatte, wie er meine Abfuhr aufnehmen würde. Und als ich die Trauer in seiner Stimme hörte und begriff, dass ich der Grund dafür war – na ja, da war ich für einen Moment versucht, doch alles wieder zurückzunehmen. Mich zu entschuldigen und zu sagen: Vergiss es. Ich hab gelogen. Es tut mir leid. Denn wenn die Lüge ihn traurig machte, warum sollte ich es nicht mit der Wahrheit wiedergutmachen?

Doch am anderen Ende der Leitung wurde es plötzlich laut und die Gelegenheit war vorüber.

»Alex ist so weit«, sagte er. »Ich meine, Alex ist da. Er fährt mich jetzt nach Hause. Ich muss auflegen.«

Zwischen uns hing so viel in der Luft, dass ich nicht wusste, was ich sagen sollte. Ich antwortete also nur: »Okay.«

»Können wir einfach so –«

Aber ich ließ ihn die Frage nicht aussprechen, ob wir einfach so tun könnten, als sei nichts geschehen. Zwischen uns war es sowieso schon schwierig genug.

»Schreib mir, wenn du zu Hause bist, okay? Damit ich weiß, dass du gut angekommen bist.«

»Nick! Beeil dich!« Alex brüllte so laut, dass auch ich ihn deutlich hören konnte.

»Ich komm ja schon. Äh, tschüss, Hannah.« Und bevor ich irgendetwas erwidern konnte – ihm Gute Nacht sagen, ihn anfauchen, weil er meinen echten Namen benutzt hatte, oder einen blöden Witz reißen, um halbherzig zu versuchen, die komische Stimmung zwischen wieder aufzulockern –, legte er auf.

Ich setzte mich hin, blinzelte in die Dunkelheit und versuchte, mit dem klarzukommen, worüber wir eben gesprochen hatten. Er war betrunken gewesen – total betrunken. Er hatte gelallt und ihm war gar nicht klar gewesen, was er da sagte. Er und ich zusammen. Das konnte er nicht ernst gemeint haben. Ausgeschlossen. Diese Idee gleich im Keim zu ersticken, war die beste Reaktion und der einzige Weg, um das unvermeidliche peinliche Gespräch am nächsten Tag zu umgehen.

Richtig?

Ich checkte die Uhrzeit auf meinem Handy: 2:15 Uhr. Normale Menschen riefen um diese Uhrzeit nicht an, um über ihre Gefühle zu sprechen, sondern um sich zum Sex zu verabreden. Das musste der Alkohol gewesen sein.

Ich klickte auf mein Nachrichten-Icon. Drei, alle von Nick, über die halbe Nacht verteilt.

23:57 Uhr: **Bist du noch wach, Ghost? Die Party ist das Letzte. Ich wünschte, du wärst hier.**

1:03 Uhr: **Warum musst du so weit weg wohnen? Das Sofa neben mir wäre besser.**

Und um 1:41 Uhr: **Du und ich. Wie findest du das? Ich frage für einen Freund …**

Ich starrte auf mein Handydisplay und versuchte zu verstehen. Nachrichten von Betrunkenen sollte man nie ernst nehmen, das hatte ich aus meiner Freundschaft mit Lo gelernt. Manchmal musste ich sie auf Partys mit Gewalt daran hindern, Nachrichten zu verschicken, damit sie ihren Exfreunden nicht irgendwelchen Blödsinn schrieb, den sie gar nicht meinte.

Was bedeutete, dass ich den ganzen Kram hier nicht ernst zu nehmen brauchte. Also musste ich mich auch nicht schlecht fühlen, ihn angelogen zu haben.

Richtig?

Danach war an Schlaf nicht mehr zu denken. Fünfzehn Minuten später schickte Nick mir eine Nachricht, dass er gut zu Hause angekommen war, aber zum ersten Mal seit vier Jahren wusste ich nicht, was ich ihm antworten sollte. Ich schickte ihm wie sonst ein Daumenhoch-Emoji und versuchte, zur Ruhe zu kommen, doch vor meinem inneren Auge drehten sich seine Nachrichten, unser Gespräch und meine Antwort endlos im Kreis.

Meine Antwort? Wem machte ich hier etwas vor? Meine Lüge!

Es dauerte mindestens eine Stunde, bis ich mich so weit beruhigt hatte, dass ich müde wurde. An erholsamen Schlaf war trotzdem nicht zu denken. Ich wälzte mich hin und her und horchte mit halbem Ohr auf mein Handy. Ich dachte, er könnte vielleicht anrufen oder mir antworten. Ich dachte, ich bekäme noch eine Chance, alles wieder zurückzunehmen.

Am nächsten Morgen wusste ich, dass ich ihm irgendetwas schreiben musste, hatte aber keine Ahnung, was.

Nachdem ich mir stundenlang den Kopf zerbrochen hatte und mich überhaupt nicht auf meine Hausaufgaben konzentrieren konnte, beschloss ich, die Sache hinter mich zu bringen und schickte ihm eine Nachricht.

Hey, wie geht's dir heute Morgen?

Na bitte. Total harmlos, lud aber zum Gespräch ein.

Ich drehte mein Handy um, bis er mir ungefähr eine Minute später antwortete.

Nick: **Nie wieder Alkohol, aber ich lebe noch.**

Hannah: **Gut. Ich hab mir Sorgen um dich gemacht.**

Nick: **Tut mir leid, dass ich so spät angerufen habe.**

Hannah: **Gar kein Problem. Du weißt doch, dass mir das nichts ausmacht.**

Nick: **Darum bist du ja auch die Beste, Ghost.**

Ich schaute mit gerunzelter Stirn auf mein Handy. Was sollte ich darauf antworten? Wollte er irgendeinen Kommentar zu dem, was er gestern gesagt hatte? Am besten antwortete ich sofort, weg damit, damit alles so schnell wie möglich wieder beim Alten war.

Bevor ich anfing, mir zu viele Gedanken zu machen, tippte ich: **Ich weiß, du warst betrunken gestern Abend und hast das nicht so gemeint. Lass uns die Sache einfach vergessen, okay?** Dann drückte ich auf Senden.

Puh!

Er antwortete nicht gleich, was seltsam war, weil er auf meine ersten Nachrichten sofort reagiert hatte. Es dauerte ungefähr fünf Minuten, bevor mein Handy wieder piepte.

Okay.

Mehr schrieb er nicht.

Danach war alles wieder beim Alten, wie nach Barstow. Als wäre nie etwas passiert.

Und so fing ich an, eine Lüge zu leben.

10. Kapitel

Samstag

Es dauert ungefähr zwanzig Minuten – und kostet Grace zwei weitere Drinks und mich drei Panikattacken –, bis es so weit ist und Automatic Friday auf die Bühne kommt. Ich drehe meine Haare um die fünfundsiebzig Mal in einen Knoten, um sie sofort wieder aufzumachen, und mein Daumennagel ist so gut wie abgekaut. Lo und Grace versuchen, mich abzulenken, indem sie über jeden lästern, der hier anwesend ist, und ich muss jedes Fitzelchen meiner kaum vorhandenen Selbstbeherrschung aufwenden, um nicht auf die Bühne zu schauen, nach draußen zu rennen oder darüber in Tränen auszubrechen, dass die Freundschaft, die mir am meisten bedeutet, nun zerstört ist.

Es ist praktisch unmöglich.

Alles, was ich will, ist, aus dieser Situation wieder herauszukommen. Ich werde mir den ersten Song anhören und dann sage ich Grace und Lo einfach, dass ich zu viel getrunken oder zu viel gegessen habe oder egal was, und fahre mit dem Taxi zurück ins Hotel. Ich muss nicht mit Nick über seine Freundin sprechen. Und schon gar nicht, wenn sie direkt neben uns steht, ihre großen Titten praktisch in meinem Gesicht.

Nick und ich haben bisher immer alles online oder übers Handy besprochen. Das ist auch jetzt möglich.

Ich plane gerade meinen perfekten Abgang, als sich die Lichter verdunkeln und der billige Punk-Pop mitten im Song unterbrochen wird. Die Menge jubelt halbherzig und mein Handy vibriert in meiner Tasche.

Ich lese die Nachricht, während die Band auf die Bühne steigt. Sie ist von Nick.

Es tut mir so leid, Ghost.

Was tut ihm leid? Die peinliche Situation? Frankie? Dass er sie mir verheimlicht hat? Wütend stopfe ich mein Handy wieder in die Tasche. Zum ersten Mal seit vier Jahren macht es mich nicht glücklich, seinen Namen auf meinem Display zu sehen.

Ich trommele mit den Fingern auf meine Schenkel, doch als die Bühnenscheinwerfer angehen, packt mich gegen meinen Willen die Begeisterung. Ja, ich bin sauer auf Nick, aber diese Musik ist seit Jahren der Soundtrack zu meinem Leben und schon bei dem Gedanken, die Band live zu sehen, überläuft mich ein Schauer. Vorne steht Jordy, der Leadsänger; ich erkenne ihn sofort von den Fotos auf Nicks Profil wieder und von den YouTube-Videos der Band. Er trägt ein T-Shirt mit abgeschnittenen Ärmeln, um mit seinen komplett tätowierten Armen anzugeben, und als er seinen Blick über das Publikum schweifen lässt, grinst er von einem Ohr bis zum anderen und fährt sich mit der Zunge über die Lippen. Er ist voll in seinem Element. Und da ist Oscar. Er hat sich den

Gurt seines Basses über die Schulter geschlungen und klopft mit seinem Fuß auf das Pedal. Seine Achtziger-Frisur steht in alle Richtungen ab, Nick hat tatsächlich nicht übertrieben. Am Schlagzeug sitzt der Neue, Drew: klein, pummelig und irgendwie gehört er noch nicht ganz dazu. Und dann, an der Gitarre ...

»Das ist ja Alex!« Grace packt mich so fest am Arm, dass ich Angst habe, sie bricht mir gleich die Knochen. »Du hast mir nicht gesagt, dass Alex in der Band spielt.«

Tatsächlich, der Typ, der auf der Gitarre herumklimpert, ist nicht Nick. Es ist sein großer Bruder, Alex.

Hätte ich Nick nicht schon gesehen, wäre ich erst ins House of Blues gekommen, als die Band schon auf der Bühne war, hätte ich ihn wahrscheinlich für Nick gehalten.

Gleicher Körperbau, gleiche Größe, die gleichen braunen Haare. Er trägt eine tief in die Stirn gezogene Cap, die im Halbdunkel seine Gesichtszüge nur undeutlich erkennen lässt, und eine Motorrad-Lederjacke, die ähnlich wie Nicks aussieht und die Tätowierungen auf seinem rechten Arm verbirgt.

Die Band beginnt mit einem ihrer schnelleren Songs. Auch wenn sie alle in zerrissenen T-Shirts und Tattoos auftreten, ist ihre Musik überraschend ruhig. Live klingen sie toll und Jordys Reibeisenstimme kommt in dem kleinen Club super zur Geltung. Sie haben *In My Head,* einen meiner Lieblingssongs, ein bisschen anders arrangiert als die Studioversion, die bei mir in Dauerschleife läuft, wenn ich allein bin.

Aber was ist mit Nick passiert? Warum ist Alex an seiner Stelle auf der Bühne?

»Die sind der Hammer, oder?«

Irgendwie ist es Frankie gelungen, sich an meine Seite zu schleichen. In ihrer Hand hält sie ein Tablet und von ihrem Hals baumelt eine riesige Kamera. Sie schaut nicht zu mir, sie starrt auf ihr Tablet und tippt dabei auf ihrem Display herum. Würde sie mir nicht mehr oder weniger ins Ohr brüllen, wüsste ich gar nicht, dass sie mit mir spricht.

»Klar.« Ich löse mich aus Grace' Griff und werfe einen Blick auf sie und Lo. Beide schauen genauso irritiert auf die Bühne wie ich noch vor einer Sekunde. »Äh – und wo ist Nick?«

Sie klemmt ihr Tablet zwischen die Knie, während sie die Kamera hochhält und Schnappschüsse von der Band macht. »Oh, der steht am Merchandise-Tisch. Wie immer.« Sie lässt die Kamera fallen, sodass sie nur noch am Riemen von ihrem Hals hängt, und schnappt sich wieder ihr Tablet. »Macht es euch etwas aus, wenn ich mich für ein paar Sekunden zu euch stelle? Euer Blick auf die Bühne ist toll und ich hab heute so viel Zeugs dabei.« Sie dreht sie zu den anderen um: »Hey, ich bin Frankie.«

»Äh, das ist Grace, meine Schwester, und das ist Lo, meine beste Freundin.« Wir brüllen uns immer noch über die Musik hinweg an.

»Moment. Nick steht immer am Merchandise-Tisch?«, fragt Grace.

Ich brauche die Bestätigung gar nicht erst abzuwarten. Ich weiß auch so, dass es wahr ist. Vermutlich hat irgendetwas in mir es schon die ganze Zeit gewusst.

Nick ist nicht der Gitarrist von Automatic Friday.

Nick verkauft T-Shirts und baut das Schlagzeug auf.

Das ist der Grund für seine Nachricht. Er hat sich weder für Frankie noch für sein komisches Verhalten entschuldigt, sondern für eine weitere Lüge. Dafür, dass er erzählt hat, er würde in der Band spielen, obwohl es sein Bruder ist, der auf der Bühne steht.

Ohne nachzudenken, lasse ich Frankie und die Mädchen stehen und schlängele mich durch die Zuschauer. Automatic Friday ist inzwischen beim zweiten Song, nachdem Jordys lautes »Vegas, wie geht's euch heute Abend?« vom Publikum mit einem müden Murmeln beantwortet wurde. Ich zwänge mich zwischen den Menschen hindurch, die Jordys leidenschaftlichen Gesang gar nicht beachten, und entschuldige mich, wenn ich gegen ihre Getränke stoße. Ich haste die Treppe hoch und stürze aus der Tür. Nick sitzt auf einem Klappstuhl hinter dem Verkaufstisch. Vor ihm sind Stapel mit Automatic-Friday-CDs und Moxie-Patrol-T-Shirts auf dem Tisch aufgebaut und hinter ihm an der Wand klebt ein zerknittertes Blatt Papier mit den Worten: TRINKGELDER WILLKOMMEN! WIR SIND DIE BARKEEPER, DIE EUCH MIT T-SHIRTS STATT MIT DRINKS VERSORGEN!

Als er mich sieht, steht er auf, doch sobald sich unsere Blicke treffen, verdüstert sich seine Miene. »Ghost!«

»Nenn mich nicht so.«

Er zuckt zurück, als hätte ich ihn geschlagen. »Hannah, bitte.«

Ich weiß, dass ich ihm verboten habe, mich Ghost zu nennen. Zum ersten Mal, seit er meinen Spitznamen erfunden hat, will ich nicht, dass er mich damit anspricht.

Aber wenn er mich Hannah nennt, tut das fast genauso weh wie die Lügen. Mein echter Name klingt aus seinem Mund so fremd. So soll er mich auch nicht ansprechen. Er soll mich überhaupt nicht ansprechen.

Ich will nur Antworten und dann will ich weg aus Las Vegas und nie wieder zurückblicken.

11. Kapitel

»Bist du überhaupt *je* in der Band gewesen?« Ich zeige auf die Tür, die nach unten zur Bühne führt. *Free Fall*, noch einer von meinen Automatic-Friday-Favoriten, dröhnt zu uns hoch und Jordy singt gerade meine Lieblingsstelle. Aber jetzt, wo ich weiß, dass Nick mit keinem dieser Songs etwas zu tun hat, erscheint mir die Musik so unecht wie eine schlechte Coverversion. »War es immer Alex?«

»Es tut mir so leid.« Er bedeckt seine Brille mit den Händen und fährt sich dann durch seine wuscheligen Haare. »An der Gitarre bin ich grauenhaft«, sagt er. »Echt, richtig mies. Und am Bass und Schlagzeug und als Sänger bin ich genauso eine Niete. Wie im Leben.«

»Warum hast du dann behauptet, dass du in der Band spielst?« Ich bemühe mich, meine Stimme unter Kontrolle zu bekommen, aber ich merke, wie sie zittert.

»Na ja, ich habe es nicht *wirklich* behauptet. Ich habe irgendwann mal gesagt, dass ich zur Bandprobe muss, und du hast dir den Rest irgendwie zusammengereimt.«

»Das ist nicht meine Schuld, Nick. Das hättest du mir sagen müssen.«

»Nein, es ist nicht deine Schuld. So meinte ich das nicht.« Noch nie habe ich erlebt, dass seine Stimme bebt. »Ich weiß, ich hätte es dir sagen sollen. Es tut mir leid. Ich wusste nur nicht, wie.«

»Du hättest sagen können: ›Hey, Hannah, mein Bruder spielt in der Band, nicht ich.‹ Oder: ›Ich verkaufe die T-Shirts‹, statt: ›Ich spiele Gitarre‹. So schwer ist das nicht. Gott, kein Wunder, dass du mir nie etwas vorspielen wolltest. Hast du dich jedes Mal über mich totgelacht, wenn wir darüber gesprochen haben? Hast du mich für so blöd gehalten?«

»Oh mein Gott, nein! So war das überhaupt nicht. Es tut mir so leid.« Er beugt sich vor und stützt sich auf dem Tisch mit den Händen ab. »Tatsächlich gibt es etwas, was ich dir schon lange –«

Ich schüttele den Kopf und hebe meine Hand, um ihn zu stoppen. »Weißt du was? Nein. Im Moment will ich nichts davon hören. Sag einfach ... gar nichts.«

»Bitte, ich –« Irgendetwas an meinem Gesichtsausdruck bringt ihn dazu, seine Meinung zu ändern, denn er bricht mitten im Satz ab und sagt bloß: »Es gibt keine gute Erklärung. Es tut mir leid.«

»Hör auf, dauernd zu sagen, dass es dir leidtut.«

Mein Herz tut weh, als ich auf die T-Shirts starre, die vor mir ausgebreitet auf dem Tisch liegen – auch das T-Shirt, das er mir geschickt hat und das ich gestern noch getragen habe –, und ich bereue alle Entscheidungen, die ich in den letzten vierundzwanzig Stunden getroffen habe. Jede einzelne Entscheidung, die mich hierhergeführt hat, jedes Verbot, über das ich mich hinweggesetzt habe. Aber am allermeisten bereue ich, dass ich den Gedanken zugelassen habe, dass aus mir und Nick etwas werden könnte, wenn ich herkäme. Vier Jahre lang habe ich meine Gefühle für Nick verdrängt, komplett unter Verschluss gehalten. Und dann habe ich einen schwachen Moment, lasse mich ein einziges Mal gehen, und das kommt dabei heraus.

Eine Katastrophe.

»Und Frankie«, sage ich, während ich weiterhin auf die T-Shirts starre. »Drei Monate? Warum hast du mir nicht –«

»Ich wusste nicht, was ich sagen sollte«, murmelt er. Seine zitternde Stimme ist über der Musik kaum zu verstehen. »Ich dachte, dir wäre es sowieso egal.«

»Warum sollte mir das egal sein? Du bist mein Freund. Du hast mir früher von deinen Freundinnen erzählt, Nick. Ich hab dir von Josh erzählt.« Ich stütze mich auf dem Verkaufstisch mit den Händen ab, schaue ihn an und lehne ich mich dabei vor, damit ich nicht brüllen muss: »Ich habe dir *alles* von Josh erzählt.«

Und dann, als das Thema Josh zwischen uns in der Luft hängt und ich mich am verwundbarsten fühle, kommt Nick hinter dem Tisch hervor. Ich fürchte, dass er mich umarmen oder sonst irgendwie trösten will, und wappne mich. Zucke ein bisschen zurück. Aber er will mich überhaupt nicht trösten.

Er geht weg.

Ich bin drauf und dran, so schnell ich kann, zurück zu

Grace und Lo zu rennen und sie aus dem Club zu zerren, aus dem Kasino, aus dieser gottverdammten Stadt. Doch bevor ich meinen Plan umsetzen kann, ist Nick wieder da, mit einer schlaksigen Bohnenstange von Teenager im Schlepptau. »Mo«, sagt er in einem Ton, der keine Widerrede duldet. »Du übernimmst den Verkaufstisch, bis Chang hier ist.« Sein Tonfall wundert mich, so habe ich ihn noch nie erlebt.

Mo verzieht seinen dünnen Mund. »Aber ich weiß nicht –«

»Das schaffst du. Es kauft sowieso niemand etwas.« Er dreht sich zu mir. »Tut mir echt leid. Ich kann hier nicht reden. Nicht so. Können wir spazieren gehen?«

Der Drang, einfach abzuhauen, ist immer noch stark, aber ich möchte hören, was er zu seiner Verteidigung zu sagen hat. Ich nicke. Er lotst mich durch die Gruppen von hereinströmenden Konzertbesuchern, seine Hand behutsam auf meinem Rücken. Diese leichte Berührung, das zweite Mal erst, dass wir uns je berühren, lässt meine Haut prickeln, und ich hasse meinen Körper, weil er mich so verrät. *Hör auf damit. Er hat uns angelogen. Wir sind wütend auf ihn.*

Mein Körper hört nicht zu.

Wir passieren den Einlass und Nick und der gruselige Türsteher grüßen sich, indem sie die Fäuste zusammenschlagen. »Hey, wir kommen gleich wieder. Okay?« Der gruselige Türsteher mustert mich von Kopf bis Fuß, grinst Nick zu und nickt anerkennend.

Dass wir uns vom House of Blues entfernen, bedeutet nicht, dass es leiser wird, wir sind ja immer noch im

Kasino. Glücksspielautomaten klingeln und scheppern. Betrunkene torkeln zwischen den Türen zum Strip, den Spieltischen, den Bars und Restaurants und ihren Hotelzimmern hin und her; sie grölen und jubeln und haben keine Ahnung, dass mein Leben gerade zusammenbricht.

»Äh, können wir uns hinsetzen?« Er zeigt auf einen Stuhl, der zu einem Glücksrad-Automaten gehört.

Ich setze mich vorsichtig, er lässt sich auf den Stuhl daneben fallen.

Ein unsicheres Lächeln huscht über sein Gesicht und er rückt ein bisschen näher. »Ich fasse es nicht, dass du hier bist.«

Ich funkele ihn an. »Ganz ehrlich, das bereue ich jetzt irgendwie.«

Sein Lächeln verschwindet. »Das tut mir leid.« Seinem Blick nach scheint es ihm wirklich leidzutun, aber mit seinen Blicken kenne ich mich nicht aus. Ich muss das Bedauern auch in seiner Stimme hören, um sicher zu sein.

»Das hast du schon gesagt.«

Er schaut mir in die Augen und hält den Blickkontakt. »Ich weiß. Ich ... Ich schwöre dir, ich wollte dich nie anlügen.«

Ich kann es an seiner Stimme hören. Er meint es ernst. Aber man lügt nicht aus Versehen. Warum hat er das getan?

»Du kennst mich, Ghost. Gerade du solltest das wissen.«

Ich bekomme überall auf meinen Armen eine Gänsehaut, blicke nach unten und konzentriere mich auf das komplizierte farbige Teppichmuster. Ich mache den Mund auf, um etwas zu erwidern – ich habe keine Ahnung, was, ich weiß nur, dass das Schweigen mich fast umbringt –, aber er fährt fort, bevor mir etwas eingefallen ist.

»Und Frankie. Keine Ahnung. Ich wusste nicht, wie ich sie dir erklären sollte.« Seine Stimme klingt traurig, aber vielleicht bilde ich mir das auch nur ein. Obwohl ich seine Stimme besser kenne als alles andere an ihm. »Und nach unserem ... Na ja, da dachte ich, dir wäre es sowieso ziemlich egal.« Er tritt gegen den mit Teppich ausgelegten Podest des Spielautomaten und dreht sich mit seinem Stuhl hin und her.

Mein erster Impuls ist, ihm heftig zu widersprechen: *Natürlich ist mir das nicht egal, du Idiot!* Aber dann fällt mir unser Telefongespräch ein, in dem ich ihm gesagt habe, ich würde nichts für ihn empfinden. Gott, was habe ich angerichtet?

»Sie scheint ganz in Ordnung zu sein«, ist alles, was ich herausbringe. Mein Hirn macht Überstunden bei dem Versuch, all die neuen Informationen über den Menschen zu verarbeiten, von dem ich dachte, er sei mein allerbester Freund. All meine inneren Bilder von Nick haben damit zu tun, dass er in der Band spielt. Jedes Mal, wenn ich von ihm spreche, füge ich hinzu: »Wir erzählen uns alles.« Ich brauche einen Moment, um mich auf ein neues Leben einzustellen, in dem diese beiden unumstößlichen Tatsachen nicht mehr der Wahrheit entsprechen.

Er hat aufgehört, sich mit seinem Stuhl hin und her zu

drehen und spielt abwesend mit den Knöpfen des Spielautomaten. »Das ist sie. Ich glaube, du wirst sie mögen.«

Ich will sie aber nicht mögen. Ich will ihr einen Schlag ins Gesicht verpassen. Ich möchte, dass sie sich in Luft auflöst, damit ich nie wieder ihre coolen Klamotten und ihren Riesenbusen sehen muss.

Er öffnet seinen Mund, um etwas zu sagen, aber dann schließt er ihn wieder und spielt stattdessen weiter auf dem Automaten herum. Die Atmosphäre zwischen uns ist erdrückend.

Wenn wir geschwiegen haben, war das bisher immer anders.

»Willst du nun spielen oder die Tasten nur zu Tode drücken?« Ich kann nicht mehr über Frankie sprechen. Ich weiß nicht, ob ich die richtigen Worte finde.

Er zuckt mit den Schultern. »Nein, ich –«

»Spiel doch eine Runde«, sage ich. Spielautomat, Pokerturnier, Hauptsache, wir wechseln das Thema. »Bestimmt hast du heute eine Glückssträhne.«

»Von wegen Glückssträhne. Ich hab Alex vorhin mein letztes Bargeld gegeben, damit er sich bei Taco Bell was zu essen holen konnte.«

»Ich verstehe, wenn du mich nicht um Geld bitten willst, weil wir uns eben erst getroffen haben, aber hier.« Ich grabe in meiner Hosentasche nach einem Schein, ziehe fünf Dollar hervor und reiche sie ihm. »Versuch dein Glück.«

»Danke.« Er glättet den Schein auf seiner Jeans, bevor er ihn in den Automaten schiebt. »Weil wir uns eben erst getroffen haben? Bitte. Wir kennen uns seit der achten Klasse.«

Der Hinweis auf unsere gemeinsame peinliche Achtklässler-Vergangenheit soll wohl ein Versuch sein, die Chinesische Mauer der Verlegenheit zwischen uns zu durchbrechen, aber es funktioniert nicht. Stattdessen starren wir beide schweigend auf den Spielautomaten, als die Lichter aufleuchten und eine Melodie ertönt. Nick drückt auf den großen Knopf unten und die drei Räder fangen sich an zu drehen. BAR, 7 und genau zwischen BAR und 7. Nichts.

Nick drückt weiter auf die Knöpfe und ich kann sie zwischen uns fühlen. Die Kluft. In diesem einen Moment, als er mich umarmte, war noch alles in Ordnung. Als für nur eine Sekunde der Rest der Welt in den Hintergrund trat und wir nur wir selbst waren. Normal. Hannah und Nick, die sich bis spät in die Nacht unterhielten. Beste Freunde. Aber dann kam Frankie und jetzt die Band, die Lügen und die Verlegenheit werden größer und größer, bilden diese absurde Kluft zwischen uns, die keiner von uns beiden überwinden kann. Ich bin mir nicht sicher, was ich machen soll. Oder was ich machen will. Kann ich immer noch mit ihm befreundet sein?

Möchte ich das noch?

Er konzentriert sich ausschließlich auf die Räder des Automaten und meine Gefühle sind so seltsam und widersprüchlich, dass ich nicht mehr still sitzen kann. Ich rutsche auf meinem Stuhl zur einen Seite und stelle mir vor, wie ich ihm ins Gesicht schlage und in die Eier trete, weil er mich belogen hat. Und da ich schon mal dabei bin, ramme ich Frankie gleich noch den Ellenbogen in den Magen. Ich rutsche auf die andere Seite und stelle mir vor, wie ich meine Hand nach ihm ausstrecke und über sein verwuscheltes Haar streiche. Ich kratze mit der Spitze meines Schuhs mein Bein und überlege, wie ich mich leise davonstehlen kann, um ein paar Minuten für mich zu haben und meine Gefühle zu sortieren, aber der Spielautomat klingelt. Nick hat ein paar Treffer gelandet und sein Guthaben auf dem Display steigt. »Ich wünschte, aus dem Automaten würden Münzen fallen, so wie im Fernsehen«, sagt er gedankenverloren und schaut mich lächelnd an. Es ist nur ein kleines Lächeln, aber es reicht bis zu den Augen hinter seiner schwarz umrandeten Brille. »Es wäre so viel befriedigender, oder?«

Ich habe es nicht vor, ich will es nicht mal, aber bei diesem Lächeln schmelze ich dahin. Ein kleines dummes Lächeln und schon heben tausend Schmetterlinge in meinem Magen ab und ich verliere die Selbstbeherrschung, als befände ich mich im freien Fall. Verdammt, ich mache mich ja total lächerlich. Noch nie habe ich wegen eines Jungen meine Gefühle so wenig unter Kontrolle gehabt.

»Also, bist du wütend auf mich, Ghost? Denn wenn das so wäre, würde es mich umbringen, aber ich könnte es verstehen. Ich wäre genauso sauer auf mich.«

Ich zucke zusammen.

Grace hat mir in den letzten Jahren eine ganze Menge über Jungen beigebracht, direkt und indirekt. Sie bläute mir auf ihre Große-Schwestern-Art ein: »Hüte dich vor Jungs, die nicht wollen, dass du dich mit ihren Freunden triffst.« Oder: »Traue nie einem Jungen, der attraktiver ist als du – du solltest der Star in der Beziehung sein.« Und ich habe mich zurückgelehnt und zugeschaut, wie ihre eigenen Beziehungen langsam in die Brüche gingen, und versucht herauszufinden, warum. Ich weiß, dass es echt nerdig ist, aber ich habe sogar eine Liste angelegt, um auf keinen Fall die gleichen Fehler wie sie zu machen. Weil sie schon auf dem College war, habe ich zwar nicht live miterlebt, wie ihre Beziehung mit Gabe langsam in die Brüche ging, aber etwas sagte mir, dass dieser doppelte Anfangsbuchstabe G in ihrer beider Namen das erste Anzeichen der nahenden Katastrophe war.

In der Highschool hatte sie einen Freund, Sam, der nicht nur besser aussah als sie (er sah besser aus als so ziemlich jeder), sondern auch noch ein Meister der Manipulation war. Mom und ich wussten immer, dass er genau das sagte, was Grace hören wollte, es aber in Wirklichkeit schaffte, dass sie genau das tat, was er wollte. Grace hat das nie durchschaut, sie dachte, alles, was Sam tat, wäre *absolut perfekt*.

Als Nick eben wissen wollte, ob ich sauer auf ihn wäre, klang das genau wie etwas, was Sam gesagt hätte, und mir wird klar, dass der Abend nur noch schlimmer werden kann. Der echte Nick ist nicht der Mensch, für den ich ihn gehalten habe, kein bisschen.

»Ghost?«

»Tut mir leid, aber ... meinst du das jetzt ernst? Das klingt wie eine billige Ausrede.« Ich schaue mich nach einem Schild um, das mir einen Weg aus dieser Katastrophe weist. »Hör mal, das hat ja alles total viel Spaß gemacht, aber ich gehe jetzt.«

»Warte! Bitte!« Er legt seine Hand auf meinen Arm, bevor ich aufstehen kann. »Ich vermassele wieder alles.« Er nimmt seine Brille ab und reibt sich die Augen, und als er sie wieder aufsetzt und mich anschaut, sehe ich Panik in seinem Blick. »Warum hast du nicht angerufen? Warum hast du mir nicht gesagt, dass du kommst?«

»Oh, damit du Zeit gehabt hättest, alles zu vertuschen? Dir zu überlegen, wer du für die nächsten paar Tage sein wirst?« Mein Herz pocht, Adrenalin schießt durch meine Adern. Jetzt gibt es nur noch Kampf oder Flucht und ich habe genug vom Kämpfen. »Ich bin froh, dass ich nicht angerufen habe.«

»Das ist ... oh mein Gott! Schau mal!« Der Spielautomat lärmt und blinkt. »Ich darf das Glücksrad drehen!« Er ist im Begriff, mit dem Handballen auf den großen runden Glücksrad-Knopf zu schlagen, bremst sich aber in letzter Sekunde. »Mach du das«, sagt er. »Es ist dein Geld.«

Es ist nicht zu fassen. Ich kann nicht mal herumschreien und einen dramatischen Abgang hinlegen, ohne dass mir die Bühne dafür genommen wird. War ja klar, dass er genau jetzt am Spielautomaten gewinnen muss.

»Meinetwegen.« Ich beuge mich vor, drücke mit den Knöcheln auf den Knopf und das Glücksrad leuchtet auf und fängt an, sich zu drehen. Kasinobesucher, die an uns vorbeikommen, bleiben stehen und schauen zu, wie das Rad herumwirbelt, sich dreht und dreht und an den verschiedenen Zahlen vorbeisaust.

Ich verschränke meine Arme über der Brust, trommele

mit den Fingern auf die Ellenbogen und warte darauf, dass der Automat aufhört zu blinken, damit wir uns noch sagen können, was wir uns zu sagen haben, und ich verschwinden kann.

»Nick«, sage ich, ohne abzuwarten, bis das Rad endlich stehen bleibt.

»Moment, Ghost«, ruft er. Er ist aufgesprungen und klatscht in die Hände. »Na los, mach schon, Glücksrad!«

Das Rad bleibt stehen und landet auf der Tausend.

Tausend Punkte. Mit einem Ein-Dollar-Automaten.

Mein Hirn braucht ein paar Sekunden, bis es bei mir ankommt. »Nick!« Ich hüpfe auf und ab. »Tausend Dollar!«

Auch er springt hoch. Und bevor ich es verhindern kann, zieht er mich an sich. So dicht, seine Arme schmiegen sich fest um meine Taille. Für den Bruchteil einer Sekunde fühle ich mich von der Nähe überwältigt, doch dann lasse ich mich in seine Umarmung sinken. Er hebt mich in die Luft und wirbelt mich herum, bevor er mich wieder herunterlässt.

Ich weiß nicht, ob es Zufall ist, aber seine Finger verfangen sich ein bisschen in meinen Haaren, als er mich absetzt. Dann wandern sie langsam nach unten und verharren ein oder zwei Herzschläge länger als erwartet auf meinen Rücken.

Dieses Gefühl – es lässt sich mit nichts vergleichen, was ich je erlebt habe. Elektroschocks rasen meine Wirbelsäule hoch. Mein Körper muss aufleuchten wie ein Spielautomat.

Ich starre zu ihm hoch und warte auf irgendeine Reaktion. Dass er sich bewegt oder sich entschuldigt oder mir noch eine Lüge auftischt. Aber nichts kommt. Er blickt zu mir herab, schaut mir in die Augen und er nimmt nicht seine Hand von meinem Rücken.

Und ich weiß nicht, ob ich ihn nie, nie wiedersehen will oder dass er mich nie, nie wieder loslässt.

12. Kapitel

»Was ist passiert?« Frankies Stimme überrascht uns, wir zucken beide zusammen. Nicht, dass es mich wahnsinnig erstaunt, sie hier zu sehen, ich wusste ja, dass Automatic Fridays Auftritt nicht ewig dauern würde. Nein, was mich überrascht, ist ihr Ton. Ich meine, wenn ich aus dem Kasino kommen und meinen Freund mit einer anderen im Arm erwischen würde, die ich gerade erst kennengelernt habe, würde ich Gift und Galle speien. Nicht so Frankie. Ihre Stimme klingt kein bisschen eifersüchtig oder angepisst. Sie ist bloß neugierig.

Aber ich fühle mich trotzdem, als hätte ich etwas Verbotenes getan, und Nick scheint es genauso zu gehen. Und offenbar auch Lo und Grace, die mit einem fetten Was-zum-Teufel-ist-hier-los in ihren Gesichtern hinter Frankie stehen.

Bevor Nick oder ich der überraschend gelassenen Frankie das Ganze erklären können, fällt Grace' Blick auf den Spielautomaten und sie zeigt auf Nick: »Hey, Mini-Cooper, du hast tausend Dollar gewonnen?«

»Na ja, eigentlich war es –«

»Verdammt!« Für jemanden, der so klein ist, ist Frankie bemerkenswert schnell bei Nick und wirft ihre Arme zu seinen Hals. »Mann, mein Freund ist so ein Rockstar!« Dann küsst sie ihn.

Ich drehe mich weg. Das ist zu viel. Wie kann er sie nach dem Moment, den wir eben geteilt haben, vor meinen Augen küssen?

Und er ist kein *Rockstar,* denke ich, während ich auf den gemusterten Teppich starre.

»Das passt perfekt«, sagt sie. Ich geh mal davon aus, dass der Kuss vorbei ist, denn sie spricht ja, also drehe mich wieder um. Sie hat sich an ihn geschmiegt, dort, wo ich noch vor einer Sekunde war, und ich frage mich, ob es möglich ist, an Eifersucht zu ersticken. »Jetzt können wir die drei einladen und ihnen einen grandiosen Abend in Vegas machen.«

Nick schaut uns unsicher an. »Na ja, es war Hannah, die mir das Geld gegeben hat, also ist sie hier der Rockstar.« Dann lacht er und schaut mir dabei in die Augen und es fühlt sich fast so an, als würden die anderen verschwinden. »Von uns beiden bist du sowieso immer der Rockstar. Erinnerst du dich an unseren ›Kunst-Wettbewerb‹?« Bei dem Wort »Kunst-Wettbewerb« malt er mit seinen Fingern Anführungsstriche in die Luft und seine Stimme verändert sich. Nur ganz leicht, und ich glaube kaum, dass es irgendjemand mitbekommt. Aber er klingt auf einmal so viel mehr nach dem Nick, mit dem ich mich am Telefon unterhalte, als nach dem Nick der letzten halben Stunde. »Da komme ich mit meinen

Strichmännchen und du machst ganz plötzlich einen auf Rembrandt. ›Ich kann doch gar nicht zeichnen, Nick. Du darfst dich nicht über mich lustig machen!‹ Mann, hast du mich verarscht, Ghost.«

Mir entschlüpft ein leises, kleines Lachen, das hinten aus der Kehle kommt. »Hey, du hast doch diesen Preis ausgeschrieben. Ich nutze natürlich alle Mittel, wenn eine Starbucks-Geschenkkarte auf dem Spiel steht. Du weißt doch, dass ich keinen Spaß verstehe, wenn es um Kaffee geht.«

»Immer so ehrgeizig«, sagt er und kommt einen Schritt näher. »Und du weißt, dass ich dich gewinnen lasse.«

»Wer verarscht jetzt wen? Du hast behauptest, du hättest in der zehnten Klasse eine Drei minus in Kunst gehabt. Wer kriegt schon eine Drei minus in Kunst? Bruce Lee könnte mit Farben an den Pfoten über einen Zeichenblock laufen und würde eine bessere Note bekommen.«

Er schüttelt den Kopf. »Du hast versprochen, darüber nie wieder zu sprechen. Du wolltest das mit ins Grab nehmen. Verräterin! Soll ich erzählen, was bei deinem ersten Skateboard-Versuch passiert ist? Ich weiß nämlich, dass du Grace nichts davon gesagt hast, und ich kann sie gerne einweihen.«

Unsere Blicke treffen sich und wir prusten los. Einen Moment lang fühlt sich zwischen uns alles wieder normal an.

Aber dann kommt Frankie.

»Na los, Nick. Wenn Hannah das Geld gehört, dann gib's ihr endlich und lass uns losziehen.«

Ich bemerke, wie sich sein Gesichtsausdruck verändert. Es ist seltsam; so vertraut mir auch jede Nuance seiner Stimme ist, seine Mimik sagt mir nicht viel. Manchmal treffen wir uns im Videochat, aber wir unterhalten uns lieber am Telefon oder schicken uns Nachrichten. Selbst Chatten ist besser; für ihn, weil sein WLAN zu langsam ist, und für mich, weil mir Videounterhaltungen ein bisschen zu real sind. Seine Mimik ist also immer noch Neuland für mich. Jetzt scheint er ziemlich genervt zu sein. Wahrscheinlich, weil Frankie ihn zwingt, mir das Geld zu geben. Ich wette, er wollte es benutzen, um sie zum Essen einzuladen oder was perfekte Freunde sonst so tun.

Er nimmt ihren Arm, zieht sie beiseite und flüstert ihr etwas ins Ohr. Sie schüttelt den Kopf und sagt: »Das ist doch idiotisch.« Sie lächelt, so sauer kann er also doch nicht sein.

Ich bin kurz davor, den beiden zu sagen, sie sollen das verdammte Geld nehmen und sich um uns drei keine Sorgen machen. Sollen sie doch abhauen und romantisch essen gehen oder was immer Nick mit dem Gewinn vorhat. Ich würde sogar zehntausend Dollar zahlen, um diesem Pärchen-Getue zu entkommen, von dem ich das Kotzen kriege. Doch bevor ich irgendetwas sagen kann, beugt sich Lo zu mir und flüstert: »Muss man nicht einundzwanzig sein, um spielen zu dürfen? Werden die euch den Gewinn überhaupt auszahlen?«

Ich schaue Nick an, sein panischer Gesichtsausdruck passt wahrscheinlich bestens zu meinem. Er hat doch nur angefangen zu spielen, um sich von der unangenehmen Wendung abzulenken, die unser Gespräch nahm. Keiner von uns beiden ist auf die Idee gekommen, dass wir Geld gewinnen würden.

»Keine Angst, ihr Minderjährigen. Ich bin einundzwanzig.« Grace beugt sich über den Stuhl zum Spielautomaten, drückt auf den blinkenden AUSZAHLUNG-Knopf und schnappt sich den Schein, der oben an der Maschine aus dem Schlitz gleitet. »Wartet hier«, sagt sie. »Ich kassier das mal ab.«

Grace verschwindet in den Tiefen des Kasinos und lässt Nick, Frankie, Lo und mich zurück. Wir stehen herum und schauen uns an. Zwischen Nick und Frankie herrscht immer noch eine sichtbare Spannung. Na ja, sichtbar für mich jedenfalls, denn ich verfolge jede seiner Bewegungen mit Adleraugen. Er starrt auf das Glücksrad, als würde es ihm gleich ein Geheimnis verraten, und sieht weder zu mir noch zu seiner Freundin.

Diese Verlegenheit ... es tut weh.

Frankie scheint die seltsame Stimmung auf ihre offensichtlich typische Frankie-Art überhaupt nicht wahrzunehmen. Sie hat ihr Handy aus der Tasche genommen und tippt wie eine Besessene.

»Nick, ich schicke den Jungs eine Nachricht, okay? Übrigens, sie werden sauer auf dich sein, weil du nicht beim Abbauen hilfst. Aber sie können Drew aufdrücken, alles mit nach Hause zu nehmen, das Equipment kommt ja sowieso in seine Garage, und ich bin sicher, dass Oscar uns umbringt, wenn wir ohne ihn losziehen. Und hat Grace nicht gesagt, dass sie deinen Bruder kennt? Du musst ihm unbedingt schreiben. Das wird echt lustig!«

»Ah, der sagenumwobene Alex.« Ich habe das Gefühl, ihn von dem, was Nick mir erzählt hat, so gut zu kennen. Auf der einen Seite haben wir es ihm zu verdanken, dass Nick und ich Freunde sind, und deshalb würde ich ihn gerne kennenlernen. Andererseits beschwert Nick sich ununterbrochen über ihn und ich weiß, dass die beiden nicht wirklich die besten Freunde sind. Wieso weiß Frankie nichts davon? Und ich bin mir auch nicht sicher, was Grace davon hält, mit ihm den Abend zu verbringen, denn sie hat ihn so gut wie nie mehr angerufen, nachdem sie Nick und mich bekannt gemacht hatten, aber egal. Schließlich ist es Grace' Schuld, dass ich in diesem Schlamassel stecke; ich werde es genießen, wenn sie sich windet.

»Na schön«, knurrt Nick. In seiner Stimme kocht die Wut, aber er nimmt sein Handy aus der Tasche und schickt seinem Bruder eine Nachricht.

»Ach, wie süß ihr zwei mit euren Handys ausseht«, sagt Lo.

Es braucht nur das, um die Eifersucht wieder aufflammen zu lassen. Ich werfe Lo einen vernichtenden Blick zu. Sie zuckt mit den Schultern und formt stumm mit ihren Lippen: »Tut mir leid.«

Frankie schaut von ihrem Handy nicht auf, aber sie lacht. »Ich weiß, stimmt total. Nick schreibt Nachrichten, als würde er dafür bezahlt werden.«

Nick schaut auf und unsere Blicke treffen sich. Er zeigt auf mich und flüstert mir stumm zu: »Ich schreibe dir!« Ich lächele und Frankie, die von unserem Austausch nichts mitbekommen hat, quatscht einfach weiter.

»Und ich habe einen Blog, den ich so gut wie ausschließlich von meinem Handy und meinem Tablet aus schreibe.« Das Tablet und die Kamera ragen aus ihrem Moxie-Patrol-Beutel, den sie sich über die schmale Schulter geschlungen hat.

»Oh, wirklich?«, fragt Lo. »Was für ein Blog denn?«

Die Möglichkeit, über ihren Blog zu sprechen, scheint Frankie von ihrem Handy loszueisen. »Keine große Sache«, sagt sie in einem Ton, der genau das Gegenteil impliziert. »Ein Szene-Blog für Vegas-Teenager. Also Konzerte ohne Altersbegrenzung, Flashmobs, Spielhallen, Street-Style-Fashion, Dinge, die man als Minderjähriger unternehmen kann und so was.«

»Sie ist eine lokale Berühmtheit«, sagt Nick und unterschwellig schwingt Stolz in seiner Stimme mit.

»Aha. Ist das der Grund, warum du es auf sie abgesehen hast, Nick? Sollte etwas von ihrem Ruhm auf dich abfärben?«, fragt Lo scherzend, aber ich könnte sie küssen, dass sie ihn gefragt hat, wie die beiden zusammengekommen sind. Deswegen ist sie ja auch meine beste Freundin.

»Ja, schön wär's!« Frankie fängt an zu lachen und kann sich kaum wieder einkriegen. »Nick hasst meinen Blog. Hasst. Ihn.«

»Was? Wieso das denn?« Das wundert mich. Soweit ich weiß, hasst Nick eigentlich kaum irgendetwas, außer Senf, Spinnen und Fleisch, das er vom Knochen knabbern muss. Und Hass lässt sich definitiv nicht mit dem Stolz vereinbaren, den ich eben in seiner Stimme gehört habe.

»Wieso erwähnst du das jetzt?«, fragt er Frankie und stupst sie scherzhaft in die Seite.

»Sie haben danach gefragt«, sagt sie und streckt entschuldigend die Hände in die Höhe.

»Sie legt mir da was in den Mund. Frankies Blog ist unglaublich. Sie wird überall erkannt, egal wo wir hingehen.« Er schüttelt lächelnd den Kopf. »Und lasst euch nicht von ihr vorgaukeln, dass er nur eine Nebensache ist. Das ist ein Vollzeitjob. Sie verdient mehr damit als Alex mit seinem Barkeeper-Job und sie hat Hunderttausende von Followern. Es ist der Wahnsinn.«

»Das gibt's ja nicht«, sagt Lo. »Dann bist du also wirklich eine Berühmtheit. Unglaublich. Wie kann man so etwas denn hassen?«

»Macht mal einen Punkt, Leute.« Nick schaut auf und rückt seine Brille zurecht. »Ich schwör's. Ich. Hasse. Ihn. Nicht. Ich finde den Blog großartig. Ganz im Ernst. Frankie ist unglaublich.«

Sie gibt ihm einen leichten Klaps auf den Arm und schmiegt sich dann an ihn. »Lügner. Du hasst den Blog.« Und dann verfällt sie in einen Singsang: »Du wi-hillst mich nicht tei-len.«

Diese neue Frankie-Info ärgert mich nur noch mehr. Sie ist nicht nur zum Niederknien und ein echter Punk, nein, jetzt ist sie auch noch erfolgreich und ehrgeizig und fast schon berühmt in Vegas und darüber hinaus verdammt nett und gastfreundlich. Kotz. Hey, ich versuche, sie zu hassen, und die Tatsache, dass sie jeden Hass-Versuch vereitelt, bringt mich nur dazu, sie noch mehr zu hassen.

»In L. A. gibt's einen Typen, der so einen Blog hat«, sagt Lo. »Er macht auch Videos und Grace sagt, sie sieht ihn manchmal im –«

Frankies Miene verdüstert sich schneller als Vegas, wenn alle Lichter auf einmal ausgehen würden, und sie hebt ihre Hand, als könnte sie mit ihrer Geste das Gespräch stoppen. »Oh mein Gott, komm mir bloß nicht mit diesem Jay Bankar. Der Typ ist das Allerletzte. Er –« Sie wird vom Piepen ihres Handys unterbrochen und ihre Miene hellt sich genauso schnell wieder auf, wie sie sich verdunkelt hat. »Oooh, wartet mal kurz, das ist die Schwester von einem der Roadies der Killers.« Sie geht ran und tritt ein paar Schritte zur Seite, um zu sprechen.

»Ich kann nicht glauben, dass sie eine Internet-Berühmtheit ist«, sagt Lo.

Nick lächelt, es wirkt aber irgendwie nicht ehrlich. Doch bevor ich nachhaken kann, kommt Grace mit einer Handvoll Geldscheinen von der Kasse zurück, und gleichzeitig vibriert mein Handy in meiner Tasche.

»Wir sind reich, wir sind reich«, singt Grace.

»Sind *wir* nicht«, korrigiere ich sie. »Nick ist reich. Das Geld gehört ihm.«

»Nein«, sagt er. »Du hast mir die fünf Dollar gegeben und du hast das Rad gedreht. Es ist dein Geld.«

Eigentlich sollte ich meinen Anteil einfordern, aber ich bin total genervt von dem ganzen Abend. Wenn Nick und ich keine Gelegenheit haben, über uns zu sprechen, will ich nur noch ins Hotelzimmer zurück, mich unter meiner Bettdecke verkriechen und versuchen, diese Katastrophe zu vergessen, bis es Zeit wird, wieder nach Hause zu fahren.

»Na ja, laut den Gesetzen des Staates Nevada gehört das Geld mir.« Grace zwinkert, teilt dann aber den Stapel Scheine und drückt jedem von uns eine Hälfte in die Hand. »Und Frankie hat recht. Wir sollten es nutzen, um Spaß zu haben. Ihr habt in Vegas gewonnen – das ist ein Zeichen. Wozu habt ihr Lust?«

Ich erinnere mich wieder an die Nachricht und ziehe mein Handy aus der Hosentasche. Sie ist von Grace. Sie muss mir auf dem Weg von der Kasse hierher geschrieben haben.

Ich kenne diesen Gesichtsausdruck. Ich erlaube dir nicht, dich im Hotelzimmer zu verkriechen.

Oh, wie ich meine Schwester manchmal hasse.

»Die Jungs sind gleich hier«, sagt Nick, »und dann können wir, äh, den Abend planen.«

»Ich wette, Frankie kennt sich super aus, stimmt's?« Ich nicke freundlich in Frankies Richtung. Für diese Anstrengung sollte ich eine verdammte Goldmedaille gewinnen.

»Na klar«, sagt Nick mit einem freudlosen Lachen. »Wir können uns darauf verlassen, dass sie uns in zehn Minuten ein komplettes Programm vorlegt.«

Wir beschließen, rüber ins Diner zu gehen, uns an einen Tisch zu setzen und dort zu warten, bis alle anderen eingetrudelt sind. Am Ende sind alle anderen nur Oscar und Alex.

Alex schlendert ins Restaurant, er trägt immer noch seine Cap und er sieht auch von Nahem wie eine ältere und abgerocktere Version von Nick aus. Grace' Gesicht leuchtet auf, als sie ihn sieht, und ich glaube, sie merkt nicht mal, wie sie ihre Tiffany-Kette unter ihrem Shirt verschwinden lässt. »Na, reißt du bei Konzerten immer noch die Mädels auf, Cooper?«, sagt sie so flirty, wie ich sie noch nie gehört habe. Mir ist jetzt schon klar, dass es zwischen ihnen keine verlegenen Momente oder ein *Tut mir leid, dass ich die letzten vier Jahre vergessen habe, mich bei dir zu melden* geben wird. Er setzt sich an den Tisch und sie springt ihm praktisch auf den Schoß.

Oscar, der hinter Alex reingekommen ist, brüllt: »Ihr reichen Säcke zahlt für dieses Essen, oder?« Gott sei Dank hat er sich eine Mütze aufgesetzt und seine schreckliche Frisur darunter versteckt. Er schlägt mit Alex und Nick ein. Und dann schaut er direkt an Grace und mir vorbei und nimmt Lo ins Visier, die bei seinem Anblick sabbert, als wäre er ein wandelndes T-Bone-Steak.

Jetzt sind wir zu siebt. Nick und Frankie, die von unserer Bedienung erkannt wurde und auf Kosten des Hauses ein Stück Käsekuchen bekommt. Alex und Grace, die sich seit vier Jahren komplett aus den Augen verloren haben, aber jetzt anscheinend kurz davor sind, sich die Kleider vom Leib zu reißen, und das nur wenige Minuten, nachdem sie sich wiedergetroffen haben. Oscar und Lo, die sich wie eine Klette an ihn gehängt hat, seit er sich zu uns an den Tisch gesetzt hat, ob es ihm nun gefällt oder nicht.

Und ich.

Ene mene muh und raus bist du.

13. Kapitel

Das Erste, worauf sich alle einigen können, ist die Achterbahn im New York-New York. Na gut, nicht wirklich alle. Ich will nicht mit, ist ja klar, aber wer hört schon den einsamen Single, wenn Alex anscheinend schon sein ganzes Leben lang unbedingt mit diesem idiotischen Ding fahren wollte, es aber nie geschafft hat herzukommen, und Frankie darüber einen Blogartikel schreiben will. Nick versucht, sich für mich einzusetzen, als ich mit einem ziemlich entschiedenen »Auf gar keinen Fall!« reagiere, aber wir sind schnell überstimmt. Und so kommt es, dass wir auf dem Weg zu dieser dämlichen Achterbahn sind. Allerdings plane ich immer noch meinen heimlichen Abgang. Niemals werde ich in dieses Ding steigen, ich verschwinde, sobald sich eine Gelegenheit ergibt.

Das New York-New York ist nicht weit vom House of Blues entfernt. Wir winken also zwei Taxis vor dem Mandalay Bay heran und lassen uns zum Strip fahren. »Wir sollten uns für den ganzen Abend eine Limousine nehmen«, schlägt Oscar vor, als ich mit ihm und Lo ins Taxi steige. Erst wollte ich mich bei Nick und Frankie mit reinquetschen, aber dann fiel mir ein, dass ich vielleicht im anderen Taxi eine Chance bekommen würde, meinen Kopf wieder klar zu kriegen, um einen Fluchtplan aus diesem Albtraum zu schmieden. Wenn ich daran denke, was bei dieser Tour schon alles in die Hose gegangen ist, brauche ich einen Plan G.

»*So* viel Geld haben wir nun auch wieder nicht gewonnen«, sage ich, obwohl ich keine Ahnung habe, was eine Limousine kostet. Oscar hat uns schon dazu verdonnert, das Essen im Diner zu bezahlen; ich frage mich, was er mit dem restlichen Gewinn plant.

»Nick ist das Geld egal«, sagt Oscar. Er und Lo haben die hintere Bank im Minivan genommen, ich muss allein auf der Mittelbank sitzen. Die Aufmerksamkeit, mit der Lo ihn überschüttet, scheint ihn kein bisschen zu stören. Weiter so, Lo! »Und außerdem hat Frankie Geld wie Heu. Ich wette, sie kennt sogar irgendeinen Limousinenservice, mit dem wir umsonst fahren können, wenn sie ihn in ihrem Blog erwähnt. Ich schreib ihr mal schnell.«

Eine gute Gelegenheit, um ihm noch ein paar Informationen über Frankie zu entlocken. Die lasse ich mir nicht entgehen.

»Ihr Blog ist also wirklich so angesagt?«

»Klar. Hat sie dir nicht davon erzählt? Sie ist ganz schön berühmt in Vegas. Sie schreibt über irgendetwas und das kommt dann plötzlich richtig groß raus. Deswegen sind wir auch im Battle-of-the-Bands-Talentwettbewerb gelandet, dem wir den Auftritt heute zu verdanken haben. Vor ein paar Monaten hat sie uns bei einer Party spielen gesehen und mochte unsere Band. Sie hat in ihrem Blog eine Kritik geschrieben und – *wham!* – haben wir eine Einladung zu diesem Wettbewerb bekommen und jetzt gibt es uns auf iTunes und Moxie Patrol nimmt uns im Sommer vielleicht mit auf Tournee.«

»Und das alles wegen Frankies Kritik? Wow.« Los affektierte Stimme, ungefähr eine Oktave höher als sonst, läuft zur Höchstform auf. So spricht sie nur mit Jungen, auf die sie steht. Ich nenne sie Los Schau-mich-an-Stimme. Glücklicherweise kann sie nicht sehen, wie ich die Augen verdrehe.

»Und hat sie dort Nick getroffen? Auf dieser Party?« Als er die Party vor ein paar Monaten erwähnt hat, ist mir ein Schauer über den ganzen Körper gelaufen, und jetzt reibe ich meine Arme, obwohl es warm im Taxi ist. »War das Jeffs Party?«

Die Party, von der er mich betrunken angerufen hat? Von der aus er mir irgendwie mehr oder weniger angedeutet hat, dass er etwas für mich empfinden könnte? Die Party, bei der ich ihn hab abblitzen lassen und ihm gesagt habe, dass er das Ganze nie wieder erwähnen soll, und … oh mein Gott, ich hab ihn ja förmlich in ihre Arme getrieben!

Es ist meine Schuld. Frankie und Nick – alles meine Schuld.

Mein Herz klopft mit dreifacher Geschwindigkeit, als ich die Nacht noch einmal vor meinem inneren Auge Revue passieren lasse. Das alles wäre nie passiert, wenn ich einfach nur ehrlich gewesen wäre. Oder ihm gesagt hätte, dass wir am nächsten Morgen darüber sprechen sollten.

»Stimmt, und gleich danach sind sie zusammengekommen.« Oscar fügt hinzu: »Sie geht zwar auf eine andere Schule, aber wir haben sie schon ab und zu getroffen, und natürlich wussten wir sofort, wer sie ist, denn das weiß jeder in Vegas. Mann, nicht zu fassen, wie die ein Auge auf Nick geworfen hat.« Er lacht. »Und dieses Mädel bekommt immer, was sie will.«

»Ist mir schon aufgefallen.« Ich sinke in meinen Sitz zurück und schaue aus dem Fenster auf die grell blinkenden Lichter der Kasinos und die vielen Menschen. Eigentlich sollte ich mich mit meinem Fluchtplan beschäftigen, aber jetzt bin ich aus dem Konzept geraten, weil ich erfahren habe, dass meine Lüge von vor drei Monaten zu dieser blöden Katastrophe heute Abend geführt hat. Erst als wir vor dem Eingang des New York-New York vorfahren, wird mir wieder bewusst, dass ich irgendetwas unternehmen muss, egal was. Die anderen warten direkt vor der Tür auf uns und wir gehen zusammen hinein – Pärchen, Pärchen, Pärchen, Single.

Das New York-New York ist eine Nachbildung von Manhattan, und obwohl ich nie weiter im Osten gewesen bin als, na ja, Las Vegas halt, fühle ich mich sofort, als wäre ich im Big Apple. Während wir uns durch die Menschenmassen im Kasino drängen, bestaune ich so fasziniert die New-York-City-Deko, dass ich beinahe den Grund vergesse, warum wir hier sind.

»Hey, Leute«, sagt Alex und zeigt auf eine Rolltreppe. »Zur Achterbahn geht's da lang.«

Oh Mann. Die Achterbahn.

Ich bin noch nie ein Mensch gewesen, der gerne große Szenen macht, und ich überlege fieberhaft, wie ich allen erklären soll, dass selbst tausend Chippendales mich nicht dazu bewegen könnten, in dieses Ding zu klettern. Ich beschließe, Lo zur Seite zu ziehen. »Ohne mich«, sage ich, als wir die Rolltreppe betreten. »Ich verschwinde.« Aber Lo stellt sich einfach taub und überhört meinen Protest. Stattdessen packt sie mich am Arm und zerrt mich die Stufen hoch, damit wir die anderen einholen. »Lo«, sage ich, breche aber resigniert ab. Sie hört mir ja doch nicht zu.

Ich verstehe nicht, warum sie mich ignoriert. Sie sollte für mich da sein. Ich brauche sie.

Wir holen die anderen in einer Spielhalle ein, in deren hinterem Teil die Schlange für die Achterbahn beginnt. Lo schleift mich immer noch hinter sich her, doch irgendwann befreie ich mich aus ihrem Griff und werde langsamer. Ich muss mich kurz sammeln. Als wir an einer Reihe mit Spielautomaten vorbeikommen, bleibe ich stehen. Ich beuge mich nach unten, umschließe meine Knie mit den Händen und atme tief ein und aus. Keine Chance, ich steige niemals in diese Todesfalle. Ich werde hier auf dem – zum Glück! – festen Boden warten, bis sie fertig sind. Sie werden gar nicht mitbekommen, dass ich nicht da bin, und ich kann die Gelegenheit nutzen, um mit dem Taxi zurück ins Planet Hollywood zu fahren, in mein Bett zu kriechen und mich unter meiner Hotelbettdecke zu verstecken.

»Was hast du? Geht es dir gut?«

Ich brauche nicht nach oben zu schauen, um zu wissen, dass es Nick ist; also lasse ich es. Ich konzentriere mich auf das wilde Fußboden-Design: Comicfiguren, die wie ein Haufen Masochisten in einem Achterbahnwagen sitzen und den Spaß ihres Lebens haben. Ich starre, ich atme und ich sehe Nick nicht an, der nur wenige Meter von mir entfernt steht.

Irgendwie wird der Krach in der lauten Spielhalle von dem Schweigen zwischen uns übertönt. Und mir wird bewusst, dass er auf eine Antwort wartet und darauf, dass ich mich wieder in den Griff kriege.

Ich auch, Nick. Darauf warte ich auch.

Ich streiche mir die Haare aus dem Gesicht, richte mich auf und zwinge mir ein Lächeln auf die Lippen. »Mir geht's gut«, sage ich. »Lass uns gehen.« Keine Ahnung, wieso ich das sage. Ich war doch kurz davor, zurück ins Hotel zu fahren. Keine Macht der Welt wird mich dazu bewegen, in diese Achterbahn zu steigen. Warum kommen ständig irgendwelche Dinge aus meinem Mund, die ich gar nicht meine? Nick tritt einen Schritt näher. Jetzt steht er nur noch wenige Zentimeter von mir entfernt. Oh verdammt!

»Du brauchst mich nicht anzulügen, Ghost.« Er forscht in meinem Gesicht. »Dafür kenne ich dich zu gut.«

Ich öffne den Mund, um irgendetwas Bissiges zurückzugeben – *Das musst du gerade sagen!* oder auch: *Wo ist Frankie?* –, doch er unterbricht mich, bevor ich etwas erwidern kann. Fast als wüsste er, dass ich gerade den passiv-aggressiven Gang einlegen wollte und vor mir selbst gerettet werden muss.

»Du hasst Achterbahnen. In Disneyland wolltest du nicht mal ins Dumbo-Karussell steigen.« Er lacht leise und schüttelt den Kopf, nach dem Motto: *Ach Hannah, du albernes kleines Mädchen, du fürchtest dich sogar vor Kinderkarussells – wie süß*. Und wieder ist er näher gekommen. Wie konnte er näher kommen?

»Das war in der neunten Klasse.« Ich trete einen Schritt zurück. Mit dieser Nähe komme ich nicht klar. »Ganz im Ernst, mir geht's gut. Ich schaffe das.« Was zum Teufel ist in mich gefahren?

Er mustert mich aus schmalen Augen und seine Mundwinkel verziehen sich zu einem Lächeln: »Tja, ich nicht.« Er zeigt auf die Warteschlange vor der Achterbahn, in der unsere Gruppe verschwunden ist. »Ich verzichte auf die Fahrt. Kommst du mit?«

Ich blinzele ihn an: »Was?«

»Mir geht's nicht so gut. Ich glaube, das war der Burger im Diner. Ist mir irgendwie nicht bekommen. Du willst bestimmt nicht, dass ich auf deine Schwester kotze, oder? Würde keinen guten ersten Eindruck machen.« Er dreht seinen Kopf in Richtung Rolltreppe, die wir gerade erst hochgekommen sind. »Lass uns lieber auf festem Boden bleiben.«

Die ganze Anspannung fällt von meinen Schultern und mein verkrampfter Magen entspannt sich. Ich bin mir nicht sicher, weswegen ich so erleichtert bin: weil Nick mich hier rausbringt oder weil ich für den Moment panikattackenfrei bleibe.

Auf unserem Weg zurück durch die Spielhalle schlängeln wir uns zwischen anderen Gruppen durch, die es anscheinend kaum erwarten können, sich in die Todesfalle zu stürzen. Er weicht einem Händchen haltenden Pärchen aus, unsere Arme streifen sich und bei der Berührung stellen sich die kleinen Härchen auf meiner Haut senkrecht auf. Ich möchte so sehr meine Hand ausstrecken – es sind nur wenige Zentimeter, die uns trennen – und nach seiner Hand, seinen Fingern, seinem Handgelenk, nach irgendetwas greifen, aber ich weiß, dass ich das nicht kann. Das Gespräch mit Oscar im Taxi schießt mir durch den Kopf. Nick hat Frankie an jenem Abend kennengelernt, dem Abend, als ich ihm gesagt habe, ich würde niemals etwas für ihn empfinden. Ich möchte ihn danach fragen. Und wir müssen unser Gespräch von vorhin zu Ende führen. Ich bin immer noch wütend auf ihn, dass er mich angelogen hat, und ich will eine Erklärung. So gern ich mich im Hotelzimmer verstecken würde, es gibt zu viele Dinge, die wir noch klären müssen. »Können wir weiterreden?«

Ich bin davon ausgegangen, dass wir uns eine Bank suchen oder uns an einen der Automaten neben der Rolltreppe setzen. Stattdessen geht Nick weiter ins Kasino hinein und sagt: »Komm.«

»Wo gehen wir hin?« Er läuft schnell – seine Beine sind ja auch sehr viel länger als meine – und ich muss praktisch traben, um mit ihm Schritt zu halten.

»Lass uns einen Kaffee holen«, sagt er. Er kennt meinen schwachen Punkt. Ein paar Minuten später stehen wir in einer Fressmeile, die laut Schild wie Greenwich Village aussehen soll. Wir suchen uns ein Stehcafé und stellen uns an. »Erst Koffein«, sagt Nick. »Dann reden wir.«

Hinter uns steht niemand mehr in der Schlange. Trotzdem steht Nick hinter mir – so dicht, dass ich ihn überall spüren kann. Zu dicht. Der einzige Teil von ihm, der mich berührt, ist seine Lederjacke, die meine nackten Arme streift, aber er könnte sich genauso gut an meinen Rücken schmiegen.

Ich halte die Luft an. Ich kann nicht anders.

Als wir an der Reihe sind, überfliege ich die Karte. Bevor ich irgendetwas sagen kann, schaut Nick zu mir runter und sagt: »Haselnuss-Latte mit fettarmer Milch, stimmt's?« Er lächelt und ist stolz, dass er sich an meinen Lieblingskaffee erinnert. Ich fühle mich total überwältigt von … ja, was? Von meinen Gefühlen für Nick, die ich in einer Schublade in meinem Kopf verschlossen habe. Ich hatte geglaubt, sie heute Abend hervorholen zu können, doch dann musste ich sie wieder wegsperren. Jetzt versuchen sie erneut zu entkommen und kämpfen mit dem Teil von mir, der immer noch so verletzt ist.

Ich kann nur nicken. Okay, er kennt meinen Lieblingskaffee. *Eine Kleinigkeit, weiter nichts,* ermahne ich mich. *Kein Grund, das aufzubauschen.*

Wir nehmen unsere Kaffeebecher und setzen uns an einen der kleinen Tische gegenüber vom Café. Auch wenn ich weiß, dass wir in einem Kasino und die anderen immer noch in der Nähe sind, auf der Achterbahn, fühle ich mich trotzdem wie am Telefon. Als gäbe es nur Nick und mich; als wären wir in der geheimen Welt, in der nur wir beide leben.

Wir trinken schweigend, doch diesmal weiß ich, dass

ich es mir nicht leisten kann abzuwarten, bis er mir eine Erklärung liefert. Vorhin am Glücksrad habe ich ihm die Führung überlassen und man sieht ja, was dabei herausgekommen ist.

»Und?«, frage ich.

»Ich schulde dir eine Erklärung.«

»Und hier gibt es keine Glücksspielautomaten, mit denen du dich ablenken kannst.«

Er kratzt sich am Hinterkopf und schaut nach unten auf den Tisch. »Du musst zugeben, dass sich Ablenkung im Gegenwert von tausend Dollar ganz schön lohnt.«

»Ich beschwere mich nicht.«

»Gut.« Er schaut auf und lächelt mich an und das ist noch schöner als auf den Bildern, weil sein Lächeln durch den Blickkontakt echt wird. Ich klammere mich daran, als würde es verhindern, dass ich aus meinem Stuhl fliege. Als wäre es die Schwerkraft persönlich.

»Es gefällt mir«, sagt er und schaut mir dabei immer noch in die Augen. Immer noch lächelnd.

»Was?«

»Du. Im echten Leben.«

»Jetzt bin ich kein Geist mehr«, sage ich, doch sobald die Worte aus meinem Mund sind, bereue ich sie. Ich möchte nicht, dass mein Spitzname verschwindet.

Er schüttelt den Kopf. »Für mich wirst du immer Ghost bleiben.« Er seufzt, als er den Deckel von seinem Kaffeebecher abhebt und ihn wieder zudrückt. »Also gut, die Sache mit der Band. Ich weiß, du hast gesagt, ich soll aufhören, mich zu entschuldigen, aber es tut mir wirklich leid. Ich war nie in der Band, jedenfalls nicht wirklich. Aber ich hab's versucht. Weil ich es grässlich fand, dich anzulügen.« Er schaut von seinem Kaffee auf, direkt in mein Gesicht. Dass er mir beim Sprechen gegenübersitzt, ist immer noch seltsam für mich. »Ich weiß, das muss jetzt total blöd klingen, aber etwas in mir war überzeugt davon, dass ich durch die Tatsache, dass ich dir davon erzählt habe, gezwungen wäre, das Ganze auch durchzuziehen. Wie im Buch *The Secret – Das Geheimnis*. Hast du schon mal davon gehört?«

Ich lache überrascht auf, ich kann nicht anders. »Meinst du das ernst? Meine Mom ist durch eine ganze *Secret*-Phase gegangen, nachdem sie das Buch gelesen hatte, vor zehn Jahren oder so.«

»Mach dich nicht über mich lustig!« Er versucht, beleidigt zu klingen, kann sich aber selbst das Lachen nicht verkneifen. »Also, das Ganze basiert auf etwas, das sich das ›Gesetz der Anziehung‹ nennt. Mein Sozialkundelehrer ist da Experte. Wenn du dir lange genug vorstellst, dass du etwas haben willst, bekommst du es auch, weil du es mit deinen positiven Gedanken anziehst. Ich dachte mir also, na gut, wenn Ghost glaubt, dass ich in der Band bin, dann stelle ich mir vor, dass ich in der Band bin, und irgendwann bin ich dann in der Band.« Er muss meinen Blick gesehen haben, denn er fügt hinzu: »Okay, stimmt, so formuliert klingt es total lächerlich.«

»Hast du eigentlich auch Gitarre geübt, während du dir all das vorgestellt hast? Denn das scheint doch irgendwie sinnvoller, als nur darüber nachzudenken.«

»Ja, du Klugscheißerin.« Er lacht wieder. »Und trotzdem gehöre ich in gewisser Weise zur Band, auch wenn ich kein Instrument spiele. Aber ich hatte vor, das Ganze offiziell zu machen. Ich wollte dich damit überraschen.«

»Du gehörst also zur Band, weil du T-Shirts und CDs verkaufst?« Mein Herz schlägt ein bisschen schneller und ich kann spüren, wie ich verwirrt mein Gesicht verziehe. »Das sollte die Überraschung sein?«

»Nein, das ist sie nicht.« Seine Miene umwölkt sich und er starrt in die Ferne. »Jetzt geht es nicht.«

Ich kapiere nicht wirklich, was er damit meint, aber wichtiger ist es mir, der Sache mit Frankie auf den Grund zu gehen. Ich würde ihn ja gerne fragen, aber dann müsste ich über Jeffs Party sprechen und darüber, was er zu mir an jenem Abend gesagt hat. Ich glaube nicht, dass ich das hinkriege; also starre ich auf den Deckel meines Kaffeebechers und überlege, wie ich das Thema anschneiden soll.

Gerade als ich mir einen Ruck geben will und den Mund öffne, kommt er mir zuvor. »Also, Grace' Praktikum? Das ist der Grund, warum ihr hier seid?«

Ich schaue ihn an und denke: *Nein. Der Grund ist, dass ich mich in dich verliebt habe. Aber es ist zu spät und außerdem hat sich herausgestellt, dass du ja sowieso so etwas wie ein Lügner bist.* Laut sage ich: »Genau, das ist der Grund. Und außer Netflix hatten Lo und ich noch keine Pläne für den Spring Break.«

Wir sehen beide überallhin, nur nicht uns an. Ich rutsche auf meinem Stuhl hin und her, er trinkt seinen Kaffee und ich frage mich, ob er sich fragt, warum das alles so kompliziert sein muss. Warum wir uns am Telefon so problemlos verstehen, aber kaum fügt man Blickkontakt und Nähe und die Realität und ein paar Lügen hinzu, ist Normalität unmöglich.

»Es tut mir leid«, murmelt er.

»Was?«

»Es tut mir leid, dass ich so komisch war. Als du aufgetaucht bist. Du hast mich ... überrascht. Ich hatte nicht mit dir gerechnet und in solchen Dingen bin ich eine totale Niete. Ich hatte Pläne, für den Fall, dass wir uns mal wirklich treffen würden ...«

Er bricht ab und ich muss sofort daran denken, wie ich mir auf dem Hinweg diese Szene ausgemalt habe: Er wirbelt mich herum und küsst mich. Ich frage mich, ob seine Pläne wohl ähnlich ausgesehen haben wie meine.

»Ghost«, sagt er und seine Stimme klingt gepresst. Sie bricht ein bisschen. Dann nimmt er seine Hand und legt sie sanft auf meine; die Härchen auf meinen Armen stellen sich auf, meine Haut fängt Feuer. »Ghost, ich muss ...«

Doch plötzlich möchte ich nicht mehr mit ihm darüber reden. Es ist merkwürdig, weil ich doch Antworten wollte. Aber die Antworten, die ich von ihm bekomme, sind nicht die, die ich hören will. Er ist anders in der Wirklichkeit. Er hat es mir gesagt, aber ich war einfach nicht richtig darauf vorbereitet. Und ich will die Geschichte, wie oder warum er mit Frankie zusammengekommen ist, gar nicht hören, und ich will nicht hören, wie er mich mit noch mehr Automatic-Friday-T-Shirts überraschen wollte oder was es auch immer war, und ich will ganz bestimmt nicht noch einmal auf die Nacht der Party zurückkommen und wie ich alles zerstört habe. Ich kann mit nichts von alldem umgehen und ich möchte, dass das alles einfach nur aufhört.

»Wir sollten zurück.« Ich nehme meinen Kaffeebecher und stehe auf. »Die anderen warten bestimmt schon. Und ich, äh … ich glaube, ich werde so oder so ins Hotel fahren.«

»Warte, Ghost.« Er greift nach meinem Handgelenk. Nicht fest, er packt es nicht oder zerrt an mir. Trotzdem winde ich mich aus seinem Griff, denn ich fühle mich überrumpelt, und ich sehe, wie sein Blick sich verdunkelt. »Ich dachte, du wolltest reden.«

Ich zucke mit den Schultern. »Haben wir das nicht gerade getan?« Und dann laufe ich zur Achterbahn und zu den anderen und lasse den echten Nick und meine Chance, noch irgendeine Erklärung zu bekommen, hinter mir.

14. Kapitel

Wir treffen die anderen am Ausgang der Achterbahn und alle erzählen begeistert, was für ein irrer Spaß die Fahrt war. »Ich kann immer noch nicht glauben, dass der Typ am Kartenschalter dich erkannt hat«, sagt Grace, und Frankie macht eine abwehrende Handbewegung, als würde ihr das jeden Tag passieren. Sie durften echt umsonst fahren? Scheint kein Witz zu sein, dass Frankie eine Berühmtheit in Vegas ist.

»Und diese steile Abfahrt!«, schwärmt Lo und klammert sich an Oscars Arm. Ich verdrehe die Augen und sie zwinkert mir zu.

Mir fällt auf, wie Alex nach Grace' kleinem Finger greift, und ich spüre einen Stich Eifersucht. Das hätten Nick und ich sein sollen, nicht sie und Alex. Meine Schwester wollte diesen Ausflug ja nutzen, um Gabe für ein paar Tage zu vergessen, und so wie's aussieht, gelingt ihr das ganz gut. Ich weiß, dass ich mich für sie freuen sollte, weil sie ihren Liebeskummer vergisst und mit einem tollen Typen flirtet, doch ich ertappe mich dabei, wie ich sie mit zusammengekniffenen Augen anschaue. *Das sollte mein Trip sein.*

Frankie schließt von hinten zu uns auf. »Wieso magst du keine Achterbahnen, Hannah?« Sie hakt sich bei mir unter und lotst mich durch die Spielhalle.

Wieso ist sie so nett zu mir? Ich fasse es nicht. Ich war so überzeugt, dass sie sauer sein würde, weil Nick sie vor der Achterbahn einfach stehen gelassen hat, um bei mir zu sein, dass ich für ein paar Sekunden nach Worten ringe. »Ich ... äh ... ich ...«

»Sie hasst das Gefühl, die Kontrolle zu verlieren«, sagt Nick, der an Frankies anderer Seite aufgetaucht ist. Dabei schaut er mich an, als würde er mit mir sprechen und nicht mit ihr. Und schon wieder muss ich kämpfen, um nicht die Nerven zu verlieren. Wie soll ich bloß mit all diesen Gefühlen zurechtkommen? Es sind zu viele, um normal funktionieren zu können.

»Gott, sie kann für sich selbst sprechen«, sagt Frankie und stupst ihn spielerisch mit ihrem winzigen Ellenbogen in die Rippen.

Nick schüttelt den Kopf. »Himmel, ich weiß. Ich wollte bloß ...«

Frankie lässt ihn nicht ausreden und hakt sich mit ihrem anderen Arm bei ihm unter. Wir lassen die anderen hinter uns und marschieren durch die Spielhalle, als wären wir drei beste Freunde und würden ständig gemeinsam durch die Gegend ziehen. »Es war echt nett von dir, dass du Hannah Gesellschaft geleistet hast. Auch wenn das für mich bedeutet hat, dass ich mutterseelenallein fahren musste.«

»Aber ich wette, du konntest den Sicherheitsbügel bis zum Anschlag runterziehen. Mit mir zusammen wärst du bestimmst aus dem Wagen geflogen, so klein, wie du bist.«

Ich erlebe zum ersten Mal, wie süß Nick zu ihr ist, wie er mit ihr flirtet, so wie er das immer mit mir am Telefon tut, und dass sie so vertraut sind, gibt mir einen Stich.

Aber wieso? In meinem Kopf höre ich fast, wie Grace mir die Frage stellt. *Er hat dich angelogen. Er hat vorgegeben, jemand zu sein, der er nicht ist. Er hat Dinge vor dir geheim gehalten. Warum willst du mit so einem Typen zusammen sein?*

Wie soll ich erklären, dass er trotz allem, was heute Abend passiert ist, immer noch mein bester Freund ist? Ich kann doch nicht einfach vier Jahre Freundschaft wie einen Schalter ausknipsen.

Ich erinnere mich an etwas, was Nick einmal vor langer Zeit gesagt hat: *Im wahren Leben bin ich eine Niete.* Ich habe nie richtig kapiert, was er damit meinte, und dachte, es wäre eine Floskel. Ich meine, so wie er sich kleidet und stylt – verwuschelte Haare, Lederjacke zu Kapuzenpullover und Röhrenjeans –, wirkt er total selbstsicher. Doch jetzt, wo ich ihn persönlich kennengelernt habe, glaube ich, dass sein Look nur Fassade ist. Als würde er eine Maske tragen und sich hinter der Band und seinem Bruder verstecken. In Wirklichkeit bleibt er eher für sich, ist unsicher und hat Schwierigkeiten, sich auszudrücken, genau wie er gesagt hat.

Also, welcher Nick ist nun mein Nick?

Frankie reißt mich aus meinen Gedanken. »Sieht so

aus, als hätten wir Grace und Alex verloren.« Die beiden sind in einen Fotoautomaten geschlüpft, nur ihre Beine schauen unter dem schwarzen Vorhang hervor. Grace scheint auf seinem Schoß zu sitzen und kichert bei jedem Blitz. Ich bin froh, dass das nicht einer dieser Automaten ist, bei dem die Bilder draußen angezeigt werden, denn das Letzte, was ich sehen möchte, ist Alex, der meiner Schwester die Zunge in den Hals steckt.

»Oh ja, lass uns auch Bilder machen!« Lo zieht Oscar zum Automaten und Frankie macht ihren kleinen Jubeltanz.

»Fotos können wir auch mit unseren Handys machen«, sage ich. »Warum Geld für den Automaten ausgeben?«

»Aber das macht doch viel mehr Spaß, Hannah!« Frankie strengt sich wahnsinnig an, nett zu mir zu sein, damit ich sie mag. Fast fühle ich mich schuldig, als ich ihren Hinterkopf anfunkele.

Wenn alle Pärchen-Fotos machen wollen, stehe ich mal wieder alleine da. Himmel, langsam wird's verdammt langweilig und ich bin es leid, darüber zu jammern, aber ich bin es auch leid, ständig außen vor zu sein. Bin es leid, mich an alle Regeln zu halten, wenn sowieso nichts für mich dabei herausspringt. Bin es leid, die einzige Solistin zwischen lauter Duos zu sein. Ich dachte, dieser Vegas-Trip würde dafür sorgen, dass auch ich mal das große Los ziehe, aber wie's aussieht, bin ich einsamer als je zuvor.

Grace und Alex kommen aus der Kabine und ein paar Sekunden später ploppen ihre Fotos aus dem Automaten. Ihre Köpfe treffen sich über den Bildern und sie lächeln, stecken ihre Fotos aber in die Tasche, ohne sie uns zu zeigen. Danach zieht Frankie Nick in die leere Kabine und ich starre mit Argusaugen auf ihre Beine. Wenigstens sitzt sie nicht auf seinem Schoß. Aber ich sehe, wie sich einer ihrer Chucks um sein Fußgelenk windet. Ich versuche, mir nicht auszumalen, was da drinnen passiert, kann es aber nicht verhindern. Mein Kopf macht mehr Fotos als der Automat, ein Bild schlimmer als das andere. Frankie küsst Nick. Nick küsst Frankie zurück. Na klar küssen die sich. Sie sind seit drei Monaten zusammen und haben sich schon tausendmal geküsst. Und ich will gar nicht wissen, was sie sonst noch treiben.

Nein. Nein. Nein.

Ich schnappe mir Lo und ziehe sie von Oscar fort. »Glaubst du, dass Nick und Frankie schon Sex hatten?«

Dieses Thema haben Nick und ich nur ein einziges Mal angeschnitten und damals hat er mir gesagt, er wäre noch Jungfrau. Völlig ausgeschlossen, dass er mir solch eine Änderung in seinem Leben vorenthalten hätte. Das *könnte* er nicht.

Doch wenn er mir Frankie verheimlichen, wenn er mich die ganze Zeit mit der Band anlügen, wenn er diese beiden Bereiche seines Lebens so trennen konnte, woher soll ich wissen, was er sonst noch alles vor mir verbirgt?

Lo wirft einen schnellen Blick auf Oscar und wir gehen noch ein Stück weiter weg.

»Du verlierst doch nicht gerade die Nerven? Reiß dich zusammen, Hannah.« Sie nimmt meinen Arm und drückt mich kurz.

»Ich gebe mir Mühe, aber ich bin kurz vorm Durchdrehen. Die beiden sind seit drei Monaten zusammen. Glaubst du, sie waren schon im Bett?«

»Gehört das zu den Dingen, die er dir erzählen würde?«

»Er hat mir ja noch nicht mal gesagt, dass er eine Freundin hat!«

Sie schüttelt mich leicht, und als ich einen Blick über ihre Schulter werfe, sehe ich, dass Oscar uns beobachtet.

Sie öffnet den Mund, doch ich unterbreche sie. »Lass uns später weiterreden. Sie kommen gerade raus.«

Nick und Frankie schlüpfen aus dem Fotoautomaten. Okay, Nick schlüpft hinaus. Frankie schießt wie eine Kanonenkugel nach draußen. Mir ist bereits aufgefallen, dass sie sich nicht wie ein normaler Mensch bewegt. Anscheinend labt sie sich an meinem Unglück, denn je gestresster ich mich fühle, desto mehr benimmt sie sich, als wäre das hier der beste Abend ihres beschissenen Lebens.

Oscar zieht eine Augenbraue hoch und er und Lo schlüpfen in den Automaten. Schön, dass sie so tolle Ferien hat.

Als ihre Bilder aus dem Automaten kommen, nimmt Frankie sie raus und gibt eins Nick, der in meiner Nähe steht – aber nicht zu nah – und unruhig von einem Bein aufs andere tritt. »Hier sind unsere Bilder, Schatz«, trällert sie. »Total süß, oder?«

Ich zucke unwillkürlich zusammen, als ich Frankies schmalzigen – und total einfallslosen – Kosenamen für Nick höre. Ich zucke noch einmal zusammen, als er lächelt und die Fotos dann in die Tasche schiebt, genau wie Alex und Grace vorhin, die jetzt eng beieinander an der Rückwand des Passbildautomaten lehnen und miteinander flüstern.

»Hallo! Unhöflich!«, schimpft Frankie und knufft ihn mit ihrer Minihand in die Brust. »Willst du sie nicht Hannah zeigen?«

Ich bin kurz davor, ihr zu sagen, dass ich lieber nackt mit der Achterbahn fahren würde, als mir ihre Fotos anzuschauen, doch sie hält mir den Streifen schon unter die Nase. Vier kitschige Pärchenfotos von Nick und Frankie. Oh Mann. Ich nehme ihr den Streifen aus der Hand und habe eigentlich nur vor, einen höflichen Blick daraufzuwerfen, um sie zurückzugeben, doch ich ertappe mich dabei, wie ich sie eingehend betrachte. Ich kann nicht anders. Nick sieht genauso aus wie der Nick, den ich von unseren Videochats und all den Fotos der letzten paar Jahre kenne. Wenn ich sie lange genug anstarre, gelingt es mir fast, den Nick zu vergessen, der neben mir steht; den Nick, der Geheimnisse vor mir hat und eine Freundin. Foto-Nick würde mir so etwas niemals antun. Telefon-Nick würde mich niemals anlügen.

Und Frankie. Auf einem der Bilder bilden sich Lachfältchen um Nicks Augen, als sie ihn auf die Wange küsst. Auf einem anderen zieht Frankie eine wilde Grimasse und er lacht über ihre Faxen. Auf dem dritten Passbild grinsen alle beide wie Vollidioten mit so weit aufgerissenen Augen wie möglich. Und auf dem vierten beugt er seinen Kopf über ihren. Ihre Gesichter berühren sich und sie schauen sich tief in die Augen. Es ist ein intimes Foto und ich fühle mich wie ein Eindringling.

Vermutlich bin ich das.

»Echt süß«, sage ich und gebe ihr den Streifen zurück. Eigentlich wollte ich mich umdrehen, um Nick anzuschauen, aber das schaffe ich nach dem letzten Foto einfach nicht.

Frankie zieht ihr Handy aus der Tasche und fotografiert den Streifen. »Das lade ich jetzt gleich hoch.«

Nick stöhnt auf. »Frankie, nein. Bitte nicht.«

»Wieso nicht? Ist doch absolut Instagram-würdig. Schau, wir sehen perfekt aus. Und noch dazu ist es ein super Teaser für meinen Post von heute Abend!«

»Post?«, frage ich.

Nick stößt einen langen, gequälten Seufzer aus. »Jedes Mal, wenn wir ausgehen, schreibt Frankie darüber in ihrem Blog. Jeder einzelne Abend wird dokumentiert. Mit Fotos und allem Drum und Dran.«

»Sogar unsere Dates!«, sagt Frankie mit einer Stimme, als gäbe es nichts Schöneres auf der Welt, als jede Minute, die sie zusammen verbringen, öffentlich zu machen. Ein Blick auf Nick genügt, um zu wissen, dass er ihre Begeisterung nicht teilt.

Frankie ist noch dabei, das Foto auf ihrem Handy mit einer Überschrift zu versehen, als Lo und Oscar aus dem Passbildautomaten kommen. Ich habe nicht auf die Körpersprache ihrer Beine geachtet, aber angesichts von Los Gesichtsfarbe vermute ich mal, dass sie geknutscht haben. Na super. Jetzt bin ich offiziell die Einzige, die auf dieser Reise noch keinen Kuss bekommen hat.

»Schatz, jetzt du und Hannah. Ihr solltet ein paar Fernfreundschaftsfotos machen!«, sagt Frankie und schaut dabei nicht mal von ihrem Handy auf.

»Oh nein«, sage ich, als Nick sagt: »Äääh ...«

Sie blickt ruckartig auf: »Jetzt stellt euch nicht so an, Leute. Ihr müsst.« Und dann legt dieses winzige Mädchen tatsächlich ihre Hand auf meinen Rücken und schiebt mich in Richtung Fotoautomat. »Na los.«

Nick und ich schleichen beide zum Automaten. »Wir müssen das nicht tun«, murmelt er. Aber er bleibt nicht stehen.

Ich verschränke meine Arme und starre auf meine Schuhe. »Ist schon okay.« Trotzdem suche ich fieberhaft nach einer Ausrede. Doch dann räuspert er sich und ich sehe, dass er schon im Automaten sitzt und auf mich wartet.

Die Kabine ist eng und die Bank an der Rückwand bietet nicht wirklich Platz für Privatsphäre. Ich verstehe, warum Grace auf Alex' Schoß gesessen hat. Nick rückt zur Seite und ich zwänge mich auf den freien Platz neben ihm und versuche, eine Lücke zwischen uns zu schaffen, indem ich meine Hüfte, so fest ich kann, an die Wand drücke. Ich weiß, wie man einen Satz grammatikalisch korrekt aufbaut, ich kann Gleichungen lösen und mit Photoshop einen kompletten Menschen in ein Gruppenbild schummeln, der den Fototermin verpasst hat, aber ich hab keine Ahnung, wie ich es anstellen soll, mit Nick auf so engem Raum allein zu sein. Darf ich ihn berühren? Sitze ich nicht viel zu nah? Wahrscheinlich schon, ich sollte lieber noch weiter rüberrücken. Blöd nur, dass ich nicht an der Wand hochklettern kann.

Er beugt sich vor, schiebt drei Dollarscheine durch den Geldschlitz und auf dem Display leuchten Anweisungen auf. Wir müssen unsere Köpfe in ein Quadrat zwängen, damit wir auf das Bild passen, doch nur die Hälfte meines Kopfes wird zu sehen sein, weil ich bewusst auf Abstand gegangen bin.

»Komm schon«, sagt Nick. »Tu so, als ob du mich magst.« Ich rücke näher an ihn heran. Unsere Beine sind jetzt fest aneinandergepresst von der Hüfte bis zum Knie, was einen Blitz durch meinen ganzen Körper zucken lässt. Unsere Arme sind irgendwie peinlich zusammengequetscht, also schiebt Nick seinen Arm hinter meinen Rücken. Ich spüre, wie er kurz zögert, dann hebt er den Arm, legt ihn um meine Schultern und zieht mich noch enger an sich heran.

Ich sterbe. Oh mein Gott, ich sterbe.

»Schau«, sagt er. »Viel besser, findest du nicht?« Mein Herz rast wie verrückt und ich frage mich, ob er das Pochen fühlen kann. Ich weiß, sein Arm um meine Schultern bedeutet nichts. Er zieht mich nur an sich, damit wir beide auf das Foto passen.

Aber die Erkenntnis, dass es nichts zu bedeuten hat, ändert nichts an dem Effekt, den sein Körper auf mich hat, so dicht neben meinem. Wie pulsierende Energie. Wie ein schwelendes Feuer.

Er drückt auf den Startknopf und der Countdown für das erste Foto beginnt.

»Was sollen wir auf dem Bild machen?«, frage ich ihn.

»Da hätten wir mal drüber nachdenken sollen, bevor ich auf den Knopf gedrückt habe, hm? Jetzt gibt's kein Zurück mehr!«

»Also gut. Schneiden wir Grimassen.« Ich lege meine

Hände rechts und links aufs Gesicht und schiebe meine Wangen nach vorne. Nick schielt, zieht die Nase kraus und streckt die Zunge raus. Aber dabei zieht er mich noch enger an sich, und als der Countdown bei null angekommen ist, kichern wir beide hysterisch, und als das Blitzlicht aufleuchtet, liegt mein Kopf auf seiner Schulter.

Für das zweite Bild drehe ich mich zu ihm, hebe meine Hände, als wollte ich ihn angreifen, und schneide eine Fratze. Er legt seine Hände auf die Wangen und öffnet den Mund, als würde er schreien. Bei Bild Nummer drei schnappe ich mir seine Brille und setze sie auf, dann stützen wir beide unser Kinn auf die Hand und starren mit ausdruckslosen Gesichtern in die Kamera.

»Und jetzt das letzte«, sage ich und gebe ihm seine Brille zurück. Der Großteil der Anspannung zwischen uns hat sich inzwischen gelöst und wir haben Spaß. So hatte ich mir ein Treffen mit ihm immer vorgestellt. »Und jetzt?«

Ich mustere ihn im Bildschirm und gehe im Kopf die verschiedenen Posen durch. Fingerpistole, normales Gesicht, Friedenszeichen. Ich fuchtele panisch mit den Händen, als der Countdown nach unten läuft. Er erwidert meinen Blick im Display und die Albernheit von eben ist verschwunden. Jetzt wirkt er ernst, was mich überrascht.

Und als der Countdown bei eins ist, nimmt er seine Hand und zieht meinen Kopf behutsam zu sich heran. Sein heißer Atem kitzelt meinen Hals und genau in dem Moment, als es blitzt und die Kamera unser letztes Foto schießt, flüstert er mit sanfter Stimme in mein Ohr: »Gott, Ghost, im wahren Leben bist du sogar noch schöner.«

Das letzte Foto ist das einzige, auf dem ich lächele.

15. Kapitel

Ich will die Kabine nicht verlassen. Auf dem Display erscheint wieder die Begrüßungsansage und ich weiß, dass unsere Bilder in weniger als einer Minute aus dem Schlitz fallen werden. Wir können hier nicht für immer sitzen bleiben.

Aber ich will.

Meinen Nick habe ich bei unserer Begrüßung ganz kurz gesehen. Als ich ihn umarmt und mein Gesicht in seiner Jacke vergraben habe. Beim Kaffeetrinken, als er seine Hand über meine gelegt hat. Und gerade eben noch einmal, als er meinen Kopf zu sich herangezogen und in mein Ohr geflüstert hat.

Das Entscheidende ist, an diesem Nick festzuhalten. Dem Nick, der nicht plötzlich komisch wird; dem Nick, der mich nie anlügen würde; und dem Nick, der mich über diese unglaublich bizarre Situation hinwegtröstet, in die wir geraten sind.

Doch als er mich loslässt und den Automaten verlässt, wird mir klar, dass sich dieser Nick wieder versteckt.

Ich trete aus der Kabine. Nick steht vor dem Ausgabefach und wartet auf unsere Bilder. Als sie herauskommen, reicht er mir meine und starrt auf seinen Streifen.

»Unser erstes gemeinsames Foto.« Noch immer schaut er nicht mich an, sondern betrachtet mit einem kleinen Lächeln die Bilder. »Ich habe mich immer gefragt, ob es je dazu kommen würde.«

»Passt ja ziemlich gut, dass wir auf allen wie die letzten Idioten aussehen, was?« Ich versuche zu witzeln, denn ich spüre immer noch seine Hand auf meiner Wange, höre sein Flüstern in meinem Ohr.

Endlich schaut er mich an. »Auf dem letzten nicht.«

Natürlich muss Frankie ausgerechnet in diesem Augenblick zu uns stoßen. »Schatz!«, ruft sie wieder und ich zucke zurück, als hätte mich jemand geschlagen. Ist sie mit Absicht so bescheuert oder ist sie mit dem Talent geboren? »Dein Bruder hat Jordy angerufen und ihn eingeladen. Wir treffen uns hier in zwanzig Minuten oder so. Spielen wir so lange eine Runde Skee-Ball?« Ihr Blick fällt auf den Passbildstreifen in seiner Hand. »Schaut euch die beiden Hübschen an! Ihr seid das süßeste Freundespaar auf der ganzen Welt.« Sie lächelt mich an. Nein, sie strahlt mich an. Himmel, sie ist total begeistert, dass ich Nicks beste Freundin bin. »Was flüstert er dir denn auf dem letzten Bild ins Ohr?«

»Dass ich froh über ihren Überraschungsbesuch bin.« Nick und ich tauschen Blicke und er schielt dabei ein ganz kleines bisschen hinter seiner Brille. Macht er das immer, wenn er lügt?

»Wie nett«, sagt Frankie.

»Hat Alex wirklich Jordy eingeladen?« Die Frage kommt aus heiterem Himmel und der unbekümmerte Ton in Nicks Stimme ist verschwunden. Bevor Frankie oder ich irgendetwas sagen können, ruft er nach seinem Bruder, stampft davon und lässt uns stehen.

»Die beiden. Ich schwör's dir. Ständig liegen sie sich in den Haaren. Aber ich kann's verstehen. Ich habe einen Zwillingsbruder und der treibt mich in den Wahnsinn.« Frankie rümpft die Nase und starrt Nick hinterher. »Egal. Wollen wir eine Runde spielen, Hannah? Wir haben uns noch gar nicht richtig unterhalten.«

Zeit mit Frankie zu verbringen, ist das Letzte, wonach mir zumute ist, besonders nach Nicks letzter Bemerkung im Fotoautomaten. Eigentlich möchte ich mir Lo schnappen und mit ihr zurück ins Hotel fahren, um den ganzen Abend durchzugehen. Es ist schon schlimm genug, dass wir auf dieser Pärchentour durch Vegas gelandet sind, ohne die geringste Chance, das Ganze zu besprechen, aber jetzt verschwindet sie auch noch mit Oscar weiß der Himmel wohin in dieser Spielhalle und lässt mich allein in Frankies Fängen. Ich kann sie nirgends entdecken. Genauso wenig wie Grace.

Kenne deine Feinde besser als deine Freunde, sagt man doch, also sollte ich es mir mit Frankie nicht verderben, auch wenn ich sie liebend gerne quer durch die ganze Halle schießen würde.

»Okay«, sage ich. »Spielen wir.« Was soll ich auch sonst sagen?

Frankie hat jede Menge 25-Cent-Münzen dabei und wirft ein paar davon in unsere Kegelbahnen. Die Bälle rollen von den Seiten der Bahn direkt vor meine Füße. Ich bin kein großer Skee-Ball-Fan und kann nicht umhin, mich zu fragen, wie viele Menschen diese Bälle wohl schon mit ihren ekligen, klebrigen Fingern angefasst haben. Ich wische meine Hand an meinem Top ab – als ob das irgendetwas bringen würde – und greife nach dem ersten Ball.

Während ich ihn mit Schwung auf die Bahn schleudere, überlege ich krampfhaft, was ich sagen könnte. Wie beginnt man eine Unterhaltung mit der heimlichen Freundin des Jungen, in den man glaubt, verliebt zu sein? Glücklicherweise kommt mit Frankie kein peinliches Schweigen auf und ich muss mir nichts ausdenken. »Tja, das Gute an Jordys Auftauchen ist, dass wir dann eine gerade Zahl von Leuten sind.« Sie schaut mich mit hochgezogener Augenbraue an. »Er hat zurzeit keine Freundin, weißt du? Jordy.«

»Äh, okay.« Ich bin völlig ratlos, was ich mit dieser Information anfangen soll. »Ich weiß nicht, ob er mein Typ ist.«

»Glaub mir, auf Jordy stehen alle.«

Nach den Geschichten, die ich von Nick über Jordys lange Liste von Freundinnen gehört habe, bezweifle ich das nicht. »Stimmt, singen kann er«, hat Nick mal gesagt, »aber er ist nur in der Band, um Mädchen aufzureißen. Scheint zu funktionieren.«

Ich werfe den nächsten Ball auf die Rampe. Er rollt hoch und fällt in die Zehn. Dann schaue ich Frankie zu. Ihrer landet mühelos in der Hundert.

»Super Wurf«, kommentiere ich. »Ich glaube, ich bin

ziemlich mies.« Ich setze Skee-Ball auf die lange Liste von Dingen, die ich nie wieder im Leben tun werde. Frankie lacht – worüber genau, kann ich nicht sagen. »Sechs Jahre Softball«, sagt sie. »Da bekommt man ein gutes Ballgefühl. Ist manchmal ganz praktisch.«

Ich überlege, über ihren Blog zu sprechen, damit gar keine unangenehmen Pausen entstehen können, doch bevor ich irgendetwas sagen kann, höre ich hinter uns jemanden kreischen. »Oh mein Gott! Frankie!«

Wir drehen uns beide um und vor uns steht ein Pärchen. Die beiden scheinen ungefähr in unserem Alter zu sein und das Mädchen hüpft begeistert auf und ab, während der Typ einen gelangweilten, leicht genervten Eindruck macht. »Dachte ich mir doch, dass du's bist!«, quietscht das Mädel wieder. »Ich hab's ihm gesagt. Ich sag zu ihm: ›Ich glaub, da drüben steht Frankie, die Bloggerin von Underage Vegas.‹ Und er sagt: ›Glaub ich nicht.‹ Aber ich wusste es!« Sie dreht sich zu ihrem Freund und knufft ihn in den Arm. Er rollt mit den Augen. »Sag ich doch, dass es Frankie ist!«

In Frankies Gesicht explodiert ein Grinsen – so breit wie den ganzen Abend noch nicht. »Du liest meinen Blog?«, ruft sie mit Taylor-Swift-würdiger *Was?-Ich?-Wirklich?*-Stimme. Sie hat Hunderttausende Followers und in den paar Stunden, die wir hier zusammen verbracht haben, ist sie bereits zweimal erkannt worden. Ich war dabei. Sie kann doch unmöglich immer wieder von Neuem überrascht sein.

Das Mädchen, Ashley, blubbert Frankie voll, wie sehr sie den Blog liebt und dass sie vor ein paar Wochen beim

Flashmob auf dem Barnes-&-Noble-Parkplatz gewesen ist. Reese – ihr Freund, ein muskulöser Typ in Flanellhemd – spielt währenddessen auf seinem Handy. Frankie strahlt noch ein bisschen breiter, umarmt Ashley, dreht sich dann zu mir um und reicht mir ihr Handy.

»Hannah, könntest du ein Foto von uns machen? Ich will es posten.«

Ich nicke und Ashleys Augen werden groß, als hätte sie eben einen Royal Flush gezogen. »Du postet mich in deinem Blog? Wirklich? Hast du das gehört, Reese?«

Reese blickt nicht einmal von seinem Handy auf und zuckt bloß mit den Schultern.

Frankie legt ihren Arm um Ashleys Taille und lächelt, als ich das Bild mache, dann umarmt sie ihren Fan noch einmal fest. Ich schaue Ashley und Reese nach, als sie weitergehen, und denke, was für ein merkwürdiges Leben Frankie führt, doch die macht weiter, als wäre überhaupt nichts geschehen.

Sie wirft einen Ball und dann dreht sie sich zu mir. »Hey, Hannah. Nick erzählt so viel über dich, weißt du, deswegen bin ich froh, dass wir ein bisschen Zeit zusammen haben. Was gibt's Neues bei dir?«

Ich finde es seltsam, wie schnell sie den Faden wieder aufnehmen kann, aber ich spiele mit. »Na gut, was hat Nick dir denn schon erzählt?«

»Mal sehen ... Du bist seine beste Freundin. Du wohnst in Orange County. Du hast eine große Schwester, Grace, die irgendwann mal auf einem Konzert Alex begegnet ist, und so habt ihr euch kennengelernt. Ihr steht ständig in Kontakt. Du bist der klügste, lustigste und ehrgeizigste Mensch, den er kennt. Nächstes Jahr studierst du an der UCLA.« Sie zählt jeden einzelnen Punkt an den Fingern ab. »Oh, und ich hab selbst mitbekommen, dass du Achterbahnen hasst und wirklich extrem schlecht Skee-Ball spielst.«

Es wundert mich, wie viel Nick ihr von mir erzählt hat. Als wäre ich ein Teil seines Lebens, von dem alle Freunde wissen sollen. Ich teile ihn mit den Menschen in meiner Welt nur, wenn es unbedingt notwendig ist, und außer bei meiner Familie und Lo ist das bei niemandem der Fall. Ich hatte nie irgendwelche Probleme damit, unsere Freundschaft geheim zu halten, mir ist es lieber so. Meine Freundschaft mit Nick lässt sich mit keiner meiner Schulfreundschaften vergleichen. Sie ist realer. Und das kann ich nur schwer erklären, selbst mir gegenüber, und deshalb teile ich ihn nicht.

Er nennt mich Ghost, aber offensichtlich wäre es umgekehrt passender. Sosehr ich auch das Gefühl habe, dass er am Telefon ein anderer Mensch ist, bin ich immerhin ein offizieller Teil seines Lebens.

»Damit weißt du eigentlich alles. Ich bin nicht besonders aufregend. Keine Band, kein berühmter Blog oder sonst irgendetwas.« Ich schaue mich in der Spielhalle nach den anderen um. Lo und Oscar kichern vor irgendeinem der Automaten und Grace spielt an einem Flipper, während Alex und Nick etwas abseits in eine Diskussion vertieft sind. Alex hat seine Arme verschränkt und Nick gestikuliert, als wolle er gleich abheben.

Ich deute mit einer Kopfbewegung auf die beiden. »Hast du irgendeine Ahnung, worum es geht?«

Frankie zuckt mit den Schultern. »Wer weiß, was es diesmal ist. Letzte Woche haben sie in der Garageneinfahrt Basketball gespielt und die beiden sind dermaßen aneinandergeraten, dass ich dachte, sie würden sich gleich einen Boxkampf liefern.«

Ich will gerade das Skee-Ball-Spiel abbrechen – schließlich bin ich ja nicht gerade dabei, Frankie zu schlagen oder sonst etwas davon zu haben – und mich näher an Nick und Alex heranschleichen, um zu hören, worum es geht, als Frankie ihre Hand auf meinen Arm legt.

»Ach, Hannah, ich hoffe, das klingt jetzt nicht komisch, aber ich bin echt froh, dass ich dich kennengelernt habe. Bitte lach nicht, aber bei meinen ersten Verabredungen mit Nick war ich ein bisschen eifersüchtig. Es ist nie ganz leicht, wenn dein neuer Freund eine so attraktive beste Freundin hat, weißt du? Aber er hat mir versprochen, dass zwischen euch beiden nichts läuft und dass du für ihn nicht einmal ein richtiges Mädchen bist. Und ich vertraue ihm. Aber ich finde es großartig, dass ich dich jetzt kenne und weiß, wie cool du bist. Ich komme mir wie der letzte Vollidiot vor, dass ich mich so darüber aufgeregt habe.« Sie schenkt mir das breiteste Lächeln der ganzen Welt und zieht mich in ihre Arme.

Ich versuche, ihre Umarmung zu erwidern, doch ihre Worte schwirren in meinem Kopf herum. *Dass du für ihn nicht einmal ein richtiges Mädchen bist. Dass zwischen euch beiden nichts läuft.*

Ich fasse es nicht, dass ich das so verbockt habe. Ich habe ihm gesagt, dass ich nichts für ihn fühle. Ich habe ihm gesagt, dass er nicht mal ein richtiger Junge für mich wäre. Ich hab zu lange gewartet, ich hab alle Zeichen ignoriert und jetzt hat er meinen Spruch geklaut und ist darüber hinweg.

Ich bin für jemanden hergefahren, der absolut nichts mehr für mich empfindet.

16. Kapitel

Wir warten draußen auf Jordy, auf einer Brücke, die über den Strip führt und das New York-New York Hotel mit dem MGM Grand Hotel verbindet. Irgendwie kommt mir das alles so surreal vor: Wir stehen auf der Brücke, unten fahren die Autos, auf der einen Seite ein Nachbau der kompletten Skyline von Manhattan und auf der anderen ein gigantischer goldener Löwe. Allerdings ist mein ganzer Aufenthalt in Vegas bis jetzt surreal, so gesehen passt das.

Links sehe ich die Brooklyn Bridge vor dem New York-New York, rechts den Eiffelturm vor dem Paris Las Vegas, eine riesige Coca-Cola-Flasche und das Planet Hollywood. Die anderen Kasinos am Strip verschwimmen in einem hellen Lichtermeer, ich kann sie nicht auseinanderhalten.

»Beeindruckend, oder?« Nick stellt sich neben mich und schaut mit mir auf die Lichter. »Es ist merkwürdig. Irgendwie denkt man, der Strip geht endlos weiter, und trotzdem hat man das Gefühl, dass alles so nahe ist, dass man zu Fuß gehen kann.« Er schüttelt den Kopf. »Aber glaub mir. Sie sind nicht so nah, wie es aussieht.«

Ich erwidere nichts. Ich konzentriere mich auf die Lichter, meine Finger umklammern den Gitterzaun, der einen wahrscheinlich daran hindern soll, sich nach einem fetten Spielverlust vor die Autos zu stürzen, und ich überlege, wohin ich mit unserer Freundschaft will. Nick ist nicht der Mensch, den ich mir vorgestellt hatte, und ich weiß nicht, was ich überhaupt noch von ihm will, gerade, wenn ich an Frankie denke.

»Wenn man hier wohnt, geht man selten auf den Strip«, sagt er mit einem deprimierten Seufzer. »Aber in letzter Zeit bin ich ständig hier.«

»Frankie?«, frage ich. Ich drehe mich um, lehne mich ans Geländer und schaue auf das Mandalay Bay.

»Ja.« Er starrt auf seine Hand, während er an seinem Daumennagel knabbert. »Ständig bloggt sie über Sachen, die hier so abgehen, und mich schleppt sie dann mit.«

Frankie steht ein paar Meter von uns entfernt. Sie hat sich ihr Handy zwischen Ohr und Schulter geklemmt, plappert in einem fort und tippt auf ihrem Tablet herum. Auf der anderen Seite der Brücke machen Grace und Alex – genau wie Lo und Oscar – einen auf Pärchen. Seit meine Schwester und meine beste Freundin sich, kaum dass wir aus dem Auto gestiegen waren, mit den nächstbesten Typen eingelassen haben, habe ich kaum mehr ein Wort mit ihnen gewechselt. Dabei brauche ich sie. Ich brauche sie, damit sie mir aus dieser Zwickmühle helfen – und sie lassen mich einfach wegen ihrer Typen im Stich.

»Bin gleich wieder zurück«, murmele ich Nick zu.

»Warte«, sagt er. Seine Stimme bricht. »Ghost, ich muss …«

»Ich muss mit Lo und Grace reden.« Er hat eine Freundin und es ist mir wirklich egal, was er muss.

»Krisensitzung. Jetzt.« Ich packe Lo und Grace an den Ellenbogen und zerre sie von ihren Flirtpartnern weg.

»Hey«, beschwert sich Grace. »Wir sind gerade dabei, den Rest des Abends zu planen.«

»Macht das später«, stoße ich zwischen zusammengepressten Zähnen hervor. »Ich stecke mitten in einer Krise und fände es toll, wenn meine große Schwester und meine beste Freundin eine Minute entbehren könnten, falls das nicht zu viel verlangt ist.«

Anscheinend spricht genug Verzweiflung aus meiner Stimme und meinem gestressten Gesichtsausdruck, denn beide stellen ihre schmachtenden Blicke ein und folgen mir auf die andere Seite der Brücke. Wir müssen aufdringliche Club-Promoter umschiffen und über einen Typen mit Gitarre steigen, der ein grausames Bruno-Mars-Cover singt, bis wir weit genug entfernt sind.

»Erstens!«, sage ich, sobald die anderen uns nicht mehr hören können. »Ihr spinnt wohl! Wie könnt ihr mich so hängen lassen, bloß wegen ein paar heißen Typen? Das widerspricht sämtlichen Mädchenregeln!«

Lo schaut auf ihre Füße und Grace murmelt eine Entschuldigung, aber ich gebe ihnen keine Chance, um Gnade zu winseln. »Ich will es nicht hören. Ihr beide habt mich mit der Freundin des Jungen allein gelassen, wegen dem ich hier bin. Als ob nichts dabei wäre. Ihr habt mich stehen gelassen und ich musste mich mit ihr unterhalten. Was zum Teufel sollte das?«

Grace zuckt mit den Schultern. »Es sah so aus, als würdet ihr miteinander klarkommen. Wir wollten dir ein bisschen Zeit geben, damit du dich mit Nick –«

»Ja, wir sind miteinander klargekommen, weil sie, verdammt noch mal, der netteste Mensch auf diesem Planeten ist. Ich brauche jemanden, der mir hilft, sie zu hassen! Mit mir über sie lästert!«

Beide beugen sich vor und umarmen mich. »Tut mir leid, Süße«, sagt Lo. »Wir waren geblendet. Wir stehen dir bei. Versprochen.«

»Na ja, Lo, jedenfalls«, sagt Grace und schaut auf ihre Stiefel. »Äh ... bitte seid mir nicht böse, aber ich glaube, Alex und ich setzen uns ab.«

»Was?«, fragen Lo und ich wie aus einem Mund.

»Keine Panik, ich bleibe, wenn ihr mich wirklich braucht. Aber wir sind in Vegas und Alex und ich sind beide über einundzwanzig. Nehmt es mir nicht übel, aber wir haben keine Lust, den ganzen Abend in den Spielhallen abzuhängen.«

»Wir haben gefälschte Führerscheine«, sagt Lo.

»Ich weiß, aber ...« Sie nimmt ihre Mütze ab, fährt sich mit der Hand durchs Haar und setzt sie dann wieder auf. »Ihr zwei schafft das heute Abend doch auch allein, oder?«

Ich starre meine Schwester mit offenem Mund an. Nach allem, was ich für sie getan habe, um sie aus ihrem Gabe-Tief zu holen, fasse ich es nicht, dass sie mich hängen lassen will.

»Jetzt guck nicht so«, sagt sie und spielt geistesabwesend mit ihrer Kette. »Du weißt selbst, ich brauche dringend ein bisschen Spaß. Ich lass mir von Alex alles über Frankie erzählen, okay? Und Nick wird sich entspannen, wenn ich ihm Alex vom Hals halte.«

Lo greift nach meiner Hand und drückt sie fest. *Lass sie,* heißt das.

»Na gut«, willige ich ein. »Aber wenn ihr zwei schon verschwindet, sieh zu, dass du mir ein paar Infos verschaffst.«

»Mach ich. Versprochen.«

»Warte.« Ich greife nach ihrem Arm. »Kannst du mir bitte sagen, ob ich hier das Richtige tue?«

Ich bringe sie auf den neuesten Stand, doch Grace ist überhaupt keine Hilfe. Hauptsächlich, weil sie mir widerspricht. Sie ist überzeugt, dass ich mir etwas Besseres einfallen lassen muss, als ins Hotel zu fahren und später weiterzusehen, und da sie mit »älter und klüger« ein super Argument hat, lasse ich sie ausreden.

»Du darfst ihn nicht aufgeben«, sagt sie. »Sag ihm, wie du dich fühlst. Du musst ihm klarmachen, dass es dich gibt.«

»Aber ... Frankie«, sage ich kleinlaut. »Und ...«

Aber weil Alex nach ihr ruft, hört Grace nicht weiter zu, sie läuft los und gib uns ein Zeichen, ihr zu folgen.

»Ich will weg hier«, flüstere ich Lo auf dem Weg zurück zu den anderen zu. »Ich kann das nicht länger.«

Lo bleibt stehen, fasst mich an den Schultern und dreht mich, bis wir uns gegenüberstehen: »Bist du dir sicher? Wenn du wirklich alle hier stehen lassen willst, bin ich dabei.«

»Meinst du das jetzt ernst?« Ich freue mich so sehr, dass ich sie umarme. »Ich will nur noch ins Hotel zurück und den Zimmerservice kommen lassen.« Die ganze Zeit vorgeben zu müssen, dass mir das alles egal ist, und zu versuchen, aus Nick schlau zu werden, hat mich total erschöpft. Es wird mir einfach zu viel. »Grace kann ja nachkommen, wenn sie genug von Alex hat. Oder auch nicht. Ist mir im Moment eigentlich egal.«

»Kein Problem«, sagt sie und streicht über meinen Rücken. »Dann lass uns gehen.«

Ich löse mich aus unserer Umarmung. »Und was ist mit Oscar?«

Sie schüttelt den Kopf. »Er ist ja ganz süß und so, aber halt nur ein Junge. Kein Drama, wenn meine beste Freundin in Not ist.«

»Ich muss für dich eine Riesenenttäuschung sein. So viel zur Girls-Gone-Wild-Geschichte.«

»Das können wir morgen am Pool nachholen. Da wird dein Bikinitop fallen, meine Liebe.«

»Aber erst, nachdem ich dich mit einer ganzen Flasche Wodka abgefüllt habe.« Wir gehen zu den anderen und augenblicklich fühle ich mich leichter. Ich werde mit Lo ins Hotel zurückfahren und kann mich morgen um alles kümmern. Oder auch nicht. Nicht, dass Nick das interessieren würde.

Wir sind fast bei den anderen, die sich um den Typen mit der Gitarre versammelt haben und mitsingen, als Frankie von hinten herankommt und nach meinem Arm greift.

»Hannah, kannst du mir einen Riesengefallen tun?«

Es fällt mir leicht, nett zu ihr zu sein, denn ich brauche mich nicht mehr lange mit ihr und Nick zu befassen. »Was gibt's?«

»Ich muss kurz weg, um mit einem Typen drüben im MGM zu sprechen. Ist für den Blog.«

»Was? Um diese Uhrzeit? Es ist schon zehn!«

Sie legt den Kopf schräg und ihre Antwort sorgt dafür, dass ich mich wie das totale Landei fühle: »Ach Süße, wir sind hier in Vegas. Der hat gerade erst angefangen zu arbeiten.«

»Okay«, sage ich. »Egal. Wofür brauchst du mich?«

»Nick wird total sauer sein, dass ich gehe. Wenn ich ihn mit irgendetwas überfalle, reagiert er immer merkwürdig, und außerdem war es ja meine Idee, euch Vegas zu zeigen. Aber ich komm wieder zurück. Ich beeil mich!«

Ich schaue sie misstrauisch an. »Okaaaay.«

»Er ist so glücklich, dass du da bist und so. Kannst du es ihm sagen? Dass ich für eine Stunde oder so verschwinde? Er wird vor Glück durchdrehen, wenn er ein bisschen Zeit mit dir verbringen kann. Nur ihr zwei. Und dann, na ja, leiste ihm einfach Gesellschaft, bis ich wieder da bin, okay?«

»Äh, Frankie, ich weiß nicht –«

»Na klar macht sie das, Frankie«, mischt Lo sich ein.

Ich werfe ihr einen hasserfüllten Blick zu. Was zum Teufel? Doch sie lächelt Frankie an, ohne mich weiter zu beachten. Als wäre nie die Rede von einem Filmabend im Hotel gewesen.

»Super. Danke, Hannah.« Frankie drückt meinen Arm

und schenkt mir ihr ultrawarmes, ehrliches Lächeln, das ich ihr am liebsten aus dem Gesicht schlagen würde. »Ich weiß, dass du der einzige Mensch bist, der Nick davon abhalten kann, sich meinetwegen jetzt total aufzuregen. Ich schulde dir was.«

Ich murmele: »Keine Ursache«, aber sie ist schon unterwegs und läuft über die Brücke zum MGM Grand, schneller, als man ihren kurzen Beinen zutrauen würde.

»Hey«, sage ich zu Lo, sobald Frankie außer Sichtweite ist, »was sollte das?«

Sie hat ihre Hände bereits gehoben und ergibt sich. »Lass mich ausreden, okay?«

»Ich höre.«

»Ich weiß, dass du zurück aufs Zimmer willst, und ich respektiere das. Aber ich finde auch, dass Grace nicht ganz unrecht hat. Die Gelegenheit ist perfekt: Du kannst alleine mit Nick reden, ohne dass Frankie dazwischenfunkt. Grace ist mit Alex los und ich kann Oscar dazu überreden, irgendetwas anderes zu machen. Du hast gesagt, dass Nick viel mehr er selbst ist, wenn ihr zwei allein seid, oder? Bitte schön – Zeit für euch, eingewickelt in Geschenkpapier. Mit Glitzerschleife.«

Wenn sie es so darstellt, hört es sich gar nicht so schlecht an. »Das könnte vielleicht funktionieren.« Ganz allein mit Nick ohne Frankie? Besser, als im Hotelzimmer zu schmollen.

Und Grace *hat* ja recht – ich muss ihm wirklich sagen, was ich empfinde. Diese Ungewissheit macht mich fertig, mal habe ich seinen Arm um meine Schultern, dann wieder flirtet er mit Frankie. Das bedeutet natürlich, ich muss zugeben, dass ich ihn angelogen habe, aber das muss ich ja sowieso. Ich muss es ihm sagen.

Ich schaue Lo kopfschüttelnd an. Dann gebe ich ihr einen Klaps auf den Po: »Das ist der Grund, warum ich dich liebe.«

»Ich weiß«, sagt sie. »Ich bin die Beste.«

Wir gehen zu den anderen zurück. Die Jungs posieren wenig begeistert für ein paar Fotos, die Grace von ihnen mit ihrem Handy macht, wahrscheinlich, damit sie ihrer Redakteurin beweisen kann, dass sie tatsächlich eine Vegas-Band interviewt hat. »Okay, hört mal her«, sagt Lo. »Wir müssen ein bisschen umdisponieren.«

»Wo ist Frankie hin?«, fragt Alex.

Ich wische mir die Hände an meiner Jeans ab. »Äh, sie musste kurz los und noch etwas für ihren Blog erledigen.« Nick zieht ein Gesicht, aus dem ich nicht ganz schlau werde, und ich gebe mein Bestes, ihm aufmunternd zuzulächeln. »Aber sie kommt bald wieder.«

»Also gut, Hannah hat mir erzählt ...« Lo dreht sich zu mir um und wirft mir einen Blick zu, aus dem ich lese, dass ich ihr das, was sie gleich sagen wird, natürlich nicht erzählt habe, mir aber trotzdem nichts anmerken lassen soll. »... dass sie unbedingt auf den Eiffelturm will.«

Puh. Ausgerechnet?! Meine Höhenangst ist nicht ganz so schlimm wie die Vorstellung, in einer Achterbahn zu sitzen, aber *schön* finde ich es auch nicht, so weit vom festen Boden entfernt zu sein. Ich lächele trotzdem. Ganz offensichtlich hat sie sich etwas dabei gedacht.

»Mann, nein!« Oscar schüttelt heftig seinen Kopf und

plötzlich kapiere ich, was Lo da eingefädelt hat, meine geniale Freundin. »Ich, äh, ich geh da nicht hoch. Auf keinen Fall.«

Ich beschließe mitzuspielen. »Ach, bitte! Das steht auf meiner Top-Vegas-Liste.«

Grace schaltet schnell. »Alex und ich wollen gerade los. Aber Hannah, das darfst du auf keinen Fall verpassen. Auf der Hinfahrt hast du die ganze Zeit davon geredet, dass du da hochwillst.«

»Hm, na gut«, sagt Nick und tritt von einem Bein aufs andere. »Warum gehen Hannah und ich nicht alleine auf den Eiffelturm? Grace und Alex, ihr könnt euch irgendwo volllaufen lassen oder was ihr sonst vorhabt, und Lo und Oscar, ihr könnt, äh, irgendwo hingehen, wo ihr nicht Hunderte von Metern über dem Erdboden schwebt. Wir rufen euch an, wenn wir fertig sind. Wie findet ihr das?«

Ich bin total erleichtert, dass Nick mitmacht und sich endlich alles zum Guten wendet. Großartig. Nur wir zwei und Zeit zum Reden.

Dann höre ich eine Stimme hinter uns. »Und ich?«

Mist. Jordy. Den hatte ich total vergessen. Sieht so aus, als würde diese Nacht nun doch völlig den Bach runtergehen.

17. Kapitel

Jordy begrüßt alle Jungs mit Handschlag, Nick eingeschlossen, und entschuldigt sich für die Verspätung. Die hat irgendwas mit ein paar heißen Mädels im House of Blues zu tun und damit, dass er Drew helfen musste, die Instrumente nach Hause zu bringen. Ich höre nicht hin, weil ich mir den Kopf zerbreche, was jetzt aus meinem Plan wird. Mir bleibt nur wenig Zeit mit Nick allein, bevor Frankie wieder auftaucht, und die möchte ich nutzen.

Was ich über Jordy weiß, reicht aus, um nicht mehr wissen zu wollen. Klar, er ist der Sänger von Automatic Friday und schreibt die Songs und er sieht sexy aus, aber das ist ihm auch bewusst, was ihn gleich weniger attraktiv macht. Nick hat bei unseren Telefonaten kaum ein Wort über ihn verloren, Best Buddies können die beiden also nicht sein. Außerdem war Nick sichtlich verärgert, als Alex Jordy eingeladen hat.

Jordy hat sich nach dem Konzert umgezogen. Jetzt trägt er beinahe dasselbe wie Nick, Alex und Oscar – Jeans, schwarzes T-Shirt und Kapuzenpullover –, aber er sieht nicht aus wie sie. Kleidung wirkt anders bei Menschen, die die goldene Mitte zwischen Selbstvertrauen und Angeberei überschritten haben.

»Hey Mädels«, sagt er, als ob wir den ganzen Abend nur auf ihn gewartet hätten.

Bevor ich mich vorstellen kann, fährt Nick seltsam gezwungen dazwischen. Seine Stimme klingt viel zu offiziell. »Jordy, das ist Hannah.« Er legt dabei seine Hand auf meine Schulter. Ganz schön besitzergreifend. Und ehrlich gesagt, auch wenn ich weiß, dass ich das als Feministin nie, niemals sagen dürfte, gefällt mir das. »Hannah ist, äh, meine beste Freundin. Aus Kalifornien.«

»Hannah, hm?« Jordy kommt einen Schritt näher und streckt die Hand aus. »Wirklich nett, dich kennenzulernen, Hannah. Ich kann nicht glauben, dass Nick mir nie von einer so wunderschönen Freundin erzählt hat.«

»Vielleicht habe ich ja meine Gründe«, murmelt Nick und ich weiß nicht, ob ich mich geschmeichelt fühlen oder genervt sein soll oder ob die Bemerkung gar nicht für mich bestimmt war.

»Hi.« Ich schüttele Jordys Hand, die er mir reicht, als wäre er der Vater von irgendjemandem hier. Sein Händedruck fühlt sich an wie ein angespültes Stück Tang, schlaff und feucht.

»Und das sind ihre Schwester Grace und ihre Freundin Lo«, stellt Nick weiter vor, immer noch mit dieser steifen Stimme, und dann tritt er wieder von einem Bein aufs andere.

Ich schaue ihn an, und als unsere Blicke sich treffen,

passiert etwas Ungewöhnliches. Er zieht nämlich die Augenbrauen hoch und ich weiß genau, was dieser Blick bedeutet: Jordy und die Gruppe nerven ihn. Er will weg. Ich kapier's. Im Gegensatz zu seinem rätselhaften Gesichtsausdruck vorhin ist seine Miene für mich jetzt so leicht zu lesen wie ein Buch.

Ich nicke Jordy zu. »Ach, toll, dass wir dich noch getroffen haben, bevor wir zum Eiffelturm los sind. Ich, äh, muss noch etwas aus dem Hotel holen und Nick hilft mir dabei. Also, wir rufen euch an, wenn wir fertig sind. Bis später, tschüss!« Ich wirbele herum, bevor irgendjemand Einwände erheben kann, Nick folgt mir, wir rasen förmlich über die Brücke. Mir ist ganz schwindelig vor Erleichterung, dass wir es geschafft haben, uns abzusetzen, und ihm scheint es genauso zu gehen; und nun sind wir allein, nur Nick und ich, die anderen und jede Beklommenheit bleiben zurück.

Nick hat recht gehabt. Von der Brücke aus gesehen schien das Paris Hotel gar nicht so weit entfernt, doch jetzt, wo wir sie tatsächlich laufen, wirkt die Strecke einschüchternd. »Das sind aber keine Laufschuhe«, sagt Nick und wirft einen Blick auf meine Sandaletten mit Keilabsatz. »Lass uns durchs MGM gehen und ein Taxi nehmen.«

Das MGM Grand ist eins der größten Hotels auf dem Strip und für jemanden, der von sich behauptet, nicht so oft herzukommen, kennt Nick sich ganz schön gut aus. »Ich hab mal gehört, dass es in diesem Hotel so viele Zimmer gibt«, sagt er, während er mich durchs Kasino lotst und wir uns zwischen Blackjack-, Roulette- und

Craps-Tischen hindurchschlängeln, »dass es über fünf Jahre dauert, bis man alle durchhat, wenn man jede Nacht in einem anderen Zimmer schläft. Kannst du das glauben?«

»Wow.« Das ist mein viertes Kasino, sie sehen alle so unterschiedlich aus und sind total überwältigend. Das MGM scheint außer »riesig« keinen besonderen Aufhänger zu haben, aber innen ist es mit all dem Gold und den vielen Löwen an den Wänden wunderschön. Wir kommen an einem Edelrestaurant nach dem anderen vorbei, bleiben vor den Speisekarten stehen und zeigen uns gegenseitig die Gerichte, die wir bestellen würden, wenn wir das Geld dafür hätten.

Den Schildern zufolge sind wir fast in der Empfangshalle, als wir hinter uns ein Jubeln hören, das uns bremst. Es folgen weitere Jauchzer, schneller, lauter und voller Begeisterung.

Es ist ein Brautpaar. Die Braut hat ein trägerloses, hautenges, weißes Glitzerkleid an. Na ja, eher ein Glitzertop, wenn man nach der Länge geht. Dazu trägt sie eine knallrosa Federboa und Plateau-Stilettos mit den höchsten Absätzen, die ich je einen echten Menschen habe tragen sehen. Ihre schwarzen Haare sind hochgesteckt, darüber fällt ein kurzer Vintage-Brautschleier. Der Bräutigam hat eine dunkle Röhrenjeans an, dazu ein T-Shirt mit aufgemaltem Smoking und einen Zylinder. Auf seinen rechten Unterarm hat jemand mit Edding JUST MARRIED geschrieben und zwischen seinen Fingern baumelt eine Bierflasche. Das Jauchzen kommt von ihr, weil er ihr immer wieder mit seiner freien Hand einen Klaps auf den Hintern gibt, was sie anscheinend unheimlich aufregend findet.

»Hey, sieh mal«, sage ich und stupse Nick in die Rippen. »Eine Vegas-Hochzeit.«

»Herzlichen Glückwunsch!«, ruft Nick ihnen zu, als die beiden mit einem weiteren Jauchzer an uns vorbeikommen. Der Bräutigam bleibt stehen. Mit leicht benebeltem Blick schaut er sich zwischen den Kasinobesuchern um, bis er Nick und mich entdeckt. Er kommt zurück und greift mit der Hand nach Nicks Schulter, die eben noch auf dem Hintern seiner frisch Angetrauten gelegen hat. »Danke, Mann! Heiraten ist super.« Er dreht seinen Kopf zu mir. »Heiratest du ihn? Solltest du. Verheiratet sein ist nämlich obercool.«

»Wir sind seit einer Dreiviertelstunde verheiratet, Baby«, ruft ihm die Braut aus ein paar Metern Entfernung zu. »Du hast keine Ahnung!«

»Äh ...« Nick schaut auf seine Füße und seine Wangen werden genauso knallrosa wie die Federboa der Braut. »Wir ... äh ...«

»Nein, nein«, werfe ich ein, wahrscheinlich viel zu hastig. »Wir sind nicht zusammen. Wir sind bloß Freunde.«

»Beste Freunde«, fügt Nick hinzu, auch viel zu hastig.

Der Bräutigam legt seinen Arm um Nick und zieht ihn an sich. »Mai und ich waren beste Freunde in der Highschool«, sagt er. »Eigentlich war ich mit ihrer Schwester zusammen. Aber darüber sprechen wir nicht mehr. Sonst wird sie sauer.« Die letzten beiden Sätze flüstert er laut hörbar und zwinkert ihr dabei übertrieben zu.

»Jason! Du erzählst unsere Geschichte doch nicht allen Ernstes irgendwelchen Wildfremden? An unserem Hochzeitsabend?« Mai verdreht die Augen und schüttelt den Kopf, aber angesichts ihres gigantischen Grinsens ist ihr Ärger nicht wirklich überzeugend. »Los, komm, wir müssen zu unserer Feier zurück.«

Der Bräutigam schaut uns einen Moment an, lächelt und fragt: »Wollt ihr beide ein Stück Hochzeitstorte? Kommt, lasst uns zusammen Kuchen essen.« Mit seinem Arm, der immer noch um Nicks Schulter liegt, zieht er ihn in Richtung Mai. »Wir haben eben am Roulettetisch einen Teil unseres Hochzeitsgelds verspielt und jetzt müssen wir uns mit einem Stück Torte über den Verlust hinwegtrösten.«

Ich bin versucht, ein schnelles Nein einzuwerfen, Nick wegzuziehen und dann nichts wie weg von diesen betrunkenen Fremden. Aber dann sehe ich, dass Nicks Brille ein bisschen hinuntergerutscht ist, als Jason ihn mit sich gezogen hat, und ganz schief auf seiner Nase hängt. Etwas Liebenswerteres habe ich, glaube ich, noch nie gesehen. Und sogar noch liebenswerter? Nicks verblüffte Miene mit den weit aufgerissenen Augen – eine Mischung aus *Was zum Teufel geht hier ab?* und *Das ist der absolute Hammer!*. Er genießt diese seltsame Begegnung in vollen Zügen.

»Du lädst Wildfremde zu unserer Hochzeit ein?«, fragt Mai in einem Ton, der andeutet, dass Jason so etwas ständig bringt und genau das einer der Gründe ist, warum sie ihn liebt.

»Schau dir die beiden an!« Jason zeigt mit fuchtelnder Hand auf den lachenden Nick, dessen Brille immer weiter hinunterrutscht. »Die beiden sind wir in einer Mini-Version! Ich muss sie einfach einladen! Als ob unsere früheren Ichs zu unserer Hochzeit kommen.«

Und es stimmt. Jason ist braunhaarig und trägt wie Nick eine schwarz umrandete Brille und Mai ist zwar keine Koreanerin, aber eine zierliche Asiatin. Tatsächlich sehen sie uns irgendwie ähnlich, auch wenn ich mich niemals in diesen Schuhen und diesem Kleid in die Öffentlichkeit wagen würde. Wo hat sie nur diesen Busen her?

Jason nimmt einen Schluck Bier aus seiner Flasche. »Okay, kommt ihr?«

Nick und ich schauen uns an. »Hast du Lust?«, fragt er und hebt eine Augenbraue. Sein Gesicht leuchtet vor Begeisterung und Abenteuerlust, die ich bisher nur von seiner Stimme kenne. *Komm, lass uns etwas Verrücktes machen,* scheint er zu sagen. *Zusammen.*

Ich erwidere seinen Blick und ziehe beide Augenbrauen hoch. Wie er nur eine hochzuziehen, ist mir nie geglückt, nicht mal nach einer Stunde Training im Videochat. Mein Bauchgefühl schreit Nein und rät mir, möglichst schnell zu verschwinden, und ich weiß, dass Nick das weiß.

Und noch gestern wäre ich überzeugt gewesen, dass ich nie im Leben mit zwei fremden Betrunkenen durch ein Kasino in Vegas ziehen würde. Aber irgendetwas hat sich in mir verändert, als ich ins Auto gestiegen und hergefahren bin. Bei dieser Reise geht es nicht nur um Nick, es geht auch darum, die Regeln zu brechen. Etwas Neues auszuprobieren. Okay, ich habe die Achterbahn ausgelassen, aber Himmel, ich schaffe es ja wohl, ein Stück Torte zu essen.

Und noch etwas hat sich in mir verändert, als ich mit Nick alleine losgezogen bin. Diese Entscheidungen zu treffen, Dinge zu tun, die nicht meiner Braves-Mädchen-DNA entsprechen, das hat irgendeine verborgene Seite in mir wachgerüttelt. Jetzt möchte ich so sehr ein Teil von Nicks Geschichte sein – wie das eine Mal, als er sich mit Oscar zum Skateboardfahren in ein leeres Schwimmbecken geschlichen hat, oder das Mal, als die beiden auf einem verlassenen Grundstück eine Lagerfeuer-Party mit Hotdogs gemacht haben. Ich möchte Teil dieses Lebens werden.

Und vielleicht ist jetzt die Gelegenheit, ihm zu sagen, was ich fühle. Gibt es dafür einen besseren Ort als eine Vegas-Hochzeit?

Ich nicke und zucke mit den Schultern und lächele ihn an. Alles gleichzeitig. »Wenn ich schon mal in Vegas bin ...«

18. Kapitel

Wir folgen Mai durchs Kasino. Nick befreit sich aus Jasons Arm, schiebt endlich seine Brille hoch und kommt zu mir.

»Eine Vegas-Hochzeit«, sage ich. »Wie im Film.«

Nick stopft seine Hände in die Jackentaschen. »Glaubst du, Elvis hat die beiden getraut?«

»Wenn's nicht Elvis war oder eine Dragqueen, dann ziehen sie ihre Vegas-Hochzeit total falsch auf. Laut Film jedenfalls.«

»Dann hätten die beiden sich allerdings auch erst vor zwei Stunden kennenlernen dürfen und nicht schon in der Highschool.«

Wir schweigen und schauen auf Mai und Jason, die jetzt Händchen halten und quer durchs Kasino zu ihrer Hochzeitsfeier zurückwirbeln. Na ja, sie wirbeln, so gut es geht, wegen Mais Schuhen.

»Bist du sicher, dass du Lust hast, Ghost?« Nick knufft mich mit seiner Schulter, und ohne nachzudenken, knuffe ich zurück. Als es mir bewusst wird, werde ich panisch. War das zu sehr geflirtet? Oder zu kumpelhaft? Hätte ich es lieber lassen sollen? Doch als ich mir sage, dass er angefangen hat, legt sich die Panik ein bisschen.

Ich knuffe ihn noch einmal.

»Versprichst du mir, dass sie uns keine Drogen ins Getränk mischen und uns für irgendein Opferritual in die Wüste schleppen?«

Nick lacht so plötzlich auf, dass er prustet. »Das kann ich nicht versprechen. Aber ich verspreche, dir ritterlich zu Hilfe zu kommen, falls sie es versuchen sollten, und dich in Sicherheit zu bringen, wenn's hart auf hart kommt.«

»Wie kannst du mich in Sicherheit bringen, wenn sie dich mit Drogen abgefüllt haben?«

»Ich werde mich durch den Nebel der Betäubung kämpfen, nur um dich zu retten, Ghost. So was machen echte Freunde.«

Ein lauter Jauchzer tönt durchs Kasino, Jason hat Mai mal wieder einen Klaps auf ihren Hintern gegeben. Mann, er kann einfach seine Finger nicht von ihr lassen. Diesmal allerdings schnappt sie sich seine Hand, bevor er sie wegziehen kann, und drückt sie fest auf ihren Rücken.

Mir wird ganz warm bei ihrem fröhlichen Geplänkel, ihrer nicht zu leugnenden Liebe, dem Einklang zwischen ihnen. Im Gehen schaue ich zu Nick und er lächelt. Aber sein Lächeln gilt nicht Jason und Mai, sein Blick ist auf mich gerichtet. »Die beiden erinnern mich an uns«, flüstert er mir zu und sein Mund ist dichter an meiner Haut als je zuvor.

Wir folgen den beiden weiter durchs Kasino, bis wir in einen Flur mit lauter Sälen kommen, die vermutlich für Tagungen, Konferenzen und Hochzeiten wie Jasons und Mais vorgesehen sind. Ihre Hochzeitsparty ist in vollem Gang, als wir durch eine der Türen in den Saal kommen. Lichterketten hängen an den Wänden, Blumengestecke schmücken die Tische und Gäste tanzen wie bei jeder anderen Hochzeit auch. Aber schon beim Anblick von Jasons und Mais ungewöhnlichem Aufzug hätte ich mir denken können, dass das hier keine klassische Hochzeit ist. Statt eleganter Kleider und Anzüge tragen die Gäste hier alle Kostüme.

Aus den Lautsprecherboxen dröhnt nicht jugendfreier Hip-Hop, den ein DJ in Clownskostüm auflegt. Eine Gruppe von sexy Disney-Prinzessinnen tanzt im Kreis. Zwei Elvisse – oder muss es Elvii heißen? – stoßen mit Kurzen an. Ein Typ in Frauenklamotten serviert einem Gast in Gorillakostüm und Fliege ein Stück Hochzeitstorte.

Und Nick und ich stehen in unseren total normalen Straßenklamotten und mit offen stehenden Mündern in der Tür.

Nick kratzt sich am Kopf. »Haben wir den falschen Weg genommen und sind in Halloween-Town gelandet?«

»Na, das ist doch das Vegas, das ich sehen wollte«, sage ich.

»Ich wohne mein ganzes Leben hier, aber dieses Vegas hab ich noch nie gesehen.«

»Dann hängst du offensichtlich an den falschen Orten rum.«

»Hier.« Jason drückt uns zwei kleine Pappteller in die Hand. »Teenager-Jason und -Mai, ihr müsst die Hochzeitstorte probieren. Schokolade, superlecker. Ich habe schon drei Stücke gegessen und der Abend ist noch jung.«

Wir nehmen uns jeder ein Stück Torte, was Jason wahnsinnig zu freuen scheint. »Okay, ich geh wieder meine heiße Braut aufreißen. Benehmt euch, ihr zwei.«

Ich habe schon in der Pizzeria Kuchen gegessen. Normalerweise esse ich keinen Süßkram, vermutlich krieg ich auf dieser Reise mehr Zucker ab als im gesamten letzten Monat. Aber wie kann ich Nein sagen, wenn Jasons Gesicht vor Liebe und Glück glüht? Schließlich bin ich deswegen hierhergekommen. Also werde ich die verdammte Torte auch essen.

Schon beim ersten Bissen verziehe ich den Mund. Viel zu süß! Eine Gabel zählt als ganzes Stück, oder?

»Kannst du haben«, sage ich und gebe Nick meinen Teller.

»Du nutzt meine Schwäche für Süßigkeiten so schamlos aus wie niemand sonst.« Das erste Stück hat er bereits verschlungen. Er wirft seinen leeren Teller hinter sich in den Mülleimer und macht sich gierig über meinen her. »Ich kann nicht glauben, dass ich von all den Köstlichkeiten, die du mir immer schickst, noch nicht dick und fett geworden bin.«

»Ich schicke sie dir nur, damit ich nicht dick und fett werde.«

Während er sein zweites Stück Torte isst, zerbreche ich mir den Kopf, was ich sonst noch sagen könnte. Diese Feier ist nicht gerade der romantische Hintergrund, den ich mir vorgestellt habe, um mit ihm über meine Gefühle zu sprechen. Ich bin drauf und dran, ihm vorzuschlagen, dass wir uns unauffällig davonstehlen sollten, bevor Jason und Mai es merken. Hierherzukommen war schon verrückt genug, jetzt haben wir etwas zu erzählen und sollten zurück. Unser Ziel ist der Eiffelturm. Doch bevor mein Mund Worte bilden kann, dreht sich Nick zu mir um und fragt: »Hast du Lust zu tanzen?«

Ich schüttele den Kopf, denn das ist doch komplett lächerlich. Bestimmt hat er einen Witz gemacht. Es sieht aus, als würde auf der Tanzfläche Halloween gefeiert werden. Einer der beiden Elvii legt einen Breakdance hin. Eine sexy Elsa aus der *Eiskönigin* tanzt auf einem Stuhl, den jemand auf die Tanzfläche geschleppt hat. Mai sitzt auf Jasons Schultern – wie schafft sie das bloß in ihrem engen Kleid? –, während er im Takt hüpft. Ihre Arme hat sie um seinen Hals geschlungen und sie blickt ihn an, als ginge hinter seiner schwarz gerahmten Brille die Sonne auf und wieder unter.

Dann schaue ich zu Nick hoch und zum zweiten Mal in den letzten zehn Minuten lächelt er mich an, mit diesem umwerfenden Nick-Lächeln, das ich von seinen Fotos kenne, völlig ungehemmt und voller Freude. Jetzt allerdings liegt in seinem Lächeln ein Funkeln. Die laute Musik und diese ganze Zufallsbegegnung haben ihn unser Dilemma vergessen lassen. Als wären wir in einer Parallelwelt gelandet, mit sexy Disney-Figuren, Kuchen für alle, mit Nick und Hannah, die wie immer die allerbesten Freunde sind, ohne jede Dies-ist-die-reale-Welt-Komplikation.

Genauso, wie wir immer die Realität verlassen und in unserer Online-Chat-Handy-Welt sind, in der es nur uns zwei gibt und alle Möglichkeiten offenstehen.

Er scheint glücklich zu sein, sich ein bisschen in dieser Parallelwelt aufhalten zu dürfen – und ich bin es, ehrlich gesagt, auch. Das wollte ich den ganzen Abend schon. Noch mehr als ihm die Wahrheit zu sagen, will ich allein mit Nick sein, und zwar wie immer.

Und sie legen ja keine langsamen Songs auf oder so. Hier wird richtig getanzt und nicht mit musikalischer Untermalung gekuschelt. Nicht, dass etwas dagegen einzuwenden wäre.

Ich erwidere sein Lächeln.

»Du willst mit *mir* tanzen?« Mit gespieltem Entsetzen lege ich meine Hand auf den Mund. »Nicht mit sexy Elsa?«

»Ich bin sicher, dass sie ganz nett ist, aber sie kommt ein bisschen, äh, kühl rüber.«

»Wow«, stöhne ich. »Das war –«

»Ghost, ist doch egal, komm.« Er legt seine Hand auf meinen Rücken und wir betreten die Tanzfläche.

Die Musik pulsiert durch den kleinen Saal. Die Tanzfläche ist voll von kostümierten Hochzeitsgästen, sodass Nick und ich dicht zusammenstehen. So dicht, dass mir jeder Zentimeter von ihm bewusst wird, der jedem Zentimeter von mir nahe ist. Wir berühren uns nicht, doch ein kleiner Stoß von dem Typen im Gorillakostüm hinter mir würde reichen.

Ich fange an, mich zu dem völlig Hochzeits-ungeeigneten Hip-Hop zu bewegen.

»Jetzt können wir endlich rausfinden, wer von uns beiden schlechter tanzt«, sagt Nick. »Bei unserem Video-Tanzduell in der Elften haben wir den echten Verlierer nie ganz bestimmt.«

»Weil wir keine Jury hatten.«

»Weil Alex sich nicht dazu bewegen ließ, sein Computerspiel zu unterbrechen, um zuzuschauen.«

»Er hätte sowieso gegen dich gestimmt.«

»Tatsache.«

»Und Grace war nicht zu Hause. Der Titel für den schlechtesten Tänzer ist also immer noch zu vergeben.«

Wir versuchen, uns gegenseitig mit den albernsten Tanzbewegungen auszustechen. Ich mache den Rasensprenger. Er antwortet mit der Waschmaschine. Ich werfe meine Arme in die Luft, als wäre mir alles egal. Er bewegt seine Arme wie ein Roboter und dreht sich im Kreis. Wir krümmen uns vor Lachen, bis unsere Köpfe zusammenstoßen, was uns noch mehr zum Lachen bringt.

Dann ändert sich die Musik. Es ist immer noch expliziter Hip-Hop, aber dieser Song ist schneller, sexyer. Plötzlich verändert sich die Atmosphäre im Saal und ich bin mir sicher, dass ich nicht die Einzige bin, die das spürt. Alle rücken zusammen, näher zur Tanzfläche, näher an die anderen heran. Ein Ring aus Alkohol und Schweiß und anderen Körpern schließt sich um uns, lässt den Raum zwischen Nick und mir verschwinden. Die Musik hämmert und wir tanzen, aber nicht mehr wie eben. Jetzt bewegen wir uns zu der Musik, als hätten wir keine andere Wahl, als hätte sie die Führung übernommen. Ich könnte mich umsehen, ob die Musik auf die anderen den gleichen Effekt hat, aber ich schaffe es nicht, meinen Blick von Nick zu lösen. Sein Gesicht war meinem noch nie so nahe und ich habe nicht einmal mitbekommen, dass er seine Arme um meinen Rücken gelegt und mich näher an sich gezogen hat.

Unsere Hüften berühren sich und wir schauen uns tief in die Augen, bewegen uns zusammen mit der Musik. Ich möchte meine Arme um seinen Hals legen und mich an ihn lehnen. Ich möchte ihm alles sagen, was ich denke. Ich öffne den Mund und versuche, mich zu strecken, doch er ist zu groß und die Musik ist zu laut und der Gorilla stößt mir andauernd in den Rücken und drängt mich immer wieder und wieder gegen Nick.

Das ist nicht der richtige Zeitpunkt, um zu sprechen. Jetzt wird getanzt.

Also tanzen wir, unsere Blicke und Körper eng verschlungen. Ich nehme so viele Dinge an ihm wahr. Die Auf- und Abbewegung seines Adamsapfels, wenn er schluckt. Seine Lippen, die leicht geöffnet sind. Den Druck seiner Hände auf meinem Rücken, fest und voller Kraft. Die kleinen Schweißperlen, die sich auf seiner Stirn bilden.

Ein langsamer Tanz mag sich wie Kuscheln auf der Tanzfläche anfühlen, aber das hier ist irgendwie noch viel intensiver. Viel intimer.

Ich hab mich fast in der Musik verloren und in Nick, als der Clown-DJ das Mikro nimmt und mich wieder auf den Boden der Tatsachen zurückholt. »Okay, ihr Feierwütigen, es ist so weit! Der Brautstrauß wird geworfen!«

Nick und ich erwachen aus unserer Trance. Während ich in der Realität ankomme, sehe ich ihn nicht an. Beyoncés *Single Ladies* dröhnt aus den Lautsprechern und zwei der sexy Disney-Prinzessinnen tanzen direkt neben uns den Tanz aus dem Video.

»Alle Junggesellinnen – ab mit euch auf die Tanzfläche!«, kommandiert der DJ.

Noch ein bisschen benommen zupfe ich vorsichtig an Nicks Ärmel. »Ich glaube, das ist unser Stichwort zu gehen.«

»Du willst nicht beim Tanz der *Single Ladies* mitmachen?« Er deutet mit dem Kopf auf die begeisterten Tänzerinnen neben uns. »Du hast unser Tanzduell eindeutig gewonnen, Ghost. Das schaffst du lässig.«

Ich verkneife mir ein Lachen. »Verlockend. Aber ich verzichte lieber.«

»Wollen wir uns noch von Jason und Mai verabschieden?«

Ich entdecke die beiden auf der Tanzfläche. Mai schwenkt einen kleinen Blumenstrauß mit knallrosa und weißen Blumen über ihrem Kopf, während Jason mit seinem Handy Fotos von ihr macht.

Bei ihrem Anblick werde ich von Gefühlen überrollt. Was ich denke, verrate ich Nick allerdings nicht. Ich denke nämlich, dass wir das tatsächlich eines Tages sein könnten. Natürlich nicht mit so einer Hochzeit. Bisher habe ich mir über meine zukünftige Hochzeit noch nicht allzu viele Gedanken gemacht, aber ich kann jetzt schon garantieren, dass es keine alkoholisierte Kostümparty werden wird.

Aber Jason und Mai. Es ist nicht zu übersehen, wie verliebt die beiden sind, und auch, wenn ich diese Hochzeitsfeier extrem merkwürdig finde, ist das ganz klar ihr Stil und sie gehören ganz klar zusammen, sind ganz klar das perfekte Paar.

Genau das könnten Nick und ich eines Tages sein.

Hätten es gewesen sein können.

Und könnten es vielleicht noch immer, wenn ich es mal schaffen würde, meinen verdammten Mund aufzumachen und zuzugeben, dass ich ihn angelogen habe. Stattdessen sage ich: »Ach, nein. Lass uns einfach gehen. Ich will nicht stören.«

Auf dem Weg zur Tür schnappt Nick sich noch ein Stück Torte. Er kritzelt *Herzlichen Glückwunsch, Jason und Mai! Liebe Grüße, Teenager-Jason-&-Mai* in ihr Gästebuch – ein Album mit Fotos von beiden zusammen mit einem kleinen weißen Puschelhund – und dann winkt er den Gästen zu, obwohl alle Augen auf den Strauß gerichtet sind und nicht auf die beiden wildfremden Hochzeits-Crasher.

Auf dem Weg durchs MGM zum Ausgang reden wir nicht mehr über die Hochzeit. Wir reden nicht darüber, wie wir getanzt haben oder wie nahe wir uns gewesen sind oder wie tief wir uns in die Augen geschaut haben. Auch wenn wir die Parallelwelt, in die wir getaucht waren, wieder verlassen haben, sind wir in der echten Welt noch nicht ganz angekommen – ich kann die Oase noch spüren, in der Nick und ich gewesen sind, greifbar und präsent.

In der Nähe des Haupteingangs, der nach draußen zum Taxistand führt, bleibt Nick stehen. »Ghost, schau mal!«

Es ist der erste Satz, den er sagt, seit wir die Hochzeit verlassen haben, und er zeigt auf einen kleinen Automaten. Als ich herankomme, sehe ich, dass es einer dieser Prägeautomaten ist, mit dem man sich den MGM-Löwen in eine Münze stanzen lassen kann. »Erinnerst du dich noch an die Andenkenmünze, die ich –«

Ich lasse ihn gar nicht erst ausreden und greife in meine Tasche, um meine Clown-Münze herauszuziehen. Ich strecke sie ihm auf meiner Hand entgegen. Ihm zu zeigen, dass ich die Münze bei mir habe – nicht nur, dass ich mich erinnere, wann er sie mir geschickt hat, sondern dass ich sie sogar nach Vegas mitgebracht habe –, gibt mir das Gefühl, ein Geheimnis von mir preiszugeben. Als würde ich im Stringtanga durchs Kasino laufen.

Er starrt die Münze an, als wäre sie etwas Fremdes, Wunderbares. Ich halte ihm die Münze hin, damit er sie nehmen kann, doch anstatt danach zu greifen, fasst er sich an den Hals und zieht eine Kette unter seinem T-Shirt hervor. An der Kette hängt die Disneyland-Münze, die ich ihm vor Jahren geschickt habe. Die Münze mit den Geistern.

»Einer von Alex' Freunden hat mir ein Loch reingestanzt.« Er ist rot angelaufen und schaut überallhin, nur nicht auf mein Gesicht, als er die Kette wieder unter sein T-Shirt steckt. »Ich trage sie jeden Tag.«

Ich starre ihn sprachlos an. Er trägt jeden Tag meine Andenkenmünze unter seinem T-Shirt? Er hat sie immer bei sich?

Jetzt oder nie, denke ich. *Sag ihm, was du empfindest.* Er hat mir den Ball zugespielt, ich brauche ihn nur noch zurückzuschlagen. Doch als ich meinen Mund öffne, kommt nichts heraus. Ich stehe einfach nur da wie ein Fisch auf dem Trockenen und starre auf die Münze, die immer noch in meiner Hand liegt.

Anscheinend weiß er nicht, wie er mein Schweigen interpretieren soll. Er streicht sein T-Shirt glatt, starrt viel zu lange auf seine Schuhe und sagt: »Okay, lass uns zu den Taxis gehen.« Dann dreht er sich zum Haupteingang.

Und … raus. Der Ball ist verloren. Mist.

Immer noch sprachlos, schiebe ich die Münze zurück in meine Hosentasche und folge ihm zum Taxi. Auf dem Weg zum Paris Hotel starre ich wieder aus dem Fenster, lasse die Lichter und Menschen auf den Straßen auf mich wirken und versuche zu begreifen, was die Kette zusammen mit dem Tanz auf der Hochzeit zu bedeuten hat. Ich habe endlich meine Sprache wiedergefunden, als mir ein paar Typen auffallen, die in neonfarbenen T-Shirts mit Schildern auf dem Rücken am Bordstein stehen und den vorbeigehenden Passanten Karten aushändigen. »Was machen die denn da?«

»Oh«, sagt er, »die machen Werbung für einen Escort-Service. Du weißt schon, die schicken dir dann ein Mädchen vorbei.«

»Igitt. Warum haben sie es bei der Frau da versucht?«

Er zuckt mit den Schultern. »Hey, manche Damen bevorzugen Damenbegleitung. Kann man ja nie wissen. Keine Vorurteile.«

»Mir reichen Grace und Lo als Damenbegleitung«, witzele ich. »Für mehr gebe ich bestimmt kein Geld aus.«

Wir lachen beide. Er lehnt sich in seinem Sitz zurück und schiebt die Hände in die Jackentaschen. »Hey, wieso ist dir eigentlich der Eiffelturm so wichtig? Ehrlich gesagt ist das doch etwas, was du absolut hassen müsstest.«

»Ach, weißt du, es geht um die Wahnsinns-Aussicht.« *Und darum, mit dir allein sein, um dir zu sagen, wie es um meine Gefühle steht.* Obwohl die Zeit mit ihm allein ziemlich vergeudet ist, wenn ich über Prostituierte und Vegas-Belanglosigkeiten plappere, sobald ich meine Sprache wiederfinde. Am Telefon haben wir uns über vier Jahre lang spontan unterhalten und ich musste niemals überlegen, was ich sagen sollte. Welches Pokémon ist das beste. Deine Lieblingssocken. Pizzabeläge, von oberlecker bis ungenießbar. Wir können stundenlang telefonieren und uns Nachrichten schicken, über alles. Und nichts. Doch jetzt steht Nick direkt neben mir und ich kann die Realität unserer Lügen, das Unausgesprochene und die echten Gefühle zwischen uns spüren, und mir fällt es schwer, all das zu überwinden. Ganz besonders in Bezug auf Frankie. Und meine Unfähigkeit, meine Gefühle zuzugeben. Und die Tatsache, dass er ein Geschenk von mir mit dem Spitznamen, den er mir gegeben hat, an einer Kette um seinen Hals trägt. Er ist mir so viel näher, jetzt, wo weder Handy noch Bildschirm zwischen uns sind, aber irgendwie sind dieser kleine Raum zwischen uns und all die Komplikationen, die damit verbunden sind, viel schwieriger zu überwinden.

Wir halten vor dem Paris Las Vegas, steigen aus und schlendern durchs Kasino, das – natürlich – wie das echte Paris in Frankreich aussehen soll, bis wir den Souvenirladen finden, in dem Karten für das »Eiffelturm-Erlebnis« verkauft werden. Nick zahlt mit seinem Gewinnanteil für uns beide. Ich quetsche mich bei der Fahrt im Aufzug in die hinterste Ecke, denn ehrlich gesagt jagen mir lange Fahrten im Lift genauso viel Angst ein wie eine Fahrt in der Achterbahn. Dass ich nicht wirklich jede Sekunde des Eiffelturm-Erlebnisses in vollen Zügen genieße, versuche ich mir möglichst nicht anmerken zu lassen, denn es war ja schließlich meine geniale Idee. Doch Nick steht direkt neben mir, genauso dicht wie vorhin beim Tanzen, und beobachtet mich aus dem Augenwinkel.

Woher ich das weiß? Weil ich ihn auch aus dem Augenwinkel beobachte.

Wir kommen oben auf der Aussichtsplattform an, die eigentlich nur ein großer eingezäunter Rundgang ist. Vor uns breiten sich die Lichter des Strips aus und der Rest von Vegas, aber außerdem kann ich auch bis ganz nach unten auf die Straße sehen, nämlich durch den Gitterboden der Plattform.

Verdammt, was für ein grauenvoller Einfall! Hätten wir nicht eine Gondelfahrt im Venetian Hotel machen können, um allein zu sein? Vermutlich hätte Oscar aber keine Angst vor Wasser gehabt. Was soll's. Heute Nacht muss man nehmen, was man kriegt.

Nick drückt sein Gesicht gegen die Einzäunung. »Mann, schau dir diese Aussicht an, Ghost. Unglaublich!« Er dreht sich um, doch ich klebe immer noch an der Fahrstuhltür, auch wenn die sich schon längst wieder geschlossen hat und die Kabine auf dem Weg nach unten ist. Er reicht mir seine Hand. »Ich wusste doch, dass das hier nichts für dich ist«, sagt er. »Erinnerst du dich noch an euren Ausflug zum Kunstmuseum Getty Center und wie sehr du die Aussicht von dort oben gehasst hast?«

Ein Schauer läuft mir über den Rücken, als er die alte Erinnerung wachruft. Ich war damals in der Neunten – der Ausflug liegt schon so lange zurück, dass ich mich selbst kaum noch daran erinnern kann. Und Nick schüttelt die Geschichte aus dem Ärmel, als wär's seine eigene, als hätte er sie die ganze Zeit im Hinterkopf gehabt.

Und genau in dem Moment schließt sich diese merkwürdige kleine Lücke zwischen uns. Ich nehme seine Hand und lasse mich von ihm an den Rand der Aussichtsplattform führen und bei unserer Berührung läuft ein heißes Prickeln durch meinen ganzen Arm. »Wie kann es sein, dass du das noch weißt?«

Wir stehen nebeneinander, Schulter an Schulter, und schauen beide auf den Vegas Strip mit seinem Lichtermeer. Die Fontänen am Bellagio schießen hoch in die Luft. Meine Hand hat er noch nicht losgelassen und ich tue nichts, um das zu ändern.

»Ich hab's dir doch schon tausendmal gesagt, Ghost. Ich bin ein Elefant. Ich vergesse nie etwas. Egal was.«

Seine Nähe ist so gegenwärtig, seine Finger, die meine umschließen. Jede Zelle in meinem Körper ist in Alarmbereitschaft, registriert seine Nähe. Als seine Jacke über meinen nackten Arm streift, jagt ein Schauer durch meinen ganzen Körper.

Er lässt mich los und dreht sich zu mir. »Oh, ist dir kalt?« Er tritt zur Seite und streift seine Jacke ab. »Hier, willst du? Ich brauche sie nicht.«

Ich bin schon drauf und dran, mit einem *Nein, nicht nötig* abzulehnen. Ich friere ja überhaupt nicht und ich werde ihm ganz bestimmt nicht sagen, dass seine unabsichtliche Berührung und nicht die Kälte der Grund für mein Zittern war. Aber eigentlich will ich die Jacke gar nicht ablehnen.

Irgendwie hasse ich mich dafür, dass ich ihn meine Hand halten lasse und dass ich seine Jacke tragen möchte. Er hat eine Freundin, und so ungern ich es auch zugeben mag – Frankie ist eigentlich ziemlich nett. Ich würde sogar sagen, dass ich mit ihr befreundet sein könnte. Wobei ich bezweifle, dass eine Freundschaft zwischen uns je zustande kommen würde, weil sie mich viel zu sehr einschüchtert. Trotzdem, ich mag Frankie. Und sie ist Nicks Freundin.

Aber ich bin hier hochgekommen, um ihm zu sagen, was ich für ihn empfinde. Um ihm zu gestehen, dass ich ihn angelogen habe, als ich damals sagte, ich könnte mir nie irgendetwas zwischen uns vorstellen.

Ich nehme seine Jacke und schlüpfe hinein. Hey, Frankie ist schließlich nicht da. Und ich halte mich immer an die Regeln und mache das Richtige – und ja, es stimmt, normalerweise erreiche ich damit das, was ich will. Weil ich es mir erarbeite.

Vielleicht muss ich mir das hier auch erarbeiten.

Und vielleicht gegen die eine oder andere Regel verstoßen. Denn Nick hat mir zuerst gehört, verdammt noch mal.

19. Kapitel

Wir drehen uns zurück zu den Lichtern. Ich wünschte, er würde immer noch meine Hand halten, aber immerhin trage ich seine Jacke, und das reicht schon. Es fühlt sich an wie eine Umarmung. Ich atme tief ein und mir wird bewusst, dass der Geruch dieser Jacke – nach Zimtkaugummi, Rauch und altem Leder – Nicks Geruch ist. Es ist ein weiteres Puzzlestück, das den echten Nick ergibt; ein Stück Realität, das ich mir immer gewünscht habe.

Mir ist klar, ich muss etwas sagen, das hier ist genau der richtige Moment, um über Gefühle zu sprechen, um mein Herz offenzulegen, aber jetzt, nachdem wir eine weitere kleine Kluft zwischen uns schließen konnten, weiß ich noch weniger, wie ich das Gespräch beginnen soll.

»Besser so?«, fragt er.

Ich nicke.

»Gut«, sagt er. »Ich weiß, wie kaltblütig du bist.«

»Besser als kaltherzig«, kontere ich und wir lachen beide und hüllen uns dann in Schweigen.

Aber es ist kein unbehagliches Schweigen. Angenehm. Eins von der Sorte, die nicht mit jedem möglich ist. Letztes Jahr, am Todestag seiner Mom, rief Nick mich abends an. »Mir ist nicht nach Reden zumute, Ghost«, sagte er. »Ich brauche jemanden, der nicht mit mir redet.« Also blieb ich zwanzig Minuten am Telefon, ohne dass einer von uns etwas sagte. Ich lauschte seinem leisen Atmen und fragte mich, wie es sein musste, keine Mutter zu haben. Ich riss eine Seite aus meinem Heft und schrieb Dinge auf, die ich ihm sagen wollte, Fragen, die ich ihm stellen wollte. Irgendwann sagte er: »Tausend Dank. Das hat mir viel bedeutet.« Wir legten auf und verloren nie wieder ein Wort darüber. Lo und Grace habe ich das nie erzählt, denn ich kann mir kaum vorstellen, dass eine von den beiden so lange den Mund halten könnte. Ich weiß, sie hätten es nicht verstanden.

Aber Nick und mir fällt das Schweigen genauso leicht wie das Reden.

Er räuspert sich. »Hm, ist irgendwie verrückt, dass Grace für ihr Praktikum ausgerechnet nach Vegas kommen musste.«

Ach ja. Ich wünschte, er würde diese Lüge nicht dauernd erwähnen. »Ja, sie hat ihrer Redakteurin ein paar tolle Ideen vorgeschlagen. Sie will eine Reportage über die Vegas-Szene schreiben oder so. Keine Ahnung. Ich wusste nicht einmal, dass Praktikantinnen so etwas überhaupt machen dürfen, aber anscheinend ist Grace eine Art Ausnahmetalent.«

»Sie könnte ja Frankie interviewen. Über den Blog.« Ich bin sicher, dass ich mir den scharfen Unterton in seiner Stimme nicht einbilde. Ich weiß nur nicht, ob es mit Frankie oder mit dem Blog zu tun hat. Oder beidem.

»Gute Idee. Ich wette, das würden die toll finden. Teenie-Bloggerin, Vegas-Szene – klingt genau nach deren Linie.« Ich drehe mich um und lehne mich an den Zaun. Beinahe hätte ich vergessen, wie bedrohlich die Höhe ist. »Wie kommt's, dass du bei dem Thema so klingst, als hättest du etwas verschluckt?«

Er dreht sich um. Jetzt schauen wir beide in dieselbe Richtung, mit dem Rücken zur Stadt. Anscheinend ist er näher gekommen, denn in meinem Körper läuten alle Alarmglocken.

»Versteh mich nicht falsch«, sagt er. »Du musst dir den Blog mal ansehen. Technisch ist Frankie das totale Ass und ihre Website sieht aus wie aus einem Werbespot. Ich wusste von ihrem Blog schon, bevor wir uns über den Weg gelaufen sind, und ich finde großartig, was sie daraus gemacht hat. Ich bin stolz auf sie. Nicht dass du denkst, ich hätte Probleme mit ihrem Erfolg. Das ist es nicht.«

»Aber was ist es *dann?*«

Er stößt einen langen Seufzer aus. »Du kennst mich, Ghost. Ich habe nur ein Online-Profil, weil du es für mich erstellt hast. Wenn du nicht wärst, würde ich es wahrscheinlich wieder löschen. Du weißt doch, wie ich bin. Ich hasse es, wenn Leute sich in meine Privatangelegenheiten mischen.«

Ja, das weiß ich. Ich musste ihn regelrecht dazu zwingen, ein Profilfoto zu wählen, dass *nicht* das Wappen des Hauses Stark von *Game of Thrones* war. Auf seiner

Seite stehen kaum persönliche Informationen und er hat nur ganz wenige Freundschaftsanfragen angenommen. Er postet nicht ständig wie all meine Schulfreunde, die dauernd Selfies mit Schmollmund und Fotos ihrer langweiligen Mittagspausen online stellen.

Nachdem ich ihm den Link und das Passwort geschickt hatte – ich habe die Seite in der Neunten für ihn eingerichtet –, hat er sich sofort im Chat gemeldet und beschwert.

»Wozu brauche ich das überhaupt?«, sagte er. »Ich hab dir doch schon all meine Fotos geschickt.« Ich witzelte, dass ich sie gern kommentieren wollte, damit alle seine Freunde meinen Humor und meine Schlagfertigkeit bewundern könnten, aber er postete trotzdem fast nie welche. Ich tat schwer beleidigt, in meinem Innersten gefiel es mir aber. Nicks Zurückgezogenheit gibt mir das Gefühl, dass ich sein Vertrauen über die Jahre wirklich verdient habe. Dass ich etwas Einzigartiges mit ihm habe.

»Frankie stellt alles online. Wenn du mal Zeit hast, schau dir ihren Blog an. In fünf Minuten kennst du ihre Lebensgeschichte.« Ein weiterer langer Seufzer folgt. »Aber am meisten stört mich, dass sie über mich schreibt. Sie postet Fotos von mir, erzählt allen, wo ich bin. Dass jeder so viel über mich weiß … Mann, das ist mir echt unangenehm. Und obwohl ich ihr sage, wie ich dazu stehe, hört sie einfach nicht auf.« Er senkt seine Stimme und murmelt: »Wir streiten uns wirklich nur darüber. Aber dafür tun wir es ständig.«

Er schiebt seine Hände in die Hosentaschen und streift dabei mit seinem Ellenbogen meinen Arm.

Ich rücke ein ganz kleines bisschen näher, ein oder zwei Zentimeter vielleicht, und beobachte aus dem Augenwinkel, ob er es merkt. Wenn ja, dann weicht er mir nicht aus. Ich rücke noch einen Zentimeter näher.

»Letzte Woche zum Beispiel. Alex und ich waren unterwegs, um uns was zu essen zu holen, und als wir warten, kommt so eine schräge Gestalt auf mich zu. Ganz im Ernst, der Typ sah aus wie ein Hobbit. Er fragte: ›Nick?‹ Und ich versuchte, mich zu erinnern, woher ich ihn kannte. Für jemanden aus der Schule war er viel zu alt. Von irgendeiner Party, auf der ich mit Alex war? Hatte ich ihm bei irgendeinem Konzert mal ein T-Shirt verkauft?« Er macht eine Pause, dreht sich nach vorne und kickt mit dem Fuß gegen den Drahtzaun. »Tja, offenbar ist er ein Leser von Frankies Blog. Er wusste, dass ich mit Frankie zusammen bin, und dann fing er an, mich über sie auszufragen, als wäre er ein Kumpel, und ich sollte ihm zu einem Date mit meiner Freundin verhelfen oder so.«

»Das ist ja total gruselig«, sage ich. »Und gefährlich für sie, wenn jeder Mensch weiß, wo sie gerade ist. Könnten ja auch Psychopathen sein, oder?« Ich denke zurück an ihren Fan in der Spielhalle und frage mich, wie die Situation wohl ausgesehen hätte, wenn Ashley nicht so nett gewesen wäre.

»Genau. Ich mach mir echt Sorgen, wenn sie alleine loszieht oder irgendein Typ sie anquatscht. Wer weiß, was das für Freaks sind, die ihren Blog lesen. Schließlich ist das hier immer noch Vegas.«

Ich höre die Zärtlichkeit in seiner Stimme, als er von ihr spricht, und etwas in mir zieht sich zusammen. Mit einem Mal bin ich zurück in der Nacht der Party, am Telefon. Damals schwang dieselbe Zärtlichkeit in seiner Stimme mit, aber sie galt mir.

»Egal«, sagt er, »genug davon. Das Thema regt mich auf und ich möchte mich nicht aufregen, wenn du hier bist.«

Ich habe das Gefühl, ich sollte ihm einen Ratschlag geben. Die Hannah am Telefon würde das tun. Aber möchte ich wirklich helfen, die Wogen zwischen den beiden zu glätten? Ich bin mir nicht sicher und noch viel weniger weiß ich, was ich von der boshaften Hannah halten soll, die hier ans Tageslicht kommt, also wechsele ich lieber das Thema.

Ich drehe mich zum Zaun zurück und lasse meinen Blick über die Skyline von Vegas gleiten. »Hey, wo ist eigentlich euer Haus? Kann man das von hier aus sehen?«

»Na ja, eigentlich wohnen wir in Green Valley. Um unser Haus zu sehen, müssten wir auf die andere Seite gehen.« Er zeigt auf die vom Strip abgewandte Seite der Plattform. »Glaubst du, du schaffst das?«

Mittlerweile fühle ich mich ganz wohl auf unserem kleinen Platz und der Gedanke, auf die andere Seite zu gehen, klingt alles andere als verlockend. »Äh.«

»Komm schon, Ghost«, sagt er und reicht mir wieder seine Hand. »Das schaffst du. Ich hab dich.«

Ich klammere mich an seine Hand und er führt mich langsam auf die andere Seite der Plattform. Es ist nicht ganz so schrecklich wie vorhin, als ich aus dem Aufzug gestiegen bin. An seiner Hand und in seiner Jacke und mit ihm neben mir gelingt es mir fast, die Höhe und das wacklige Eiffelturm-Erlebnis zu vergessen. Eigentlich ein guter Deal.

»So schlimm war das gar nicht, oder?«, fragt er, als wir uns an die Brüstung lehnen, vor uns den Rest von Nevada.

Er hat meine Hand nicht losgelassen.

Nicht, dass wir Händchen halten wie ein Paar. Unsere Finger sind nicht ineinander verschränkt. Seine Hand schließt sich um meine, was nun mal dazu führt, dass ich seine Hand halten muss. Total unschuldig, rede ich mir ein. Er will nur, dass ich mich sicher fühle. Ich versuche ja nicht, etwas mit ihm anzufangen. Er versucht ja nicht, etwas mit mir anzufangen.

Vor Frankies Augen würde ich das allerdings nicht machen.

»Okay, wo ist die Casa de Cooper?«

Die Aussicht auf dieser Seite ist anders. Als wir auf den Strip geschaut haben, waren überall Lichter und Gebäude und Autos. Lichter gibt es hier auch, aber alles ist dunkler. Weniger spektakulär. Normal. Vegas hat mehr zu bieten als nur das hektische Treiben auf dem Strip. Der Las Vegas Boulevard ist nicht Nicks Vegas. Nicks Vegas ist das hier.

Er zeigt auf einen Lichttupfer in der Ferne. »Da drüben wohne ich. Bei Tageslicht könntest du es natürlich viel besser sehen.«

Mir wird ganz warm bei dem Gedanken, Nicks Haus zu sehen. Dort sitzt er an seinem Computer und chattet mit mir, während er Hausaufgaben macht. Dort lässt er sich auf sein Bett fallen und telefoniert bis spät in die Nacht mit mir. »Immer wenn du mir etwas erzählst, stelle ich mir euer Haus vor. Ich würde zu gerne sehen, ob meine Fantasie der Wirklichkeit entspricht.«

Er räuspert sich. »Na ja, Alex veranstaltet morgen eine Grillparty. Ein Freund hat Geburtstag«, sagt er ein bisschen zögernd. »Kommt doch auch.«

Ich löse meinen Blick von der Landschaft und drehe mich zu Nick. Er starrt mich an. Die Augen hinter seiner schwarz gerahmten Brille sind groß, seine Wangen leicht gerötet, der Mund ein kleines bisschen geöffnet. Er schaut mich anders an, anders als in den letzten Stunden, seit ich ihn getroffen habe. Dieser Blick erinnert mich an seine leise Stimme am Telefon, an geflüsterte Geheimnisse und Insiderwitze.

Die Luft zwischen uns ist geladen und knistert wie die Neonröhren in den Kasinoschildern. Ich möchte ihn anlächeln, doch ich kann nicht. Ich kann nur zurückstarren.

Er drückt meine Hand und ich erwidere den Druck. Er löst seinen Griff und ich denke, jetzt wird er seine Hand wegziehen, in seine Hosentasche schieben. Stattdessen jedoch sucht er nach meinen Fingern und verschränkt sie mit seinen.

Ich erwidere den Druck. Ich kann mir nicht mal mehr vormachen, dass das hier unschuldig ist.

Und jetzt?

Was passiert, wenn er sich vorbeugt? Wenn er versucht, mich zu küssen?

Was, wenn er es nicht tut?

Das hier wäre der perfekte Moment für einen Kuss.

Ganz allein, hoch über Las Vegas, die Nacht und die Lichter und die Stadt vor und unter uns. Ich in seiner Jacke, er so nahe, dass die kleinste Bewegung genügen würde, um in seinen Armen zu liegen. Nick, der Junge, der in den letzten vier Jahren bei allem, was zählt, immer da gewesen ist; der Junge, den ich niemals verlieren könnte.

Er hat mich angelogen und das hat mich verletzt. Aber ich habe auch gelogen. Ich hab mich selbst belogen, was meine Gefühle für ihn angeht, und damit hab ich auch ihn belogen.

Wenn ich uns beiden noch eine Chance geben will, muss ich ihm die Wahrheit sagen, und zwar jetzt.

Ich rücke näher. Nur einen Millimeter, einen klitzekleinen Schritt. Aber er merkt es. Er löst seinen Blick von meinen Augen und lässt ihn zögernd an meinem Körper auf und ab wandern. Er kaut auf seiner Unterlippe.

Oh Gott, er denkt dasselbe, er will es auch. Das weiß ich.

Wenn Nick irgendein Junge wäre, wäre er Josh Ahmed, würde ich mich einfach an ihn schmiegen und meine Lippen sanft auf seine legen. Ich bräuchte keine Worte zu verlieren, um ihm meine Gefühle zu zeigen.

Nur – Nick ist nicht irgendein Junge. Er ist *der* Junge.

Aber ... Frankie.

Will ich einen Jungen küssen, der eine feste Freundin hat? Will ich gegen *diese* Regel verstoßen? Will ich eine von *denen* sein? Will ich, dass Nick einer von *denen* wird?

Ich beiße mir auf die Lippe und weiche diesen einen Millimeter wieder zurück. Wir stehen zu dicht zusammen und wir beiden wollen das hier viel zu sehr.

Nick schüttelt seinen Kopf, kaum merklich, und holt mich an meiner Hand zu sich heran, bis ich direkt vor ihm stehe. Er legt seinen freien Arm um meine Taille und zieht mich an sich. Aber nicht, um mich zu küssen. Mein Kopf liegt an seiner Brust und sein Kinn berührt ganz leicht meinen Kopf. Er löst seine Hand aus meiner, legt sie auf meinen Kopf, um mich noch näher an sich zu drücken, und streicht mir übers Haar.

»Das hätte ich mir nie erträumt«, sagt er leise.

Das ist meine Chance. »Nick, ich –«

»Ghost, ich muss dir etwas sagen.« Er platzt damit heraus, als würde es sich in Rauch auflösen, wenn er es nicht sofort loswird.

»Ich auch, Nick, es ist nämlich –«

»Es geht um Frankie.«

Mein Herz rutscht in Richtung Magen und saust im Sturzflug den Eiffelturm hinunter. Ich dachte, es ginge um mich, das hier wäre *unser* Moment. Fehlanzeige. Er hat sie gemeint. Es ging immer nur um sie, seit ich hergekommen bin, die ganze Zeit.

Meine Kehle ist wie zugeschnürt. Was jetzt kommt, will ich gar nicht wissen. Ich kneife die Augen zusammen, packe sein Sweatshirt am Rücken, halte mich fest und bin auf alles gefasst.

»Ich habe wegen Alex angefangen, mich mit ihr zu verabreden«, sagt er nach einer gefühlten Ewigkeit. »Wir waren alle zusammen auf dieser Party und kannten uns schon und Alex war voll hinter ihr her, aber sie hatte überhaupt kein Interesse an ihm. Wirklich überhaupt keins. Er ist viel zu alt für sie und sie hält ihn sowieso für einen Idioten. Aber mich mochte sie, Ghost. Obwohl sie uns beide kannte, mochte sie mich und nicht Alex, und ich war ...« Er bricht ab und ich kann hören, wie schnell sein Herz unter seinem Sweatshirt schlägt, so schnell.

Er drückt mich ein Stück weg. Nicht viel – und er lässt mich auch nicht los –, nur gerade so, dass er mich anschauen kann. »Du hast sie ja kennengelernt. Weißt du, Frankie ist etwas ganz Besonderes. Sie ist ... sie ist einfach großartig, Ghost. Sie ist klug und witzig und ehrgeizig und sie versteht mich. So eine Freundin wie sie hatte ich noch nie und einer der Gründe, warum ich dir nie von ihr erzählt habe, war meine blöde Angst, alles zwischen ihr und mir kaputt zu machen.« Er nimmt eine Hand von meinem Rücken und streicht durch meine Haare. Seine Finger gleiten an der Seite meines Gesichts entlang und kommen auf meiner Wange zum Liegen, langsam streichelt er mit seinem Daumen über meine Haut, vor und zurück.

»Und du ...« Er starrt mich an und ich starre ihn an, unfähig, mich zu rühren, immer noch mit beiden Fäusten in sein Sweatshirt gekrallt. Ich weiß, was er beinahe gesagt hätte. *Und du hast mich zurückgewiesen. Und du hast mir gesagt, dass aus uns nie etwas wird.*

»Mir ist klar, dass ich mich heute Abend seltsam benommen habe, und Gott, es tut mir so leid. Der Typ, mit dem du telefonierst – das bin ich in Wirklichkeit. So bin ich tief in meinem Inneren, aber meistens schaffe ich es nicht, das zu zeigen. Unter Leuten zu sein, fällt mir oft schwer, aber nie mit dir. Du bist der einzige Mensch, der diesen Nick zu sehen bekommt. Der einzige.« Er schüttelt seinen Kopf, als könnte er damit Frustration und Kummer aus seinen Zügen wischen. »Aber in letzter Zeit ist mir klar geworden, dass ich versuchen muss, diese Seite von mir öfter zu zeigen. Danke, Ghost. Dass du mir dabei geholfen hast.«

Ich löse eine Hand von seinem Sweatshirt und ziehe die Kette, an der meine Münze hängt, unter seinem T-Shirt hervor. Ich habe die Clown-Münze heute Morgen vor unserer Abfahrt in meine Hosentasche gesteckt, weil mir klar war, dass ich Nick heute treffen würde. Er hingegen hat nicht wissen können, dass ich heute Abend in Vegas aufkreuzen würde. Frankie hat er wirklich gern, aber meine Andenkenmünze trägt er jeden Tag, einfach nur so. Ich streiche mit meinem Daumen über die drei Geister; dann lasse ich den Anhänger wieder auf seine Brust fallen, damit ich meine Hand frei habe, um über sein Gesicht zu streichen. Seine Wange ist ein ganz kleines bisschen kratzig und am Kiefer piksen mich seine Bartstoppeln. Mit dem Daumen ziehe ich kleine Kreise auf seiner Haut und mein Magen dreht sich mehrmals um sich selbst, von oben nach unten und zurück, völlig außer Kontrolle.

»Nick.« Er hat es mir so viel schwerer gemacht, aber ich muss es ihm trotzdem sagen. Auch wenn er Frankie hat und auch wenn er sie mag und auch wenn er mit ihr der Mensch sein kann, der er sonst nur mit mir sein konnte, muss ich es ihm sagen. Und kann mir jemand erklären, warum seine Hand auf meiner Wange liegt und seine andere auf meiner Taille, warum er meine Münze trägt, warum er mit Frankie zusammen ist, warum er mich so anschaut und warum er mich in diesem Moment nicht küsst, als mein Handy und sein Handy gleichzeitig eine Nachricht ankündigen?

Wir springen auseinander, ziehen unsere Handys aus der Tasche und so einfach ist der Bann gebrochen.

20. Kapitel

Meine Nachricht ist von Lo: **Die Gang ist wieder zusammen. Sind auf dem Weg zum Planet Hollywood. Schon Fortschritte?**

Nicks Nachricht ist vermutlich von Frankie, aber ich bin sicher, dass in ihrer nicht dasselbe steht. Ich kann mir allerdings vorstellen, dass sie voller Ausrufezeichen ist.

»Tja, sieht so aus, als würden sie alle die Bar im Planet Hollywood ansteuern«, sagt er. Seine Stimme klingt genauso benommen, wie ich mich fühle.

»Was?« Nein, keine Bars. Das hatten mir die Mädels versprochen.

»Der Barkeeper ist einer von Frankies Freunden. Und keine Sorge, es ist kein Club. Gegen die Hochzeit, auf der wir waren, ist diese Bar Kinderkram.« Er schiebt sein Handy wieder in die Hosentasche. »Moment. Du musst einundzwanzig sein. Wir brauchen Ausweise, sonst schmeißen sie uns raus.«

Vielleicht sollte ich einfach behaupten, ich hätte keinen, dann könnten wir hierbleiben, hoch über Vegas, oder wir gehen irgendwo anders hin, nur wir beide. Ich möchte zu dem Moment vor ein paar Sekunden zurück oder dem Moment auf der Tanzfläche. Momente, die sich wie unsere Telefongespräche anfühlen, nur besser. In einer Bar mit sechs anderen Leuten schaffen wir es doch nie, zu so einem Moment zurückzufinden und einander das zu sagen, was gesagt werden muss.

Außerdem ist da immer noch seine Freundin.

Allerdings muss ich gar nichts sagen. Sein Handy kündigt die nächste Nachricht an. »Hey, Lo hat Frankie erzählt, dass ihr euch auf dem Weg hierher gefälschte Führerscheine besorgt habt.« Er sieht mich mit hochgezogener Augenbraue an. »Im Ernst? Hannah Cho, mustergültige Schülerin, besitzt einen gefälschten Führerschein?«

Ich stöhne. Dafür wird Lo sterben. »Das war Los Idee. Sie hat uns mitten im Nirgendwo auf einen dubiosen Parkplatz gelotst und von irgendeinem Typen in einem Pädo-Lieferwagen die Dinger gekauft. Alles fürs Abenteuer.«

»Tja«, sagt er und ein diebisches Grinsen breitet sich auf seinem Gesicht aus. »Dann sind wir wohl Komplizen. Buchstäblich. Sieht ganz so aus, als würden wir beide heute Abend gemeinsam gegen das Gesetz verstoßen.«

Ich will nicht dahin, ich will nicht dahin, ich will nicht dahin, denke ich, aber spreche es natürlich nicht laut aus. Stattdessen frage ich ihn: »Du benutzt Alex' alten Führerschein, stimmt's?«

»Ja.« Er lacht freudlos. »Oder in anderen Worten, den Kram, den er nicht mehr braucht. Wie immer.«

Wir stehen wieder im Aufzug und diesmal greife ich nach seinem Arm, als die Kabine abwärtsgleitet. Ich weiß nicht, warum wir hier wegmüssen. Vermutlich ist uns beiden klar, dass wir gefährliches Terrain betreten haben, aber ob mir das etwas ausmacht, kann ich nicht sagen. Ich weiß, ich hab mich gedrückt, als ich meine Chance hatte, ihm die Wahrheit zu sagen. Aber jetzt, nach diesem besonderen Moment zusammen, fühle ich mich viel sicherer. Das schaffe ich. Unbewusst klammere ich mich an seinem Arm fest. Erst will er ihn wegziehen, doch dann überlegt er es sich anders und entspannt sich. Während mir die Fahrt nach oben wie eine Reise zum Mond vorgekommen ist, geht die Fahrt nach unten in Sekunden vorbei. Viel zu schnell gleiten die Türen auf und ich widerstehe der Versuchung, noch einmal auf den Knopf nach oben zu drücken. Stattdessen lasse ich schweren Herzens Nicks Arm los.

Das Planet Hollywood Hotel liegt direkt neben dem Paris Hotel; wir sind also schnell drüben, auch ohne Taxi. Auf dem gesamten Weg muss ich mich zusammenreißen, um nicht nach seiner Hand zu greifen oder ihn zu berühren. Weil wir jetzt wieder festen Boden unter den Füßen haben, kann ich weder die Höhe noch den Aufzug und leider auch nicht den Zauber des Eiffelturm-Erlebnisses als Vorwand benutzen, Körperkontakt zu suchen. Davon abgesehen hat er seine Hände tief in den Hosentaschen vergraben.

Ich versuche, mir eine Überleitung einfallen zu lassen, um wieder auf unser Gespräch von vorhin zurückzukommen, damit ich meinen Satz beenden kann und die

Sache endlich loswerde. Alles zwischen uns, das Gesagte und das Unausgesprochene, rast durch meinen Kopf, aber ich bringe keinen dieser Gedanken heraus.

Himmel, ich bin im wahren Leben genauso eine Versagerin wie er.

»Oh«, schaffe ich es endlich, als wir die Treppe zum Planet Hollywood hochlaufen. »Deine Jacke. Die sollte ich dir zurückgeben.«

Er zieht seine Hand aus der Hosentasche und streckt sie mir entgegen, doch dann schiebt er sie wieder zurück und ich könnte schwören, dass sich in seinem Blick all das spiegelt, was zwischen uns oben auf dem Turm passiert ist. »Willst du sie nicht anbehalten?« Seine Stimme ist leise.

»Na ja, eigentlich schon ...« Ich verstumme. »Ich meine, sie ist warm. Aber weißt du, es könnte komisch rüberkommen, wenn ich sie da drinnen trage.«

»Stimmt.« Es klingt, als hätte er vorübergehend sein Gedächtnis verloren und seine perfekte Freundin vergessen.

Ich streife die Jacke ab und gebe sie ihm zurück. Alles sträubt sich in mir. Ich würde Nicks Jacke sogar anbehalten, wenn es tausend Grad in dieser Bar wären. Und wie ich Frankie kenne, wird sie sich wahrscheinlich gar nicht einkriegen, wie nett es von ihrem Freund ist, mir seine Jacke zu geben, wenn ich friere. Ja, er ist ein wahrer Heiliger.

Wir gehen durch die Schiebetüren ins Kasino. So spät ist es voller geworden – Horden von aufgetakelten Besuchern, die in ihren besten Vegas-Klamotten Spaß haben wollen. Schon beim Reingehen entdecke ich unsere Gruppe einschließlich Grace und Alex, die wohl beschlossen haben, dass sie doch nicht zu cool sind, um mit uns Minderjährigen abzuhängen. Sie haben sich direkt neben dem Burger-Restaurant links von uns um einen langen Stehtisch versammelt, auf dem jede Menge Gläser stehen.

»Ist das die Bar?« Dumme Frage. Es gibt definitiv eine Theke, hinter der zwei Typen Drinks ausschenken, und unsere Freunde trinken eindeutig. Aber diesen Teil des Kasinos kenne ich noch nicht, und als Nick von der »Bar« sprach, hatte ich etwas wie im Fernsehen im Kopf, mit Holztäfelung und Bierlogos und Pooltischen. Nicht eine offene Fläche mitten im Kasino.

»Ja.« Er zeigt auf eine kleine Bühne, auf der ein Schlagzeug und eine E-Gitarre herumstehen. »Manchmal spielt hier eine Coverband.«

»Ich hab mir das anders vorgestellt, mehr ... na ja, mehr wie eine Bar halt«, sage ich.

»Es gibt noch eine in der Mitte, die so was wie Wände hat, wenn das Ihren Ansprüchen eher gerecht wird, Frau Expertin. Vielleicht können wir nachher rübergehen.«

»Ich stelle überhaupt keine Ansprüche, Mister Klugscheißer.« Ich knuffe seinen Arm, ziehe meine Hand aber schnell wieder zurück, als mir bewusst wird, was ich da tue. »Für jemanden, der nicht oft auf den Strip kommt, kennst du dich ganz schön aus.«

Er zuckt mit den Schultern. »Frankie.«

»Hey, ihr beiden!«, brüllt Lo, als sie uns sieht. Sie verlässt den Tisch, kommt uns entgegen und schlingt ihre

Arme um meinen Hals. »Wir sind in einer Bar! In Las Vegas! In den Frühlingsferien! Mit einer Band! Und einem Mädel mit ultrakrassen Verbindungen! Ich fühle mich wie im besten Film aller Zeiten!«

Ich befreie mich aus ihren Armen. »Da hat wohl jemand tief ins Glas geschaut.«

»Frankie ist mit dem Barkeeper befreundet! Und der hat uns allen eine Runde spendiert! Kannst du's glauben? Ich hab einen Kurzen auf ex getrunken!« Lo trinkt regelmäßig, wenn wir zu Hause auf Partys gehen, aber immer nur lauwarmes Fassbier oder Weinschorle oder irgendeinen Cocktail. Ich mache einen auf Mom, wie immer, wenn ich mit Lo unterwegs bin. »Was genau hast du getrunken?« Als ob ich mich auskennen würde. »Wie lange ist das her? Und was hast du noch getrunken?«

»Keine Panik, Kontrollfreak.« Sie zieht mich am Saum meines Tops in Richtung Tisch. Nick ist bereits dort und begrüßt alle. »Ich will wissen, was da oben auf dem Eiffelturm abgegangen ist, du kleines Biest. Und ich muss dir erzählen, wie es hier gelaufen ist, als du weg warst.«

Ich beuge mich an ihr Ohr, um ihr etwas davon zuzuflüstern, was ich mit Nick über den Dächern von Vegas erlebt habe. Aber dabei behalte ich Nick im Auge. Frankie hüpft auf und ab, als sie ihn sieht. Sie stellt sich auf die Zehenspitzen, schlingt ihre Arme fest um seinen Hals und küsst ihn.

»Argh«, sagt Lo.

Ich drehe mich um, bevor ich noch mehr sehe. »Ich kann nicht mehr«, stoße ich hervor. »Ich schaffe das nicht. Komm, wir gehen.«

Ich winke allen zu, die am Tisch sitzen, und stelle dabei fest, dass Frankie sich immer noch um Nicks Taille windet. »Ich gehe mit Lo nach oben ins Hotelzimmer und hole meinen Kapuzenpullover. Grace, brauchst du irgendetwas aus dem Zimmer?«

An Grace' Gesichtsausdruck kann ich ablesen, dass das Einzige, was sie gerade braucht, Alex' Zunge in ihrem Hals ist, also schnappe ich mir Lo und ziehe sie durchs Kasino in Richtung Fahrstuhl, so weit und schnell von Nick und Frankie weg, wie meine Beine mich tragen.

21. Kapitel

»Also, was ist passiert?«, fragt Lo, sobald sich die Fahrstuhltür vor uns schließt. »Habt ihr jetzt rumgeknutscht oder nicht?«

»Er hat eine Freundin. Daran hat sich in der Stunde, die wir weg waren, nichts geändert.«

»Hat er erzählt, warum er sie dir verheimlicht hat?«

»Ja, irgendwie schon. Aber wir sind nicht dazu gekommen –«

»Weil ihr euch so zurückhalten musstet, um nicht übereinander herzufallen?«

»Soll ich es dir erzählen oder willst du es selbst erfinden?« Ich wollte sie nicht anfahren. Ich weiß, dass sie getrunken hat, und normalerweise redet sie nur noch Blödsinn, wenn sie mehr als ein halbes Glas von irgendetwas intus hat. »Entschuldige, ich bin nur so genervt.«

Wir kommen in unserem Stockwerk an und gehen in unser Zimmer und ich erzähle ihr alles, was zwischen Nick und mir passiert ist: wie wir die Hochzeit gecrasht haben, seine Jacke, das Händchenhalten, die Umarmungen und so weiter. Ich wühle in meiner Reisetasche nach meinem Kapuzenpullover und putze mir die Zähne; wenn wir schon einmal hier sind, kann es nicht schaden, mich ein bisschen frisch zu machen.

»Wow«, sagt Lo. Sie hält sich an der Bettkante fest, als ob sie gleich runterrutschen würde; also schnappe ich mir einen Zahnputzbecher, fülle ihn mit Wasser und bringe ihn ihr.

»Trink«, befehle ich.

Sie leert das Glas in einem Zug, aber nur die Hälfte davon landet in ihrem Mund. Der Rest läuft an ihrem Kinn herab und tropft auf ihr Top. »Das klingt ziemlich romantisch.«

»War es auch. Aber dann habt ihr euch gemeldet und wir mussten los und uns mit euch treffen. Ich wollte nicht. Ihm scheint es aber nichts ausgemacht zu haben, schließlich hatte er ja kein Problem damit, dass Frankie sich unten förmlich an ihn gekettet hat.« Ich setze mich neben sie und lasse mich dann rücklings aufs Bett fallen. »Ich weiß nicht, was ich machen soll, Lo. Ich hatte so viele Gelegenheiten, ihm zu sagen, was ich für ihn empfinde, und ich hab's einfach nicht geschafft. Ich bin so eine verdammte Idiotin.« Ich seufze tief. »Seit vier Jahren ist er mein bester Freund. Wir telefonieren täglich. Aber hier ist es nicht dasselbe. Er ist zwar immer noch Nick, aber gleichzeitig total anders.«

Lo lässt sich neben mir auf den Rücken fallen. »Ich weiß, wie blöd das für dich sein muss, und ich wünschte, ich könnte dir etwas raten. Ich glaube, es ist ihm peinlich. Und er ist verwirrt. Wir sind doch aus heiterem

Himmel aufgekreuzt, weißt du? Es war ein Schock. Und er scheint schnell in Verlegenheit zu geraten.«

»Stimmt.« Ich rolle mich zu einer Kugel zusammen. »Am liebsten würde ich die Zeit zurückdrehen und alles ungeschehen machen. Unsere Freundschaft wird nie wieder wie früher sein.«

»Vielleicht ist das gar nicht so schlecht.« Lo streicht über meinen Rücken, was ein guter Witz ist, denn *sie* ist doch die Betrunkene. »Ich weiß, ich war diejenige, die dich dazu bringen wollte, ihm zu sagen, wie du empfindest, aber vielleicht musstest du einfach nur hierher, um die Freundschaft zu beenden, und nicht, um einen Schritt weiterzugehen. Du wärst vermutlich niemals glücklich geworden, wenn du immer über dieses Was-wäre-wenn mit Nick gegrübelt hättest. Damit brauchst du dich nicht mehr rumzuschlagen. Jetzt weißt du es. Er hat dich angelogen und er hat eine Freundin. Jetzt kennst die Antwort auf Was-wäre-wenn. Jetzt kannst du einen Schlussstrich ziehen, weitermachen.«

Los Worte schmerzen mehr als ein Schlag ins Gesicht. So sehr, dass ich mich unter ihrer Hand wegducke, aber in meinem Kopf wälze ich das Gesagte hin und her.

»Okay«, sagt sie und springt vom Bett. »Zieh dir deinen Kapuzenpullover an. Wir gehen.«

»Mmpf«, nuschele ich in mein Kissen. »Ich bleibe hier. Mir reicht dieser beschissene Abend.«

»Oh nein, kommt nicht infrage.« Sie zieht an meinem Bein. »Los, steh auf.«

»Wozu? Nick hat eine Freundin.«

»Willst du Frankie den Sieg überlassen? Einfach so?

Bloß, weil sie einen großen Busen hat und ein paar Loser-Roadies von den Killers kennt und ein Stück Käsekuchen umsonst bekommt? Bitte. Los, beweg deinen Arsch und unternimm etwas dagegen oder ich gehe runter und erledige es für dich.«

Ich rolle mich herum. »Was soll ich denn machen?«

Jetzt kommt sie richtig in Fahrt und fängt an, durchs Zimmer zu tanzen. »Jordy!«

»Was ist mit Jordy?«

»Jordy hat mich total über dich ausgequetscht. Millionen von Fragen.« Sie zieht mich hoch, bis ich sitze. »Natürlich konnte ich ihm nicht sagen, dass du verrückt nach Nick bist. Du weißt schon, wegen Frankie. Ich hab ihm erzählt, du wärst mit Nick schon seit Jahren befreundet. Und du hättest mal Frankies Lobgesänge über dich hören sollen. Sie hat dich ihm praktisch angepriesen, mit Sahnehäubchen.«

»Wie nett.« Ich weiß nicht, was ich merkwürdiger finden soll: dass Weiberheld Jordy sich für die gute alte Hannah interessiert oder dass Frankie, die Freundin des Jungen, in den ich verliebt bin, mich verkuppeln will. Ich hab das Gefühl, als wäre ich vom falschen Eiffelturm gestiegen, und plötzlich steht die Welt kopf.

»Sie fühlt sich schlecht, dass du als einziges Mädchen übrig bleibst. Sie sucht einen Mann für dich. Ich find's nett von ihr.«

Ich werfe ihr einen bösen *Auf-wessen-Seite-bist-du-eigentlich*-Blick zu, den sie ignoriert.

»Was ich damit sagen will: Hör auf, dich in Selbstmitleid zu suhlen, und unternimm etwas gegen diese beschissene Situation. Jordy ist garantiert leichte Beute heute Abend. Er ist echt attraktiv und ich finde, du solltest ihn dir schnappen.«

»Ich will aber nicht, dass Nick denkt ...« Beinahe hätte ich gesagt, dass Nick nicht denken soll, ich würde auf Jordy stehen, aber spielt das überhaupt eine Rolle? Nick hat es offenbar nichts ausgemacht, sich vor meinen Augen von Frankie küssen zu lassen, und das kurz nachdem wir diesen besonderen Moment geteilt haben. Er hat mir sogar erzählt, wie verrückt er nach ihr ist. Ich würde ihm so gern zeigen, wie mies sich das anfühlt.

Falls er es überhaupt mitbekommt.

Aber Jordy? »Jordy ist ekelhaft«, sage ich. »Laut Nick macht der mit jeder rum.«

»Ich kenne seinen Ruf, aber du musst ja nicht gleich etwas mit ihm anfangen, Hannah. Komm einfach nur mit runter und flirte mit ihm. Er sieht gut aus. Hab ein bisschen Spaß. Vergiss Nick und denk daran, dass das hier dein Abschlussjahr ist. Dein letzter Spring Break! Du hast einen gefälschten Führerschein in der Tasche, einen Barkeeper, der dir deine Drinks mixt, und der Sänger deiner Lieblingsband flirtet mit dir. Du machst einen anderen süßen Jungen eifersüchtig. Weißt du, wie viele Mädchen dafür töten würden? Na los, steh auf und amüsier dich ein bisschen, bevor ich den Spaß in dich reinprügeln muss.«

Ich kaue auf der Innenseite meiner Backe. Ich habe ihr und Grace versprochen, mehr aus mir rauszukommen. Wie kann ein harmloser Flirt schon schaden? Und als Bonus würde ich Nick dabei ein bisschen eifersüchtig machen oder wenigstens würde ich ihm zeigen, wie es sich anfühlt. Und ich kann es nicht leugnen, aber der Gedanke, den Spieß einfach umzudrehen, gibt mir einen Kick.

Ich ziehe meine Clown-Münze aus meiner Hosentasche, starre sie an und lege sie dann auf den Schrank neben dem Fernseher. »Na gut«, sage ich. »Ich unterhalte mich mit Jordy. Aber mehr nicht.«

In der Bar gesellen wir uns wieder zu den anderen. Die Gläser auf dem Tisch sind mehr geworden.

Als sie uns sieht, kommt Frankie angerannt und umarmt mich stürmisch auf ihre Frankie-Art. »Danke, dass du bei Nick ein gutes Wort für mich eingelegt hast, als ich vorhin wegmusste.« Sie ist so klein, dass sie sich auf die Zehenspitzen stellen muss, damit sie mir ins Ohr flüstern kann. Ich glaube nicht, dass mir so etwas je zuvor passiert ist.

»Oh, kein Problem«, gebe ich mit einem Schulterzucken zurück. Ehrlich gesagt hatte ich das bereits komplett vergessen, aber das erwähne ich nicht. »Er war überhaupt nicht sauer. Kein bisschen.«

»Hm.« Sie runzelt die Stirn. »Egal, ich schulde dir einen Drink.« Sie hakt sich bei mir unter und führt mich zurück an den Tisch. »Was möchtest du? Das geht auf mich.«

Abgesehen von Grace' Drink, den ich vorhin hinuntergestürzt habe, habe ich noch nie in meinem Leben Alkohol getrunken. Einer muss schließlich immer fahren und Lo ist das definitiv nie, deswegen habe ich also keine Ahnung, was man in einer Bar so trinkt. Bier?

Ein Mischgetränk? Einen Cocktail? Gibt's da überhaupt einen Unterschied?

Ich werfe einen Blick auf die Gläser, die wild durcheinander auf dem Tisch stehen. »Äh, was trinkst du denn gerade?«

»Luis, der Barkeeper hier, hat mich von diesem Mix aus Wodka Orange und Sprite überzeugt. Richtig lecker. Willst du mal probieren?«

Ich nicke und sie schiebt mir ihren Drink über den Tisch zu. Ich nippe einmal kurz an dem Strohhalm und muss beim Schlucken husten. Der Alkohol brennt unangenehm in meiner Kehle, aber der Zitronen- und Limettengeschmack nimmt ihm ein bisschen die Schärfe.

Ich schüttele mich. »Schmeckt … gut.«

Sie geht mit mir an die Bar und winkt den Barkeeper heran. »Luis, das ist Hannah, noch eine von meinen Freundinnen aus Kalifornien.«

Luis nickt mir zu. »Nett, dich kennenzulernen, Hannah. Wie gefällt dir Vegas?«

»Äh, ich find's ganz interessant.«

»Hört sich an, als gäbe es dazu eine Geschichte zu erzählen. Was möchtest du trinken?«

»Sie nimmt mein Stammgetränk«, schaltet sich Frankie ein. »Und das geht auf mich.«

»Ausweis?«, fragt Luis. Zum zweiten Mal wühle ich heute in meinem Portemonnaie nach meinem gefälschten Führerschein und gebe ihn Luis. Er überprüft ihn, lächelt und händigt ihn mir wieder aus. Erst nachher fällt mir ein, dass auf dem gefälschten Ausweis Kristy steht, während Frankie mich mit Hannah vorgestellt hat.

Ich hoffe, Luis' Lächeln bedeutet nicht, dass er gerade auf irgendeinen Knopf unter der Theke drückt und die Polizei ruft, weil ich illegal Alkohol trinke. Jetzt auch noch verhaftet zu werden, wäre das Sahnehäubchen auf diesem fuck-tastischen Tag.

Stattdessen mixt er mir meinen Drink nebst einer Orangenscheibe, die er auf den Glasrand steckt, und schiebt ihn mir mit einem Zwinkern über die Theke zu.

Ich gehe mit Frankie zurück an unseren Tisch. »Wieso tut er das? Lässt uns trinken, obwohl er weiß, dass wir zu jung sind?« Himmel, wie schafft Frankie es, Leute so in ihren Bann zu ziehen?

»Luis ist ein alter Freund von mir. Er kümmert sich um mich, ich kümmere mich um ihn.«

»Äh ...« Weiß Nick davon?

»Doch nicht so, du böses Mädchen. Ich mache in meinem Blog Werbung für ihn. Verrate meinen Lesern seine Arbeitszeiten. Sag ihnen, sie sollen herkommen und nach ihm fragen. Er bekommt jedes Mal tonnenweise Trinkgeld, wenn ich ihn erwähne. Im Gegenzug versorgt er mich. Ist eine nette kleine Abmachung.«

»Ich dachte, dein Blog ist für Minderjährige in Vegas.«

»Das stimmt. Aber was glaubst du, warum er so beliebt ist?« Sie zwinkert mir zu. »Ich blogge über alle möglichen Quellen.«

Als wir an den Tisch kommen, rücken alle zusammen, um uns Platz zu machen. »Hannah, hier«, sagt Lo und deutet mit dem Kopf auf den Platz neben sich, den sie für mich freigemacht hat. Auf der anderen Seite steht Jordy. Das kleine Biest.

Ich gehe um den Stehtisch herum und schlüpfe neben Lo, schaue dabei aber auf Nick. Er steht etwas weiter unten am Tisch und Frankie hat sich an ihn gekuschelt. Er mustert mich, ohne seine Gedanken preiszugeben, und ich erwidere seinen Blick. Und genau in dem Moment, als wir uns tief in die Augen schauen, drehe ich mich zu Jordy, der sich zu mir beugt, seine Ellenbogen auf den Tisch stellt und sein Kinn auf den Händen abstützt. Verdammt, Hannah. Lässiger Zug!

»Ich bin froh, dass du wieder da bist, Hannah. Ich hatte noch gar keine richtige Gelegenheit, mich mit dir zu unterhalten.«

»Na ja, so ist das halt.« Meine Lässigkeit scheint sich genauso schnell zu verabschieden, wie sie gekommen ist. Small Talk ist nicht gerade meine Särke. »Ich war draußen, ein bisschen Sightseeing machen.«

»Ist das dein erstes Mal?«

Ich versuche, mich unauffällig zu drehen, um zu sehen, ob Nick zu uns rüberschaut, aber Jordys Frage bringt mich wieder zur Besinnung. »Was?«

»In Vegas? Bist du schon einmal hier gewesen?«

Er startet das typische Kennenlernen-Geplauder und aufgrund seiner Fragen schließe ich ziemlich schnell, dass Nick mich ihm gegenüber noch nie erwähnt hat – während Frankie und Alex und Oscar wissen, wer ich bin.

Ich gebe mein Bestes, um mich nicht nach Nick umzudrehen, indem ich flirte und lache und mich darauf konzentriere, wie unverschämt gut Jordy aussieht. Verwuschelte blonde Haare, bestechend blaue Augen. Normalerweise achte ich nicht auf Augenfarben, aber seine Augen zwingen einen geradezu hinzuschauen. Außerdem hat er ein umwerfendes Lächeln und ein Grübchen auf der rechten Wange. Bei jedem Wort rückt er ein bisschen näher und nach zehn Minuten Unterhaltung sind unsere Beine praktisch miteinander verknotet, doch mich stört das kein bisschen.

Ich frage mich, ob Nick es sehen kann.

Während wir uns unterhalten, nippe ich die ganze Zeit an meinem Drink. Mit jedem Schluck schmeckt er besser, und je mehr ich trinke, desto besser gelaunt werde ich. In meinem Inneren breitet sich eine angenehme Wärme aus und ich hab hier diesen süßen Typen neben mir, der ganz offensichtlich auf mich steht – auf mich! – und nicht direkt vor meiner Nase mit seiner heimlichen Freundin herummacht wie ein *gewisser anderer Typ,* den ich kenne, und mir geht's jetzt richtig, richtig gut. Vielleicht war es ja doch eine großartige Idee, wieder runter in die Bar zu kommen. Meine Ideen sind gut.

»Sieht leer aus«, sagt Jordy und stochert in meinem Glas herum, dann knufft er meinen Arm.

Ich schenke ihm ein aufreizendes Lächeln. Wenigstens glaube ich, dass es aufreizend ist. Wer weiß das schon. »Holst du mir noch einen? Frankies Stammgetränk.«

Jordy trabt zur Theke, um uns noch eine Runde Drinks zu besorgen, und ich drehe mich zu Lo, um sie auf den neusten Stand zu bringen und ihr zu sagen, dass mein Geplänkel mit Jordy überraschenderweise mehr Spaß macht, als ich dachte, aber sie ist in ein Gespräch mit Oscar vertieft. Ich schaue mich nach Grace um, doch die steht etwas abseits vom Tisch und unterhält sich angeregt mit Alex und Frankie. Weil die Musik im Kasino so laut ist, kann ich nicht hören, worum es geht, aber ich kann das Wort »Rocker« ausmachen und sie dabei mit den Armen fuchteln sehen; ich vermute also, dass sie Frankie wegen einer Geschichte anhaut. Verdammt, vielleicht kommt meine Schwester in diesem Praktikum ja doch noch ganz groß raus.

Das heißt, Nick muss allein am Tisch sein. Ich drehe mich nach rechts und tatsächlich, da steht er, allein. Er stochert mit seinem Strohhalm in seinem Drink herum und wirft mir vernichtende Blicke zu.

Großartig.

Willkommen in meinem Leben, Nick. Jetzt weißt du, wie sich das anfühlt.

22. Kapitel

»Was ist?«, frage ich. »Was starrst du so?«

»Nichts«, sagt er, aber ich kenne diese Tonlage. Er hat uns gesehen.

Er ist angepisst.

Hehe.

Bevor ich nachhaken kann, kommt Jordy mit unseren Drinks zurück. Ich drehe mich also wieder um und kehre Nick den Rücken zu.

Weiter geht's – mit der Unterhaltung und Jordys Näherrücken. Bevor ich merke, was passiert, hat er seinen Arm um meine Taille gelegt. Die Berührung, der leichte Druck seiner Hand auf meinem Rücken, fühlt sich nicht schlecht an. Zwar nicht wie Nicks elektrisierende Berührung vorhin, aber auch nicht furchtbar. Ich frage nach der Band, nach seinem Leben. Ich wusste nicht, dass er ein paar Jahre älter ist als Nick und ich. Er ist nett. Er spendiert mir einen Drink und er hört mir zu und beantwortet meine Fragen und er hat genau wie ich eine Schwäche für billige Reality-TV-Shows und er hat zurzeit keine Freundin – und Mann, dieses Lächeln. So verdammt sexy.

»Du bist wunderschön, Hannah.« Er beugt sich vor und flüstert mir die Worte ins Ohr. Obwohl, weit vorzubeugen braucht er sich ehrlich gesagt nicht; wir sind so nahe zusammengerückt, dass ich ihn glatt zum Mantel umfunktionieren könnte. »Ich fasse es nicht. Nick ist schon so lange mit dir befreundet und hat noch nie etwas bei dir versucht? Was für ein Idiot.«

»Ich weiß«, schnaube ich. »Er ist ein Idiot.«

Selbst Jordy ist das nicht entgangen. »Darf ich dich etwas fragen, Hannah?«

Dass er mich ständig mit meinem Namen anredet, finde ich merkwürdig, aber ich lächele trotzdem, denn irgendwie mag ich es, meinen Namen immer wieder und wieder zu hören. Nick benutzt nur selten meinen echten Namen. Aber er nennt mich Ghost und so nennt mich sonst niemand. »Klar.«

»In der Mitte des Kasinos gibt es noch eine zweite Bar. Hättest du Lust, rüberzugehen und dich vielleicht hinzusetzen? Dort gibt es Sofas. Wir können es uns gemütlich machen.«

Seit wir in Vegas angekommen sind, bin ich gefühlte Ewigkeiten in diesen Plateau-Sandaletten rumgelaufen, und allein der Gedanke, mich hinzusetzen, ist großartig. Ich nicke. Er greift nach meiner Hand und lotst mich vom Tisch durchs Kasino in die halbdunkle Bar, die sich in der Mitte vom Planet Hollywood befindet. Ich bin froh, dass er die Führung übernimmt, denn mir ist ein bisschen schwummrig von den eineinhalb Drinks.

Ich würde mich wahnsinnig gerne umdrehen, um Nicks Reaktion zu sehen, als wir zusammen Hand in Hand losziehen, aber vermutlich sieht es viel cooler aus, wenn ich einfach davonrausche, als wäre er mir völlig egal; also überlasse ich Jordy die Führung.

Trotzdem denke ich: *Bitte mach, dass er guckt, bitte, bitte, mach, dass er guckt.*

Okay, das hier entspricht nun eher meinem Bild einer Bar. Der Raum ist dunkel und rund, mit einer Theke in der Mitte, ringsherum stehen Sessel und Sofas und an der Seite gibt es Plattformen, auf denen Go-go-Girls tanzen. Es ist ziemlich voll, aber wir finden ein freies Sofa. Ich sinke auf der Seite in die Polster und Jordy setzt sich so nahe neben mich, wie es geht, ohne auf meinem Schoß zu landen. Er legt seinen Arm um meine Taille und schmiegt sich an mich.

»Das ist schon viel besser«, sagt er.

»Fühlt sich gut an zu sitzen«, sage ich etwas dämlich, denn etwas anderes fällt mir auf die Schnelle nicht ein. Ich hab mich von einem älteren, attraktiven Typen in diese dunkle Bar schleppen lassen, der mir Drinks kauft und so dicht neben mir sitzt, dass ich den Fruchtgeschmack seines Kaugummis riechen kann. Mist, ich hätte Lo oder Grace Bescheid sagen sollen, wo wir hingehen, statt ohne ein Wort abzuhauen, aber ich hatte nur meinen dramatischen Abgang im Kopf. Ich ziehe mein Handy aus der Hosentasche und schicke Lo schnell eine Nachricht: **Mit Jordy. In der Mitte.** Ich hoffe, sie kann sich den Rest zusammenreimen.

Während ich mein Handy zurück in die Tasche schiebe, hole ich kurz Luft und schaue ihn wieder an. Das hier könnte entweder richtig toll werden oder verdammt peinlich. Kommt vermutlich ganz auf seinen nächsten Schritt an.

Jordy streicht mir die Haare aus dem Gesicht, auch wenn sie mir gar nicht ins Gesicht gefallen sind, und schaut mich an. »Du bist wirklich wunderschön, Hannah«, wiederholt er. Ein Dichter ist der Typ nicht. Für jemanden, der solche tiefgreifenden Songtexte schreibt, hat er erstaunlich wenig Ahnung, wie man sie nutzt, wenn's drauf ankommt. Doch als ich ihm gerade raten will, sein Spruch-Repertoire mal etwas aufzupolieren, wenn er einem Mädchen ans Höschen will, beugt er sich vor und küsst mich.

In den letzten paar Jahren habe ich den einen oder anderen geküsst. Ich meine, nicht total oft oder so, aber das hier ist nicht das erste Mal, dass die Zunge eines Jungen in meinem Mund landet. Wobei, mit Josh, Micah und Ian bin ich zusammen gewesen. Einen Typen einfach so zu küssen, ist nicht mein Stil. Aber Lo hatte mir ja geraten, Jordy eine Chance zu geben. Ich bin mir sicher, sie würde mir ihren Segen geben. Hoffentlich kommt sie gerade vorbei.

Dummerweise küsst Jordy nicht besonders gut. Nicht, dass ich das Gefühl habe, mich übergeben zu müssen, was mir, wie ja bekannt, schon passiert ist. Aber ich bin auch nicht ganz bei der Sache, was sehr ärgerlich ist, denn er sieht verdammt gut aus und es macht überraschend viel Spaß, sich mit ihm zu unterhalten. Vielleicht sollten wir wieder zu unserer Unterhaltung zurückkehren, denn dieser Zungenkuss hat erschreckende Ähnlichkeit mit seinem Händedruck. Einer dieser kraftlosen Toter-Fisch-Händedrücke einer alten Frau in der Kirche, aber mit Lippen und Schlabberzunge, und bevor ich es merke, konzentriere ich mich auf die Gespräche um mich herum anstatt auf Jordy.

Irgendein Mädel muss auf ihrer Junggesellinnenabschied-Schnitzeljagd noch drei Rätsel lösen.

Der Typ auf der anderen Seite der Bar will dem Mädel, das hinter uns sitzt, einen Drink ausgeben, doch sie ist sich nicht sicher, ob sie ihn nun süß findet oder nicht.

Die Kellnerin hat versehentlich etwas auf die Chanel-Handtasche irgendeines Gastes gekippt, oh Mist.

Ich bin interessierter an der Handtaschen-Geschichte – Mann, das Mädel ist *richtig* angepisst – als an unserer Küsserei und versuche, irgendwie auf dem Sofa weiter nach hinten zu rutschen, damit ich näher am Geschehen bin und die Einzelheiten mitbekomme. Dummerweise lande ich bei diesem Manöver auf meinem Rücken, was Jordy als Einladung versteht. Er grunzt zustimmend, beugt sich vor und presst sich an mich. Herrje! Das wollte ich doch gar nicht! Das Ganze kippt zweifelsohne ins Gruselige. In der Öffentlichkeit zu knutschen, finde ich schon schwierig. Aber in der Öffentlichkeit im Liegen rumzumachen – das ist ein No-Go.

Doch bevor es mir gelingt, Jordy wegzustoßen und mich aufzusetzen, höre ich ein Geräusch, das mich erstarren lässt. Ich weiß nicht mal, wie ich es benennen soll. Es ist kein Keuchen, es ist kein Röcheln, es ist kein

Schrei. Es ist eine wie erstickt klingende Mischung aus allen dreien. Aber wie man es nennt, spielt gar keine Rolle. Entscheidend ist nur, dass mir klar ist, von wem es kommt.

Von Nick.

23. Kapitel

Ich schiebe Jordy von mir weg – ich muss ihn unvorbereitet erwischt haben, denn er fällt beinahe auf den Boden – und Nick und ich starren uns an. Er sieht bestürzt aus und verletzt, als hätte ich ihn mit der flachen Hand mitten ins Gesicht geschlagen. Aber dann ändert sich sein Gesichtsausdruck kaum merklich und der Schmerz verwandelt sich in Wut, die durch seine Adern pulsiert und aus seinen Poren dringt. Ich spüre förmlich seine Empörung.

Jordy richtet sich auf und dreht sich um, um zu sehen, wen ich anstarre. »Oh ... hi, Bro! Was geht?«

Nick beachtet Jordy gar nicht, tatsächlich hält er den Blickkontakt mit mir, bis er sich kopfschüttelnd abwendet, als würde er ein lästiges Insekt verscheuchen, und aus der Bar stürmt.

»Warte, Jordy, ich muss, äh ...« Ich halte mich nicht weiter mit Erklärungen auf, als ich über Jordy klettere, um Nick hinterherzurennen.

»Hey!« Direkt vor der Bar im Kasino hole ich ihn ein

und strecke meine Hand nach ihm aus. Ich streife seinen Jackenärmel mit meinen Fingerspitzen.

»Was sollte das?« Er spuckt mir die Worte förmlich ins Gesicht. Ich dachte, ich würde Nicks Stimme kennen, aber das habe ich noch nie gehört: rasende Wut, Schmerz.

Ich habe Nick schon wütend erlebt. Er ärgert sich fast jeden Tag über die unendliche Kette von Gedankenlosigkeiten, die Alex von sich gibt oder ihm antut. Er ist wütend auf seinen Dad, weil der es nicht schafft, sich nach dem Tod von Nicks Mom aus seiner Depression zu befreien und ins Leben zurückzukehren. Er regt sich über schlechte Noten in Mathe auf oder wenn die Basketball-Mannschaft der University of Las Vegas verliert oder wenn der Akku seines Handys leer ist.

Aber so eine Wut wie jetzt habe ich noch nie erlebt – tief und nackt und voller Schmerz.

Und sie gilt mir.

Vermutlich haben wir beide Seiten an uns, die wir dem anderen noch nie gezeigt haben, geheime Seiten, die wir voreinander verbergen. Wir haben sie in dunklen Ecken tief in uns vergraben.

»Wovon redest du?« Ich weiß verdammt gut, wovon er redet.

»Du und Jordy. Was zum Teufel soll das, Hannah?«

Es gibt so viele Dinge, die ich antworten möchte, aber mein Hirn schafft es gar nicht, sie alle zu verarbeiten. Ich wollte seine Aufmerksamkeit auf mich lenken, ich wollte, dass er sich genauso fühlt, wie ich mich gefühlt habe, aber auf *das hier* war ich nicht vorbereitet.

»Jordy ist widerlich.«

»Er ist dein Freund.«

»Deshalb weiß ich, wie ekelhaft er ist. Ich weiß, wie er mit Mädchen umgeht.« Er tritt ein paar Schritte zurück, als wollte er so viel Abstand wie möglich zwischen uns schaffen. Hinter uns steht allerdings ein verlassener Blackjack-Tisch und in den rennt er rein.

»Kann dir doch egal sein, wen ich küsse, oder?« Ich sollte eigentlich mit sämtlichen Mitgliedern von Thunder From Down Under knutschen dürfen, ohne dass er etwas dazu sagt. »Du hast Frankie geküsst. Ich musste danebenstehen und zuschauen, wie du –«

»Das ist etwas anderes. Frankie ist meine Freundin.«

»Das *weiß* ich, okay? Das ist mir sehr klar geworden, direkt nachdem ich hier angekommen bin. Frankie ist deine Freundin. Frankie ist fast schon eine Berühmtheit in Las Vegas. Frankie kennt alle und jeden. Frankie und ihre Fans. Frankie und ihr winziger Körper mit dem Riesenbusen. Frankie und ihr Handy. Frankie und ihr Blog. Frankie ist so gottverdammt nett, dass ich noch nicht mal sauer auf sie sein kann.« Ich blicke mich eine verzweifelte Sekunde lang nach etwas um, das ich schmeißen könnte, denn jetzt ist der perfekte Moment, um ein großes Objekt durch die Luft zu schleudern, aber außer den Stühlen, die am Blackjack-Tisch stehen, ist nichts in Reichweite. Ich vermute mal, die Menschen hinter den Sicherheitsmonitoren würden eine solche Szene wahrscheinlich eher nicht begrüßen – also wedele ich nur hilflos mit den Armen.

Nick starrt mich mit halb offenem Mund an. Das war die falsche Reaktion. Ich hätte nicht all das über Frankie sagen sollen. Es stimmt ja nicht, dass ich sie nicht leiden kann. Ich mag sie. Und da liegt das Problem.

Eigentlich müsste ich das Mädchen hassen, das mit der großen Liebe meines Lebens zusammen ist, aber dazu kann ich mich nicht durchringen.

»Sauer auf sie – *weswegen?«*, fragt Nick. Er tritt näher, kaum merklich, und ich kann spüren, dass ein Teil seiner Wut, die eben noch in seinen Adern pulsierte, anfängt zu verrauchen; und irgendetwas Vertrautes schleicht sich in seine Züge, ich kann es nicht ganz einordnen. »Was genau ärgert dich so?«

Jordy hat offenbar erkannt, dass ich nicht mehr zurückkomme, und er wählt ausgerechnet diesen Moment, um aufzutauchen. Suchend blickt er sich im Kasino um, bis er uns entdeckt hat. Dann kommt er herangeschlendert und kratzt sich dabei am Kopf.

Um ehrlich zu sein, hatte ich ihn bereits vergessen.

»Hey, Süße. Da bist du ja.«

»Oh, entschuldige«, sage ich so abweisend wie möglich und wedele mit der Hand in Nicks Richtung.

Jordy schüttelt seinen Kopf und lacht. »Hätte das nicht warten können, Cooper? Hannah und ich waren gerade, na ja, etwas beschäftigt.«

Als weder ich noch Nick ihm antworten, hört Jordy auf zu lachen und schaut zwischen uns beiden hin und her. Ich frage mich, was er sieht. Unsere Körpersprache – Nick und ich haben beide die Arme fest über der Brust verschränkt. Unsere Mimik – Nick sieht immer noch sehr verletzt und gekränkt aus, dazu dieser Anflug von dem, was ich eben in seinem Gesicht entdeckt habe;

und ich muss fest die Zähne zusammenbeißen, um die aufsteigenden Tränen zu unterdrücken.

»Oh Mist«, sagt Jordy. Offensichtlich hat er das alles registriert. »Mann, du hast mir nie gesagt, dass ihr mal was hattet. Ich dachte, ihr seid nur befreundet.« Er schiebt seine Hände in die Taschen seines Kapuzenpullovers und starrt mich ein paar Sekunden an. Dann tritt er einen Schritt auf Nick zu, deutet mit dem Kopf auf mich und fragt mit gesenkter Stimme: »Ist sie –«

»Ja«, unterbricht ihn Nick. Er weicht Jordys Blick aus, starrt auf den Teppich und bohrt seinen Schuh wieder und wieder in den Boden.

So wie Nick uns vorhin vor dem New York-New York miteinander bekannt gemacht hat und wegen all der Fragen, die Jordy mir gestellt hat, war ich davon ausgegangen, Jordy wüsste nichts von mir. Aber das war wohl ein Irrtum; irgendetwas weiß er doch. Er verabschiedet sich von Nick mit einem Faust-Check; dann dreht er sich noch einmal um und nickt in meine Richtung: »Du bist echt gewesen, Hannah.«

Ich schaue Jordy eine Sekunde hinterher, dann drehe ich mich wieder zu Nick. Verzweiflung ist in sein Gesicht geschrieben und er schaut mich forschend an, als hätte ich eine Antwort, von der ich nichts weiß.

»Ich bin was?«, frage ich. »Was meinte Jordy damit?«

Dieser Zug, der mir vertraut vorkommt, flackert wieder in seinem Gesicht auf.

»Er weiß nur ... Er weiß ...« Seine Stimme ist leise geworden und fast jede Spur von Zorn ist verschwunden.

Ich starre ihn an, mein Magen schlägt Purzelbäume und ich warte, dass er weiterspricht. Ich trete näher.

»Er weiß, dass ich mal ziemlich lange etwas für jemanden empfunden habe, aber nie darüber sprechen wollte.« Er steckt seine Hände in die Taschen seiner Jeans und schaut mich an. »Er wollte wissen, ob du das gewesen bist.«

In meinem Kopf geht es drunter und drüber. Lo hat immer behauptet, dass Nick nach all meinen Erzählungen das Gleiche für mich empfinden muss wie ich für ihn. Und irgendwo in meinem Hinterkopf habe ich es all die Jahre gewusst.

Er hat versucht, es mir zu sagen. An diesem Party-Abend. Ich wusste genau, worauf er hinauswollte, aber ich habe ihn nicht ausreden lassen. Habe ihm gesagt, dass ich nie irgendwelche Gefühle für ihn haben würde und dass er es einfach vergessen sollte.

»Du hast mit Ja geantwortet.«

Er nickt.

»Warum hast du mir nichts davon gesagt?«

Für den Bruchteil einer Sekunde stelle ich mir unser Happy End vor: Wie er auf mich zukommt, wie er den Graben zwischen uns schließt, mich in die Arme nimmt wie vorhin auf dem Eiffelturm und wie er mir alle Gefühle gesteht, die er je für mich hatte. Stattdessen kehrt jedoch – ich habe keine Ahnung, wie oder warum – seine Wut zurück.

Diesmal nicht laut, aber dieser leise, unterdrückte Zorn in seiner Stimme trifft mich härter. »Ach bitte, Hannah. Das wusstest du doch. Ich bin seit Jahren in dich verliebt gewesen. Jahre! Und immer wieder hast du mich weggeschoben, als wäre ich nicht echt.«

»Ich wusste nicht –«

»Gott, ich hab versucht, dir zu sagen –«

»Aber du warst betrunken –«

»Aber mir war es ernst, Hannah. Und du musst das gewusst haben. All unsere Gespräche. Du bist die Letzte, mit der ich spreche, bevor ich einschlafe, und die Erste, wenn ich aufwache. Jeden Tag, jahrelang. Du weißt, dass es für mich immer nur dich gab.«

Er hat recht.

Ich weiß. Ich habe es immer gewusst.

»Ich hab versucht, mich mit dir zu treffen, aber du hast abgesagt. Ich hab eine Andeutung nach der anderen gemacht und du erzählst mir bloß von den Typen, mit denen du zusammen bist. Ist doch verständlich, dass ich mich betrinken musste, um dir zu sagen, was ich für dich empfinde. Irgendwann ist eine Grenze erreicht. Noch einmal von dir abgewiesen zu werden, das konnte ich nicht ertragen. Und was hätte ich denn sonst tun sollen? Für den Rest meines Lebens rumhocken und warten, bis du es kapiert hast? Und dann kreuzt du aus heiterem Himmel hier auf ... Kannst du dir vorstellen, wie oft ich mir das gewünscht habe? Wie oft ich mir gewünscht habe, ins Auto zu steigen und zu dir zu fahren oder einfach nur hochzuschauen und dich vor mir stehen zu sehen?«

Ich schaffe es nicht, ihn anzuschauen. Ich lasse meinen Kopf hängen und flüstere: »Nein, kann ich nicht.«

»Die ganze Zeit. Ich hab so oft davon geträumt. Aber

wenn ich für dich nicht alles hinwerfe, wenn ich meine Freundin nicht deinetwegen betrüge, dann läufst du los und machst mit dem ekelhaftesten Typen rum, den du finden kannst. Wolltest du mich eifersüchtig machen? Glückwunsch. Hat geklappt.«

»Das ist total unfair. Wag es ja nicht, mir das in die Schuhe zu schieben. Du hast mir nicht mal von ihr erzählt«, sage ich. »Du hast mich angelogen.«

»Ja, hab ich, okay? Möchtest du wissen, warum? Ich hab dir nichts von Frankie erzählt, weil ich die Hoffnung nicht aufgegeben habe, dass du eines Tages vielleicht doch noch meine Gefühle erwidern würdest. Und dass ich nicht in der Band mitspiele, habe ich dir nicht gesagt, weil es mir peinlich war und weil ich nicht wusste, wie ich es erklären sollte ... Ja, es stimmt, ich habe dich angelogen. Und glaub mir, es tut mir wahnsinnig leid. Aber ich war so verliebt in dich und wusste nicht, wie ich damit umgehen sollte, und ich wollte mir nicht alle Chancen bei dir verbauen.« Er seufzt, fährt sich mit der Hand durchs Haar und verwuschelt seine Frisur noch mehr. »Aber anscheinend spielt es sowieso keine Rolle. Und dann hab ich Frankie kennengelernt, dieses unglaublich coole Mädchen, das tatsächlich mit mir zusammen sein *will* und ...«

Mein Hirn quillt förmlich über vor all dem, was ich erwidern könnte: *Ich bin auch in dich verliebt gewesen – ich hab's nur heute erst gemerkt. Ich kann verstehen, warum du gelogen hast. Ich habe auch gelogen. Ich verzeihe dir. Verzeihst du mir auch? Lass uns irgendwo hinsetzen und darüber reden.*

Aber jede dieser Erklärungen birgt eine riesige Unbekannte. Was passiert dann? Und darüber hinaus: Macht es überhaupt noch einen Unterschied?

Ich habe schon lange die Kontrolle verloren, und als mir das klar wird, zieht sich mein Magen zusammen und mein Verstand befindet sich im freien Fall. Ich gerate in Panik. Was ich jetzt sage, wird alles verändern.

Andererseits hat er gesagt, er *war* in mich verliebt. Vergangenheit. Jetzt bringt es nichts mehr, ihm zu sagen, was ich empfinde.

Aber ich habe es endgültig satt, mich selbst und ihn anzulügen. Ich kann nicht behaupten, ich würde nichts für ihn empfinden.

Alles, was ich jetzt erwidern kann, wird falsch sein, alles noch verfahrener machen, zu viel verändern.

Nick starrt mich immer noch an und sagt kein Wort. Er wartet auf eine Antwort. Eine Reaktion. Irgendetwas. Aber ich weiß nicht, was ich ihm sagen kann, und ich kann nicht einfach hier stehen bleiben bei allem, was zwischen uns schwebt.

Ich übernehme wieder die Kontrolle, und zwar auf die einzige Art, die ich kenne.

Ich verschwinde.

Ich drehe mich um und renne los. Ich renne durchs Kasino, rempele die Touristen an, die unterwegs sind, und laufe, bis ich beim Aufzug bin. Ich drücke auf den Pfeil nach oben, stütze mich keuchend mit dem Arm an der Wand ab, ringe nach Luft und versuche, Nicks verletzten Gesichtsausdruck zu vergessen.

Vor ihm wegzulaufen, vor der Wahrheit wegzulaufen,

ist wahrscheinlich falsch. Tatsächlich weiß ich, dass es das ist. Aber es ist leichter, als ihm meine Gefühle zu gestehen und dann von ihm abgewiesen zu werden.

Ich habe zwar verloren, wenn ich Las Vegas verlasse, aber wenigstens habe ich nicht mein Herz verspielt.

24. Kapitel

Ich wanke in unser Zimmer und verzichte darauf, Licht zu machen. Die kleine Nachttischlampe zwischen den Betten haben wir brennen lassen und das genügt mir. Ich werfe mich bäuchlings auf eins der beiden Betten, ziehe mir das Kopfkissen über den Kopf und gebe mir große Mühe, den Streit mit Nick zu vergessen. Jordy ist mir doch völlig egal. Ich habe ihn in einem schwachen Moment geküsst. In einem Moment, in dem ich allein war und traurig und eifersüchtig und rachsüchtig. Ganz klar die falschen Gründe. Ich wollte es Nick mit gleicher Münze heimzahlen. Wenn er eine andere küsst als mich, dann küsse ich einen anderen als ihn. Das ist nur fair.

Aber dann hatte ich die Chance, ihm zu sagen, was ich für ihn empfinde, und habe es nicht getan. Ich bin weggerannt.

Ich habe alles kaputt gemacht. Den echten Nick als meinen besten Freund zu verlieren, ist noch schlimmer, als Nick als potenziellen Partner zu verlieren.

Ich drücke das Kissen noch fester auf meinen Kopf und

versuche, den Streit zu verdrängen, der in Dauerschleife in meinem Kopf läuft, aber es klappt nicht. Also versuche ich, ihn durch den besonderen Moment zu ersetzen. Wir beide allein, Arm in Arm, hoch über Las Vegas. Aber das scheint jetzt so lange her zu sein. Als wären wir zwei völlig andere Menschen gewesen.

Nach ungefähr fünf Minuten piept das Schloss und die Tür schwingt auf. Ich höre ein Lachen, und obwohl das Kissen es dämpft, weiß ich, dass es Lo ist. Und es klingt, als ob sie mit jemandem zusammen reinkommt. Bestimmt Oscar, es sei denn, sie hat sich in der letzten Stunde einen anderen Typen geangelt. Bei Lo würde mich das kein bisschen wundern.

Mit ihnen reden zu müssen, empfinde ich als reine Folter. Lo alleine – klar, wir würden uns hinsetzen und ich würde ihr alles erzählen. Aber mit Oscar geht das nicht. Und ich will nicht, dass er davon erfährt. Schon allein deshalb nicht, weil er Nick sofort alles erzählen würde. Ausgeschlossen.

Ich ziehe das Kissen noch fester und versuche, tiefer in die Matratze zu sinken. Ich bete, dass sie mich auf dem Bett sehen und denken, dass ich schlafe, und dann woanders hingehen, um zu tun, was auch immer sie hier oben tun wollten.

»Mmmmm«, macht Oscar. »Komm her.« Lo lacht und ich höre ein Rascheln und einen dumpfen Aufprall, jemand wälzt sich hin und her und – oh mein Gott, sie machen rum.

Ich habe keine Ahnung, was ich tun soll. Sie wissen nicht, dass ich hier bin, aber ich bin es und jetzt küssen sie sich, als würde die Welt in diesem dunklen Zimmer hier gleich untergehen.

Ich war schon mal mit Lo im selben Zimmer, als sie einen Typen geküsst hat, aber das war mehr eine Mutprobe, eins dieser Kussspiele. Nicht wie hier, wo sie denkt, sie ist allein mit dem Typen, und nichts von mir weiß.

Ich glaube, ich kenne meine beste Freundin ziemlich gut, aber alles will ich nun wieder auch nicht wissen.

Das Kissen lässt sich kaum noch fester über meinen Kopf ziehen und es überdeckt nicht die Geräusche, die Lo und Oscar beim Küssen machen, egal, wie oft ich im Kopf das Alphabet oder alle Hauptstädte der Bundesstaaten aufsage.

»Na komm schon«, höre ich ihn sagen und dann lacht sie wieder.

Nein, Lo, denke ich. *Mach es nicht.* Aber es bleibt beim Denken, denn was soll ich denn sagen? *Hey, ihr zwei! Ich bin hier und ich schlafe nicht – und Oscar, hör bitte auf, meine beste Freundin vollzusabbern.* Ich bin müde und zu deprimiert, um mir was Passendes einfallen zu lassen, also bleibe ich weiter mit dem Kissen über dem Kopf liegen.

Oh nein. Nein, nein, nein, nein.

Dann fängt Oscar an zu sprechen. »Ehrlich. Ganz ehrlich. Oh mein Gott, ehrlich, Lo. Ehrlich.«

Um Himmels willen, er kann doch nicht *ehrlich* vorhaben, ihr Rumgeknutsche zu kommentieren, oder?

Doch Lo kichert bloß, während Oscar weiter sabbernde Geräusche macht und sagt: »Ehrlich. Ganz ehrlich. Oh mein Gott, ehrlich.«

Ich schaffe das nicht. Ich kann hier nicht liegen bleiben, während meine beste Freundin mit einem Typen rummacht, der immer wieder und wieder »ehrlich« sagt.

Das ist mein Text, Oscar, denn ich frage mich, ob das hier gerade *ehrlich* passiert.

Piep, piep, piep.

Mein Handy. Nachdem ich die letzten vier Jahre damit verbracht habe, mich mit Nick zu jeder Tages- und Nachtzeit auszutauschen, als würde ich dafür bezahlt, ist es für mich ein Automatismus geworden, danach zu greifen. Meine Hand bewegt sich also wie von selbst zum Nachttisch und ich vergesse, dass ich eigentlich schlafen sollte.

Der Lärm, den ich dabei mache, lässt die beiden erschrocken innehalten. Lo kreischt auf und hantiert im Dunkeln herum und Oscar fragt: »Hannah?«

»Tut mir leid«, murmele ich, als wäre es keine große Sache, dass ich auf dem Nachbarbett liege, während die beiden sich küssen, als würde die *Titanic* sinken. »Ich habe eine Nachricht bekommen.« Wenn ich so tue, als wäre es völlig normal, dass ich die ganze Zeit hier gewesen bin, können wir die ganze Sache vielleicht ohne eine größere Auswirkung überspielen.

»Hannah!«, brüllt Lo. So viel dazu.

»Gott, Hannah!«, sagt Oscar und klingt ziemlich aufgebracht. »Du hättest doch schlafen sollen.«

Was? Ich schieße kerzengerade in die Höhe. »Ihr wusstet, dass ich hier bin? Ihr wusstet, dass ich hier bin, und macht trotzdem neben mir rum?«

Ich bin stinksauer auf Oscar, weil er mich gar nicht

kennt, aber ich bin noch wütender auf Lo. Warum hat sie nicht gesagt: *Hey, vielleicht sollten wir damit warten, bis meine beste Freundin nicht mehr einen halben Meter von uns entfernt liegt.* Ich meine, wer macht denn so was? Ist Vegas ihr dermaßen zu Kopf gestiegen?

Ich werfe ihr einen vernichtenden Blick zu, aber sie sieht mich nicht an.

»Na schön.« Ich schiebe mein Handy in die Hosentasche und springe vom Bett. »Dann verzichte ich eben auf mein Nickerchen.«

Ich wäre gar nicht in der Lage gewesen, mich so weit zu beruhigen, dass an ein Nickerchen zu denken gewesen wäre, aber das wissen die beiden nicht. Und ich bin mir ziemlich sicher, dass Schlafen um diese Uhrzeit – wie spät es auch gerade sein mag – nicht als Nickerchen zählt, sondern tatsächlich Schlaf ist. »Ich lasse euch allein.«

Ich glaube, ich höre Oscar hinter mir noch »gut« sagen, als ich mitten in der Nacht aus der Tür meines eigenen Hotelzimmers stürme, aber ich drehe mich nicht um, um mich zu vergewissern. Das werde ich morgen mit Lo klären.

Als ich im Flur bin, lehne ich mich mit dem Rücken an die Wand und lasse mich zu Boden gleiten.

Ich habe mich mit Nick gestritten und bin wie der letzte Feigling davongelaufen, nachdem er mir seine Gefühle gestanden hatte; und jetzt bin ich aus meinem eigenen Hotelzimmer geworfen worden, damit meine beste Freundin ihre Zunge in den Rachen seines besten Freundes schieben kann, einem Jungen, den sie erst vor ein paar Stunden kennengelernt hat.

Meine Frühlingsferien sind das Letzte.

Ach ja, die Nachricht. Es ist keine der Nummern, die ich gespeichert habe, aber sobald ich sie öffne, sehe ich, von wem sie ist.

Hi Hannah, ich bin's, Frankie. Ich bin unten in deinem Hotel. Können wir reden?

Wenn ich Oscars Formulierung verwenden darf ... ehrlich? Kann diese Nacht überhaupt noch schlimmer werden?

Tja, ich habe nichts anderes zu tun. Ich habe kein Hotelzimmer, in dem ich mich verstecken kann. Nick wird wahrscheinlich nie wieder mit mir sprechen. Ich kann ebenso gut nach unten gehen und mich von Franke fertigmachen lassen oder was immer sie vorhat. Man soll die Party verlassen, wenn's am schönsten ist, stimmt's? Ich antworte ihr: **Bin gleich unten.**

Ich stehe auf, hole tief Luft und gehe zurück zum Aufzug.

Ich hacke auf den Fahrstuhlknopf ein, immer wieder und wieder, mit aller Kraft, die mein Finger hergibt. Ein junges Pärchen steht mit mir vor dem Aufzug und die beiden verfolgen mein übertriebenes Tun mit Kopfschütteln. Nach meinem ungefähr zwanzigsten Versuch sagt der Typ zu mir: »Ich glaube, der wird schon kommen.«

Ich bin total wütend auf Nick und auf mich, aber auch auf Lo, weil sie mich aus dem Zimmer geschmissen hat. Ganz besonders, wo ich sie doch gerade brauche. Ihr mal richtig die Meinung zu sagen, ist mir jetzt wichtiger, als mich mit Frankie zu treffen.

»Tut mir leid«, entschuldige ich mich murmelnd bei

dem Pärchen. Ich drücke noch ein letztes Mal auf den Knopf, dann drehe ich um und marschiere zurück zum Zimmer. Mit dem Handballen schlage ich auf die Tür ein. Ich bin versucht, dagegenzutreten und Los Namen zu brüllen, aber es ist ziemlich spät und ich stehe sowieso schon auf genug schwarzen Listen. Ich will nicht, dass mich auch noch alle hassen, die versuchen, hier zu schlafen. Obwohl, wenn die Menschenmassen unten im Kasino ein Maßstab sind, spielt die Uhrzeit in dieser Stadt keine Rolle; es schläft eh niemand.

Nach einer gefühlten Stunde öffnet sich die Tür einen Spalt und Lo steckt ihren Kopf durch den Türrahmen. Ihre Haare stehen nach allen Seiten ab.

»Hast du deinen Schlüssel vergessen?«, fragt sie.

»Nein«, sage ich. »Den habe ich. Ich wollte sichergehen, dass ihr nicht nackt seid.« In Wahrheit ging es mir mehr um den dramatischen Auftritt und nicht um praktische Beweggründe. Mir war nicht einmal der Gedanke gekommen, meinen Schlüssel zu benutzen. »Kann ich einen Moment mit dir reden?«

»Jetzt? Ich bin gerade ... beschäftigt.«

»Ist mir egal.« Ich drücke die Tür noch ein bisschen weiter auf und schaue an ihr vorbei. »Lo ist gleich wieder zurück, Oscar. Pass auf deinen Ständer auf.«

»Hannah!« Lo klingt total schockiert, lacht aber gleichzeitig; ich weiß also, dass sie nicht allzu sauer auf mich sein kann. Ich greife nach ihrem Arm und ziehe sie auf den Flur.

»Mann«, sage ich, als die Tür hinter uns zufällt. »Was zum Teufel soll das alles?«

»Was? Ich hab Spaß. Das ist doch Sinn und Zweck dieses Ausflugs, oder?«

»Okay, aber ...« Ich zeige mit dem Kopf den Flur entlang, damit sie weiß, dass wir ein Stück gehen. Ich laufe voran und sie folgt dicht hinter mir. »Du hast Oscar heute Abend erst kennengelernt.«

»Aber er ist Nicks Freund. Er ist ja nicht irgendein wildfremder Typ von der Straße.«

»Ich weiß, aber –«

»Du hast mit Jordy rumgemacht.«

»Ich weiß, aber –«

»Aber was, Hannah?« Lo bleibt stehen und schaut mich an, ihr Gesicht wird todernst. »Worauf willst du hinaus?«

»So bist du doch sonst nicht.« Ich kann mir nicht erklären, warum ich so wütend bin. Weil ich diejenige sein sollte, die wild mit Nick herummacht, es aber nicht tue? Weil ich Lo und Grace brauche, aber beide mich bei der erstbesten Gelegenheit wegen irgendwelcher Typen im Stich gelassen haben? Weil der gesamte Ausflug sich von der Sekunde an, in der ich das Haus verlassen habe, als Albtraum entpuppt hat?

Lo stemmt ihre Hände in die Hüften. »Es klingt auch nicht nach dir, irgendeinen Typen, den du gerade erst kennengelernt hast, in einer Bar zu küssen, obwohl du wegen eines anderen Typen hergekommen bist, oder?«

»Erstens: Ich habe mich an deinen professionellen Rat gehalten. Zweitens: Nick hat eine Freundin. Und woher weißt du, dass ich Jordy geküsst habe?«

»Wir haben Nick getroffen, als wir auf dem Weg nach oben waren. Oh Mann, der war so sauer.«

»Das ist mir klar«, sage ich und kicke gegen den Teppich. Bei dem Gedanken an unseren Streit vor all den Menschen schäme ich mich wieder. »Er hat mir gesagt, dass er mich liebt, aber dann habe ich die Nerven verloren und bin abgehauen. Ich habe alles ruiniert.«

»Ach du Scheiße, Hannah.«

»Was?« Ich reiße meinen Kopf hoch und funkele sie an. »Jetzt zeigst du plötzlich Interesse?«

Sie neigt ihren Kopf zur Seite und zieht die Augenbrauen zusammen. »Wie meinst du das?«

»Ich hätte dich den ganzen Abend gebraucht und ich hätte Grace gebraucht. Ich bin hier durch die Hölle gegangen. Ich dachte, auf euch wäre Verlass.«

Lo kneift ihren Mund zusammen. »Ich weiß, dass wir deinetwegen hergekommen sind, Hannah, aber ich habe auch ein Leben. Und Grace genauso. Du bist meine beste Freundin. Trotzdem werde ich nicht in der Gegend herumhocken und mein Leben anhalten, für den Fall, dass ich für dich da sein muss. Ich bin in Vegas. Ich werde ein bisschen Spaß haben.«

»So war das nicht gemeint.« Ich schüttele den Kopf und versuche, den aufgestauten Frust des heutigen Abends loszuwerden. »Ich möchte ja, dass ihr Spaß habt. Aber ich brauchte euch. Ich brauche euch immer noch. Ich weiß nicht, was hier passiert.«

Lo sieht mich an. Ich warte darauf, dass ihre Miene sanft wird und sie mich in den Arm nimmt und mir erklärt, wie alles wieder in Ordnung kommt. Stattdessen verengt sie ihre Augen und ihre Gesichtszüge werden ganz scharf. »Okay, ich versuche, das so nett wie möglich zu formulieren, denn wie du weißt, hab ich dich lieb. Du benimmst dich wie ein Kontrollfreak, aber für die Dinge, auf die es ankommt, übernimmst du überhaupt keine Verantwortung. Du lässt dich treiben und wartest darauf, dass andere Menschen Entscheidungen für dich treffen, aber selbst tust du absolut gar nichts. Ich denke, es ist an der Zeit, dass du aufhörst, dich auf Grace und auf mich und auf alle anderen zu verlassen, und die Dinge selbst in die Hand zu nehmen.«

»Aber, Lo –«

»Ich hab mir dein Gerede über Nick jahrelang angehört und ehrlich gesagt, ich bin es leid. Wenn du mit ihm zusammen sein willst, dann schnapp ihn dir. Rede mit ihm. Tu irgendetwas. Wenn nicht, halt die Klappe und sieh zu, wie du damit fertigwirst.«

»Ich kann doch nicht einfach –«

»Ich meine es nur gut mit dir, Baby«, sagt sie mit einem trockenen Lächeln. »Find es selbst heraus.« Dann dreht sie sich um und geht zurück in Richtung Zimmer, zu Oscar, und lässt mich allein im Flur stehen.

Ich will Nick ja, aber ich glaube, es ist zu spät, ihn mir zu schnappen.

Und zuerst werde ich über Frankie gehen müssen.

25. Kapitel

Ich habe keine Schwierigkeiten, Frankie zu finden. Um diese Uhrzeit wimmelt es im Kasino von lauter Betrunkenen, die zurück in ihre Zimmer torkeln, und verkommenen Gestalten, die die Nacht durchmachen und ihre letzten paar Cents verspielen. Frankie zählt zu den wenigen, die nüchtern geblieben sind.

Sie sitzt an einem Tisch vor einem geschlossenen Café, das sich Earl of Sandwich nennt. Ich zögere, bevor ich auf sie zugehe und sie mich sieht, und betrachte sie einen Moment lang. Ihre knallrote Frisur hat ein bisschen an Schwung verloren und unter ihren Augen haben sich dunkle Ringe gebildet, aber darüber hinaus sieht sie genauso entzückend aus wie am Anfang des Abends, als ich sie zum ersten Mal gesehen habe. Unfassbar, denn im Fahrstuhl auf dem Weg nach unten habe ich im Spiegel einen kurzen Blick auf mich selbst erhascht und ich sehe aus, als wäre ich von einem Lastwagen überfahren worden, der anschließend noch einmal zurückgesetzt hat, nur um sicherzugehen.

Natürlich beugt sie sich über ihr Handy. Bestimmt schreibt sie gerade irgendeinem Türsteher oder Club-Promoter oder vielleicht aktualisiert sie ihren Blog mit einer Zusammenfassung der Ereignisse dieser aufregenden Nacht. Ich kann mir ihren Tweet direkt vorstellen:

NICKS ERBÄRMLICHE ONLINE-FREUNDIN HAT VERSUCHT SICH AN IHN RANZUMACHEN #WTF.

Ich hole tief Luft, nehme mich zusammen und gehe zu ihr.

»Hey.«

Ihr Kopf schießt hoch und auf ihrem Gesicht breitet sich sofort ein Lächeln aus. »Danke, dass du nach unten gekommen bist, Hannah.« Sie klingt so verdammt glücklich, mich zu sehen, dass ich ihr Lächeln gegen meinen Willen erwidere.

»Tut mir leid, dass ich dich hab warten lassen.« Ich schiebe meine Hände in die Hosentaschen und schaue auf den Boden. »Lo und ich haben uns gestritten.«

»Oh nein!« Sie springt von ihrem Stuhl auf und umarmt mich. Fest. »Das tut mir so leid, Hannah. Es gibt nichts Schlimmeres als Streit unter besten Freunden.«

Das sagst du der Richtigen. Ich hatte innerhalb einer Stunde gleich zwei.

»Ich hab eine Idee«, sagt sie, als sie sich aus der Umarmung löst. Ihre Augen funkeln geradezu. »Lass uns ein bisschen Spaß haben. Hast du schon mal Blackjack gespielt?« Meine Antwort wartet sie gar nicht erst ab, stattdessen zieht sie mich ins Kasino und lotst uns durch ein Labyrinth von Spieltischen, von denen ungefähr die Hälfte um diese Uhrzeit geschlossen sind. Jedes Mal, wenn wir an einem Blackjack-Tisch vorbeikommen, wird sie langsamer.

»Da wird Blackjack gespielt.« Ich zeige mit meiner freien Hand auf einen Tisch.

»Nee. Dort wird nur mit einem Deck gespielt.«

Ich hab keine Ahnung, was das bedeutet oder was irgendeines dieser Schilder bedeutet, also folge ich ihr einfach. Sie lehnt allerdings jeden Tisch ab und murmelt dabei so was wie »Spanish 21« und »Bah. Hohe Einsätze«.

Endlich findet sie einen Tisch, der ihren Anforderungen genügt und frei ist. Er steht in einem rosa gehaltenen Bereich namens Pleasure Pit. Die Croupière, ein hübsches dunkelhaariges Mädchen mit Bustier und einer Halskette, auf deren Anhänger in Schreibschrift *Lourdes* steht, lächelt, als wir herankommen. »Der ist perfekt«, sagt Frankie. »Setz dich.«

Ich setze mich.

»Ich habe keine Ahnung von Blackjack«, sage ich und versuche, auf dem hohen Hocker eine bequeme Position zu finden.

»Nicht schlimm«, sagt Frankie. »Ich erkläre dir, wie's geht. Und Lourdes tut das auch. Stimmt's, Lourdes?«

»Na klar«, sagt Lourdes mit einer rauchigen sexy Stimme und plötzlich habe ich Bedenken, ob wir in einem Bereich, der Pleasure Pit heißt, überhaupt sitzen dürfen.

»Ist es okay, hier zu sein?«, flüstere ich Frankie zu. »Ich hab das Gefühl, dass jeden Moment Nackttänzerinnen an uns vorbeitanzen könnten. Ich fühle mich ein bisschen fehl am Platz.«

Lourdes lächelt wieder. »Keine Sorge. Alle Gäste sind

im Pleasure Pit willkommen.« Auf der Plattform hinter ihr tanzt eine Go-go-Tänzerin an der Stange zu einem Jay-Z-Song, der durchs ganze Kasino schallt – ich glaube ihr also kein Wort, auch wenn uns bis jetzt noch niemand rausgeschmissen hat. »Aber ich muss trotzdem eure Führerscheine checken.«

Ach ja. Man muss einundzwanzig sein, um spielen zu dürfen. Glücklicherweise habe ich die Tasche mit meinem Portemonnaie mitgenommen, als ich aus dem Hotelzimmer gestürmt bin. Meinen gefälschten Führerschein habe ich also dabei. Ich benutze ihn heute Abend zum dritten Mal, aber meine Hand zittert immer noch, als ich ihn herausziehe und ihn Lourdes gebe, zeitgleich mit Frankie.

Ich beobachte Lourdes' Gesichtsausdruck, als sie unsere Führerscheine überprüft. Ihr Blick wandert zwischen meinem Foto und mir hin und her und dann von Frankies Foto zu Frankies Gesicht.

»Etwas zu trinken?« Eine Kellnerin kommt von hinten, und bevor ich sie wegschicken kann, bestellt Frankie zwei Whisky-Cola für uns.

»Aber –«

Frankie hebt ihre Hand und hält sie mir ins Gesicht. »Wir müssen reden und dafür brauche ich etwas zu trinken.«

Mein Magen dreht sich. Was will sie mir sagen, dass sie dafür Alkohol braucht? Vor einer Minute hat sie noch gelächelt und mich umarmt. War das alles nur gespielt, um mich in Sicherheit zu wiegen, damit sie mich danach wegen ihres Freundes fertigmachen kann?

»Okay«, willige ich ein. »Aber kann ich noch ein Wasser bekommen?«

Die Kellnerin nickt und geht zum nächsten Tisch und ich drehe mich um und stelle fest, dass Lourdes unsere Führerscheine vor uns zurück auf den Tisch gelegt hat. Puh.

Lourdes starrt uns an, als warte sie auf irgendetwas.

»Und was machen wir jetzt?«, flüstere ich. »Wetten wir oder so?«

»Überlass das mir«, sagt Frankie. »Ich lade dich ein, okay?«

Ich will ihr etwas von dem Geld anbieten, das ich gewonnen habe, aber sie hindert mich daran. Sie fischt einen Hundertdollarschein aus ihrem Portemonnaie und legt ihn auf den Tisch. Lourdes nimmt den Schein, glättet ihn und ruft dem Koloss von Typen im Anzug, der hinter ihr steht, irgendetwas über die Schulter zu.

»Oh mein Gott«, flüstere ich wieder. »Was brüllt sie denn da? Sind wir in Schwierigkeiten? Wo hast du den Schein her? Ist der gestohlen?«

»Beruhige dich.« Frankie tätschelt mein Bein. »Das machen sie bei großen Scheinen immer so, damit die Aufsicht Bescheid weiß, dass ein großer Schein gegen Spielchips eingetauscht wird.«

Lourdes schiebt uns einen Stapel Chips zu. Frankie teilt die Chips zwischen uns auf und erklärt mir die Spielregeln, während Lourdes die Karten ausgibt.

Ich werfe einen Blick auf meine beiden Karten. Eine Acht und eine Fünf. »Ich habe dreizehn. Hit, oder?« Damit fordert man eine weitere Karte an.

»Nein«, sagt Frankie. »Ich weiß, das sieht nach dem richtigen Zug aus, aber sie hat sechzehn.« Sie legt ihre Hände über ihre Königin und ihre Acht und nickt mir zu, als müsste ich das ebenfalls tun. Auf dreizehn zu bleiben, verstößt gegen so ziemlich das Einzige, was ich von Blackjack weiß, denn ich dachte, es ging darum, einundzwanzig zu erreichen, aber ich gehorche. Ich habe keine Ahnung, wie Frankie das anstellt, aber sie sorgt irgendwie dafür, dass man tut, was sie sagt, auch wenn es bar jeder Logik und Vernunft ist. Ich frage mich, ob sie Nick mit diesem Frankie-Zauber dazu gebracht hat, überhaupt mit ihr auszugehen.

Jetzt dreht Lourdes ihre zweite Karte um. Es ist eine Vier. Lourdes hat zwanzig Punkte. Frankie und ich verlieren beide.

»Tut mir leid, meine Damen«, sagt Lourdes, während sie sich vorbeugt und unsere Chips und unsere Karten einsammelt.

»Das hätte definitiv nicht passieren dürfen«, sagt Frankie kopfschüttelnd. »Du musst immer bei deinem Blatt bleiben. Sie hätte verlieren müssen.«

Die Kellnerin bringt uns unsere Getränke, die anscheinend umsonst sind, wenn man an einem Spieltisch sitzt, und Frankie gibt mir weiter Tipps, die alle dazu führen, dass ich jedes einzelne Blatt verliere.

»Ich hasse Blackjack«, sage ich nach einer besonders ärgerlichen Runde, bei der ich nach Frankies Anweisungen noch alle möglichen Zusatzeinsätze gemacht und alle verloren habe.

Frankie fährt sich mit der Hand durchs Haar. »Keine

Ahnung, was los ist, Hannah. Wir halten uns ganz genau an alle Regeln. Stimmt doch, Lourdes, oder?«

»Das tut ihr in der Tat«, sagt Lourdes. »Ich hätte alle Blätter ganz genauso ausgespielt.«

»Vermutlich habe ich heute eine wahre Glückssträhne«, murmele ich. Mich an die Regeln zu halten, ohne dabei auch nur einen Schritt weiterzukommen, scheint in meinem Leben plötzlich ein Motto geworden zu sein. Regeln, die ich kapiere; Regeln, die ich nicht kapiere; sie alle führen mich ins dunkle Nirgendwo.

Nachdem ich fast alles von Frankies Geld verloren habe und meins nicht einsetzen will, bin ich kurz davor, Blackjack für heute Abend aufzugeben. Ich fühle mich wie der letzte Versager und ich verliere die Geduld mit diesem blöden Spiel. Lourdes ist mit ihrem Kartenstapel durch und macht eine kurze Pause, um die Karten neu zu mischen, und ich nehme einen großen Schluck von meinem Drink.

»Ich hoffe, dass das jetzt nicht komisch wirkt«, sagt Frankie und rückt ihren Hocker so, dass sie mir gegenübersitzt. »Ich muss mit dir über etwas sprechen. Ich weiß, wie eng du mit Nick befreundet bist, und ich hab keine Ahnung, an wen ich mich sonst wenden soll.«

Was wird das? Ich habe mir Sorgen gemacht, dass sie sauer auf mich sein würde. Wenn sie jetzt mit mir über Sex reden will, ist es vorbei mit meiner endlosen Geduld. Auf gar keinen Fall werde ich hier sitzen bleiben und mir anhören, was die beiden miteinander anstellen. Los und Oscars Auftritt oben im Zimmer war schon mehr, als meine zartbesaitete Fantasie ertragen kann. Ein vollständiger Bericht über Nick und Frankie im Bett wird mir vermutlich das Herz brechen.

»Um was geht's?«, schaffe ich herauszukrächzen.

»Na ja, bestimmt hast du gemerkt, dass wir ein paar Probleme haben.«

Ich habe einen Hauch von Spannung zwischen den beiden wahrgenommen – aber ich dachte, ich wäre der Grund. Will sie mich deswegen zur Rede stellen? Waren die Tipps beim Blackjack nur dazu gedacht, um mich in Sicherheit zu wiegen, damit sie mich aus dem Hinterhalt angreifen kann? Ich mustere sie verstohlen. Ich bin nicht sehr groß, aber definitiv größer als sie. Sollte sie versuchen, handgreiflich zu werden, bin ich im Vorteil.

»Ist mir nicht aufgefallen«, sage ich und drehe meine Haare in einen Knoten. Ich will ihr die Möglichkeit nehmen, nach etwas zu greifen, wenn sie versuchen sollte, mich niederzuschlagen.

»Ah, dann ist ja gut.« Sie breitet ihre Hände vor sich auf dem Tisch aus und starrt sie an. »Haben wir aber trotzdem. Probleme.«

»Äh ... wieso?« Ich will mich nicht einmischen, aber ich muss mehr wissen.

»Mein Blog. Er mag ihn nicht. Er hasst es, dass ich so viel persönlichen Kram ins Netz stelle. Er hasst es, dass jeder meiner Leser von uns weiß.« Ihr Handy piept. Sie wirft einen kurzen Blick auf das Display und schiebt es wieder in ihre Tasche. »Wir hatten eben erst wieder Streit deswegen, aus dem Nichts. Er ist ausgerastet und davongestürmt. Keine Ahnung, wohin, und an sein Handy geht er nicht.«

»Oh.« Das hatte ich nicht erwartet. So gar nicht. Es geht nur um Frankies blöden Blog. Ich nehme noch einen großen Schluck aus meinem Glas. »Na ja, du weißt ja, dass Nick ein Mensch ist, der gern für sich bleibt.«

»Weiß ich«, sagt sie. »Ich glaube kaum, dass er je sein Zimmer verlassen würde, wenn er nicht müsste. Er hat mir erzählt, dass er nur deinetwegen ein Online-Profil hat. Stimmt das?«

Ich kann mir nicht das Lächeln verkneifen, als ich mich erinnere. »Ich habe es für ihn eingerichtet und ihm das Passwort gemailt, damit er übernehmen konnte. So konnten wir leichter in Verbindung bleiben. Per Chat, weißt du?«

»Er aktualisiert seine Seite so gut wie nie.«

»Ich weiß. Und er hat nur getaggte Fotos. Oder welche, die er mir geschickt hat und die ich für ihn hochgeladen habe. Ich glaube, er weiß nicht einmal, wo genau er die Fotos hochladen kann.«

Sie schüttelt den Kopf. »Wir sind so verschieden, weißt du? Mein ganzes Leben spielt sich im Internet ab. Mein Blog ist das, was ich bin. Es geht nicht, dass ich ihn außen vorlasse. Das würde sich wie eine Lüge anfühlen.«

»Aber er hasst es.«

Sie nickt und stochert in ihrem Drink herum.

Ich versuche, mir klar zu werden, wie ich mich in dieser verqueren Situation verhalten soll: Die Freundin des Jungen, in den ich hoffnungslos verliebt bin – ja, immer noch, trotz allem –, bittet mich um Rat, wie sie sich wieder vertragen. Sie greift nach meiner Hand und drückt sie fest. »Ich mag Nick so gerne«, sagt sie. »Du weißt schon. Du weißt, dass er etwas Besonderes ist.«

Als sie das sagt, frage ich mich, wie viel sie ahnt. Wie offensichtlich sind meine Gefühle für Nick? Ahnt Frankie sie? Oder hat sie das bloß gesagt, weil sie weiß, wie eng wir befreundet sind?

Aber sie hat davon gesprochen, dass sie ihn mag. Nicht, dass sie ihn liebt.

Hat Nick ihr gesagt, dass er sie liebt?

Ich lasse sie meine Hand drücken, aber ich erwidere den Druck nicht. Als sie ihren Griff lockert, ziehe ich meine Hand weg und lege sie auf meinen Schoß. »Nick ist etwas Besonderes, Frankie.« Ich wähle meine Worte sorgfältig. Ich möchte jetzt nichts Falsches sagen. »Er ist ein großartiger Junge. Er ist nett und rücksichtsvoll und lustig und begabt. Er ist ...« Beinahe hätte ich »ehrlich« gesagt, doch ich zucke zusammen und schlucke es herunter. Er hat mich angelogen. Richtig gelogen. Der Stachel sitzt aber nicht mehr ganz so tief, denn ich verstehe es. Ich verstehe, warum er es getan hat, ich habe es ja auch getan. »Na ja, und er ist ziemlich sexy.«

Wir grinsen beide. »Stimmt«, sagt sie. »Er sieht umwerfend aus.«

Ich räuspere mich. »Aber weißt du, es gibt auch andere sexy Typen. Bei ihm ist es mehr als nur das gute Aussehen.« Ich fasse es nicht, dass ich dieses Gespräch mit ihr führe. Anscheinend bin ich gar keine so üble Lügnerin und kann meine Gefühle für Nick besser verbergen, als ich dachte. Oder Frankie, reizend, wie sie ist, hat vielleicht keine Ahnung. Oder sie ist klug genug, die Dinge auszublenden, die sie nicht sehen will. Wie denkt sie denn darüber, dass Nick tagtäglich eine Disneyland-

Münze um seinen Hals trägt? Hat sie ihn schon mal danach gefragt? Oder interessiert sie das gar nicht?

»Du musst mir sagen, was ich tun soll, Hannah. Ich weiß nicht, wie ich das machen soll. Ich muss mir einfach nur darüber klar werden, ob es mir die Sache wert ist, weißt du?«

Das ist die Stunde der Wahrheit. Wahrscheinlich habe ich es jetzt in der Hand. Frankie scheint verzweifelt zu sein und tut bestimmt alles, was ich ihr rate. Wenn ich ihr sage, dass es nicht so aussieht, als ob alles in Ordnung kommen würde, dass Nick sich nie ändern wird, dass sie einfach nicht zusammenpassen, wird sie mir glauben und die Sache zwischen ihnen wohl beenden. Damit wäre sie aus dem Weg.

Dann wäre Nick frei, für mich.

Doch ich schaue Frankie an und entdecke mich selbst. Ich sehe jemanden, der genauso viel für Nick empfindet wie ich, jemanden, der mit ihm zusammen sein will.

Sie hat ihn nicht wie Luft behandelt und sie ist nicht geflüchtet, als die Sache zu ernst wurde. Sie hat nicht eine Gelegenheit nach der anderen ungenutzt verstreichen lassen, sondern hat ihm gesagt, was sie für ihn empfand. Sie wusste, sie wollte ihn, und sie hat sich um ihn bemüht.

Ich kann ihr das nicht antun. Schon deshalb nicht, weil sie von der ersten Minute an so nett zu mir war. Weil ich die beiden zusammen gesehen habe, den Blick, mit dem sie ihn anschaut.

Aber ich kann ihr doch nicht sagen, dass es richtig wäre, mit ihm zusammenzubleiben, oder? Ich meine, wenn ich das tue, bedeutet das, ich räume das Feld. Freiwillig.

Dass ich alles aufgebe, was zwischen uns beim Tanzen gewesen ist und oben auf dem Eiffelturm. Für immer.

Ich habe keine Ahnung, an welche Regeln ich mich hier halten soll.

»Pass auf«, sage ich. »So wie's aussieht, musst du herausfinden, was dir am wichtigsten ist.« Ich schaue Frankie genau an. Ihre roten, wirklich roten Haare und ihre perfekt sitzende Jeans und ihre perfekt abgewetzte Lederjacke. Ihr Gesicht, so besorgt und so verzweifelt. »Ich kenne Nick schon lange. Er hat sich sehr verändert. Er ist offener geworden. Lockerer. Doch in manchen Dingen hat er sich nicht geändert und ich glaube nicht, dass er sich da je ändern wird. Er ist schon immer hartnäckig gewesen. Er ist immer gern für sich geblieben. Er hat noch nie wirklich gern mit anderen geteilt.«

Ich muss grinsen, als ich mich an eine Online-Unterhaltung mit Nick erinnere, in der ich ihm von meinem ersten festen Freund erzählte und er mir mit lauter traurigen Emojis geantwortet hat. Er versuchte, seine Eifersucht nicht zu zeigen, und behauptete, er wäre bloß enttäuscht, weil er wüsste, dass wir uns nun seltener unterhalten würden. Er wollte mich mit niemandem teilen. Natürlich habe ich dafür gesorgt, dass sich zwischen uns nichts änderte, und diesen ersten Freund hatte ich nur für zwei Wochen.

Ich hätte es damals schon wissen müssen.

»Klar«, sagt Frankie. »Er will sich nicht mal das Essen mit mir teilen, wenn wir im Restaurant sind. Ich finde es super, unterschiedliche Gerichte zu bestellen, dann kann man teilen und jeder kann mehr probieren. Aber Nick bestellt nur für sich und gibt mir nichts ab. Nicht mal einen Bissen.«

Ich fühle einen so heftigen Stich Eifersucht, dass ich zusammenzucke. Ich kenne Nick schon so viel länger als Frankie, aber ich bin noch nie mit ihm essen gegangen. Ich würde niemals versuchen, ihm seine Pommes vom Teller zu klauen, denn ich teile mein Essen auch nicht gerne. Andere, die das Essen auf meinem Teller berühren? Geht gar nicht.

Die ganze Zeit über wusste ich nicht, welch perfekte Tischpartner wir abgeben würden.

»Ich glaube nicht, dass sich das ändert«, sage ich mit gesenkter Stimme. »Wenn er dich nicht mit den Lesern deines Blogs teilen möchte und wenn er sich nicht wohl dabei fühlt, öffentlich in deinem Blog erwähnt zu werden, dann ist das halt so. Und ich glaube, wenn du ihn trotzdem darum bittest, dann ist das so, als ob du ihn bitten würdest, sich zu verstellen.«

Frankie seufzt traurig.

»Ich sage dir echt nicht gern, dass du deinen Blog ändern musst, ganz besonders, weil er so witzig und gut ist.«

Sie strahlt. »Er ist witzig, oder?«

»Ja, klar, er ist toll.« Ich beiße auf die Innenseite meiner Wange. Bis jetzt habe ich mir ihren Blog nicht mal angeschaut, aber angesichts der Reaktionen bin ich mir sicher, dass er das Beste sein muss, was das Internet seit Promiflash zu bieten hat. Entweder das oder hier sind alle leicht zu beeindrucken. »Aber ich denke, letztlich läuft es auf die Frage hinaus, welchen Nick du willst. Den Nick, über den du in deinem Blog schreibst? Oder den echten Nick? Den Nick, mit dem du einfach so einen Film anschauen kannst? Oder den Blog-Nick von euren Verabredungen? Welcher Nick ist dir am wichtigsten? Diese Fragen musst du dir stellen.«

Und mir wird klar, dass ich gar nicht Frankie frage. Ich frage mich selbst. Welcher Nick ist mir wichtiger? Derjenige, der nur am Telefon und auf dem Computerbildschirm existiert? Der, mit dem ich so verzweifelt meine Freundschaft bewahren wollte, dass ich in Kauf genommen habe, ein Geist zu bleiben? Oder der echte? Der, bei dem ich es geschafft habe, all das, was zwischen uns war, total zu ruinieren – was umgekehrt für ihn auch gilt –, mit dem Ergebnis, dass ich nicht sicher bin, ob wir jemals wieder die Alten werden?

Frankies Ellenbogen stützen sich auf den Polsterrand des Blackjack-Tisches, sie betrachtet mich eingehend, den Mund konzentriert zusammengepresst.

»Ich meine, ist es nicht wichtiger, einen Freund zu haben, als dass das Internet weiß, dass du einen Freund hast?« Mein Magen zieht sich nervös zusammen, als ich ihr das sage, weil ich das Gefühl habe, dass ich mich hier gerade entscheide. Eine Grenze überschreite. »Würdest du nicht viel lieber den echten Nick für dich alleine haben? Deswegen bist du doch mit ihm zusammen, oder? Und ist er nicht ein paar Opfer wert?«

»Karten?«, fragt Lourdes und erinnert mich daran, was wir hier machen. Sie hält mir eine grüne Plastikkarte hin, die restlichen Spielkarten liegen vor ihr in einem Stapel. Ich bin mir sicher, dass mir die Verwirrung ins Gesicht geschrieben ist, denn ich habe keine Ahnung, was sie von mir will. »Nimm diese Karte«, sagt sie und wedelt damit vor meinem Gesicht herum. »Und steck sie irgendwohin, wo du denkst, dass es Glück bringt.«

»Ich bin die Letzte, die man heute nach Glück fragen darf«, sage ich zu ihr, nehme die Karte aber trotzdem.

Während ich mich vorbeuge, um sie in den Stapel zu schieben, rutscht mein Ellenbogen vom Tisch und stößt gegen mein Glas. Die Hälfte meines Longdrinks kippt über den Blackjack-Tisch, durchnässt den Filz, weicht die Karten auf und tropft auf das Tablett mit den bunten Spielchips direkt vor Lourdes, sammelt sich dort und bildet eine klebrige Pfütze. Geht man von dem blanken Hass in ihrem Gesicht aus, mag uns Lourdes jetzt nicht mehr.

Dasselbe gilt für den Chef der Aufsicht, Bill, einen großen rundlichen Mann, der uns mit gerunzelter Stirn betrachtet, als Lourdes ihn ruft, damit er sich um die von mir verursachte Sauerei kümmert.

»Oh mein Gott, Frankie.« Hektisch versuche ich, mein Glas aufzuheben und die Eiswürfel, die über den Filztisch glitschen, als ich nach ihnen greife. Mein Herz pocht so laut, dass ich schwören könnte, Bill hört es. Ich darf doch gar nicht trinken. Ich darf doch gar nicht spielen. Ich dürfte überhaupt nicht in Vegas sein. Bill verdient sich wahrscheinlich seinen Lebensunterhalt mit dem Prüfen von Ausweisen. Vermutlich sind die Wände bei ihm zu Hause mit gefälschten Führerscheinen von naiven minderjährigen Kalifornierinnen tapeziert.

Binnen einer Sekunde weiß er, dass mein Führerschein nicht legal ist.

»Er bringt uns bestimmt nach hinten und bricht uns die Beine«, flüstere ich Frankie fast lautlos zu. »Wir werden abgemurkst. Er killt uns.«

»Wir sollten lieber verschwinden«, flüstert sie zurück.

Bill funkelt uns an. »Was ist denn hier passiert?« Er mustert uns. Gründlich. Zu gründlich. Adrenalin schießt durch meinen Körper. Ich weiß, dass mein Kampf-oder-Flucht-Instinkt übernommen hat, und ich will nur noch raus hier, so schnell es geht.

Ich wende mich Hilfe suchend an Frankie, aber von ihr kommt nicht viel. Was hoffentlich bedeutet, dass ihr Hirn Überstunden macht, um uns hier rauszubringen.

Lourdes zieht von irgendwo ein Handtuch hervor. »Tja, diese Mädels hier«, sie deutet mit dem Kopf auf uns, »haben ihren Drink verschüttet. Und jetzt muss ich jeden einzelnen Chip sauber machen.«

»Also gut, meine Damen«, sagt Bill zu uns und beugt sich über den Tisch. Er sieht nicht freundlich aus. Er schaut uns an, als wäre unser Schicksal, irgendwo tot in einem Graben aufgefunden zu werden, schon besiegelt. Oder zumindest mit gebrochenen Kniescheiben. Als er uns also über die Benimmregeln im Kasino belehrt, denke ich nicht länger nach, sondern stehe schnell auf. Bei meinem hastigen Fluchtversuch werfe ich meinen Stuhl um, was Old Bill wahrscheinlich noch rasender macht, aber ich drehe mich nicht mehr um.

Ich höre, wie Frankie sich entschuldigt: »Sie hat ein bisschen zu viel getrunken. Einundzwanzigster Geburtstag, Sie wissen schon. Ich bringe sie nach oben«, und nehme an, dass sie unsere Chips einsammelt. Wissen kann ich das natürlich nicht, ich renne so schnell wie möglich weg und überlasse es Lourdes und Bill, sich um meine Sauerei zu kümmern.

Im Höchsttempo schlängele ich mich durch das Labyrinth von Spieltischen, ohne ein wirkliches Ziel. Frankie holt mich erst im Flur vor den Fahrstühlen ein. Ich beuge mich vor und stütze mich auf meinen Knien ab, um Luft zu holen. »Verfolgt er uns?«

»Wenn ja, dann nur, weil du so einen Aufstand gemacht hast. Was *sollte* das?«

»Ich dachte, er würde mich verhaften.« Sobald die Worte heraus sind, merke ich, wie lächerlich das klingt. Mit meinem Führerschein habe ich den ganzen Abend keine Probleme gehabt, Lourdes hat ihn überprüft, als wir uns gesetzt haben. Und ich habe bloß einen Drink verschüttet. Na ja, das war ungeschickt, aber ich hab nicht betrogen oder Chips gestohlen oder so.

Das Adrenalin rauscht immer noch durch meine Adern. Ich richte mich auf und lächele Frankie an. »Das hat Spaß gemacht.«

Sie schüttelt den Kopf. »Also, machst du das immer so?«

»Was?«

»Wegrennen? Du bist abgehauen, als wäre der Teufel hinter dir her.«

Sie klingt nicht, als wäre sie sauer, dass ich abgehauen bin und sie im Stich gelassen habe, doch bei ihren Worten dämmert es mir, wie oft ich vor Dingen davonlaufe.

Erst vor wenigen Stunden bin ich vor Nick davongerannt, als ich nicht mehr wusste, was ich sagen sollte. Ich bin bei der Achterbahn geflüchtet, als alle anderen gefahren sind. Ich bin vor Josh Ahmed weggerannt, als es zu brenzlig wurde.

Ich laufe davon. Ich schmeiße alles hin. Ich gebe auf. Das ist meine erste Reaktion, wenn etwas nicht so läuft, wie ich es mir vorstelle.

Ich zucke mit den Schultern. »Vermutlich ist das meine Schwäche.«

»Du bist lustig, Hannah. Ich bin froh, dass ich dich heute Abend kennengelernt habe.« Sie zieht mich an sich und umarmt mich zum zehnmillionsten Mal. »Ich tausch noch die Chips ein und geh dann.« Sie löst sich von mir, ihre Hände bleiben aber fest wie eine Schraubzwinge auf meinen Schultern. »Übrigens, danke für deinen Rat. Du hast wirklich recht mit Nick.«

»Kein Ding«, sage ich und zucke mit den Schultern. »Jederzeit.«

Sie umarmt mich noch einmal, diesmal richtig fest. »Ich fände es toll, wenn wir Freunde bleiben.«

»Ja, klar«, sage ich und mache mich steif. Ich wünschte, sie würde endlich aufhören, mich zu umarmen. »Natürlich bleiben wir das.« Falls Nick nach diesem Katastrophenbesuch noch weiter mein Freund sein möchte, was ich bezweifle.

Irgendwann lässt sie mich los; dann dreht sie sich um, tänzelt in Richtung Kasse und lässt mich zurück, während ich langsam auf den Boden vor den Fahrstühlen sinke.

Tja, das war's dann wohl. Meine Chance bei Nick. Ich habe die beiden buchstäblich in eine Kette gewickelt und das Schloss eigenhändig verriegelt. Aber was hätte ich denn machen sollen. Ich konnte Frankie nicht anlügen. Ich konnte ihr nicht vormachen, dass Nick nicht das Beste ist, was ihr je passieren konnte. So gerne ich ihr geraten hätte, schnellstmöglich das Weite zu suchen und Nick mir zu überlassen, ich hab es nicht übers Herz gebracht. Denn wegzurennen, das ist wohl meine Lösung. Und in Wahrheit passen die beiden gut zusammen. Das sehe ich, selbst durch meine Eifersucht und meinen Kummer hindurch. Ich sehe es und schaffe es nicht, ihn ihr auszuspannen.

Und selbst wenn sie nicht das perfekte Paar sind, sie ist wenigstens bereit, für ihn zu kämpfen, was ich von mir nicht gerade behaupten kann.

Nachdem ich mich ein paar Minuten in Selbstmitleid gesuhlt habe, stehe ich auf und drücke auf den Fahrstuhlknopf, um mich auf den Weg in mein Zimmer zu machen. Ich fühle mich schrecklich allein und es gibt nichts mehr, wovor ich davonrennen kann.

26. Kapitel

Sonntag

Das Beste an Übernachtungen in Hotelzimmern sind die Verdunkelungsvorhänge. Sie halten jeden noch so kleinen Lichtstrahl von außen ab, damit man bis zu unchristlichen Zeiten schlafen kann, herrlich ahnungslos, was das Leben da draußen angeht, bis einen der Hunger eher abends als morgens weckt.

Natürlich ist mir das in dieser Nacht im Planet Hollywood nicht vergönnt, weil sich niemand die Mühe gemacht hat, die Vorhänge überhaupt zuzuziehen. Ich werde vom Sonnenaufgang geweckt, der sich in allen glänzenden Flächen des Las Vegas Strip spiegelt und mir direkt in die Augen funkelt, nur wenige Stunden, nachdem ich zum Zimmer gewankt bin, gegen die Tür gehämmert und Oscar rausgeschmissen habe.

Also quäle ich mich aus dem Bett und zum Fenster, um die Vorhänge zu schließen. Ich ziehe sie fest zu und ärgere mich, weil das Licht Lo überhaupt nicht zu stören scheint; die Kissen auf ihrem Bett bedecken jeden Zentimeter ihres Gesichts. Wie kann sie überhaupt atmen? Trotzig stoße ich gegen ihr Bett, aber sie zuckt nicht einmal. Mann. Es gibt ja wohl nichts Nervigeres als jemand friedlich Schlafenden, wenn man selbst nicht wacher sein könnte. Obwohl es noch früh ist und jetzt schön dunkel. Vielleicht wird es gar nicht so schwer, wieder einzuschlafen.

Doch als ich im Bett die Beine ausstrecke, fällt mir etwas auf. Ich liege allein im Bett. Ich fahre in die Höhe und schaue noch einmal zu Lo rüber, die unter Kissen vergraben liegt. Auch sie ist allein. Ich war so erleichtert über den nicht mehr anwesenden Oscar, dass ich die nicht anwesende Grace gar nicht bemerkt habe.

Wie kann ich nur so betrunken gewesen sein, dass ich nicht einmal das Fehlen meiner Schwester mitgekriegt habe? So viel Alkohol war es doch gar nicht.

Ich ziehe mein Handy vom Ladekabel und überprüfe es. Nichts. Weder eine Nachricht noch ein Anruf von Grace. Ich rufe sie an, doch die Mailbox schaltet sich sofort ein; also tippe ich, so schnell ich kann: **Wo bist du?!?** Dann starre ich auf mein Handy. Sie soll mir antworten! Meine Schlaftrunkenheit von eben ist Angst und Adrenalin gewichen. Liegt sie irgendwo in Vegas tot in der Gosse? Hat Alex sie als Stripperin verkauft, um sich eine neue Gitarre leisten zu können? Warum hat sie mich nicht angerufen?

Mein Kopf sinkt wieder ins Kissen zurück, aber meine Gedanken lassen sich nicht abschalten. All die schrecklichen Dinge, die meiner Schwester zustoßen könnten, ganz allein auf den Straßen von Vegas, schießen mir durch den Kopf. Ich schicke ihr noch eine Nachricht.

Bitte ruf mich so schnell wie möglich an. Ich mache mir Sorgen um dich.

Ein paar Minuten später vibriert mein Handy. Es ist Grace. Gott sei Dank. **Ich bin unten. Komme gleich hoch.**

Erleichterung umhüllt mich wie die Hotelbettdecke. Als der Schlüssel meiner Schwester ins Schloss gleitet und die Tür piept, als sie eintritt, sitze ich aufrecht im Bett, meine Knie noch ganz zittrig vor Angst.

»Wo warst du?«, frage ich, als ihr Gesicht im Türrahmen erscheint. »Ich bin gerade aufgewacht und hab gemerkt, dass du nicht da bist. Ich dachte, du wärst tot oder so.«

Grace' Haare sind unter ihrer Mütze völlig zerzaust. Ich kann ihre Fahne riechen, als würde sie irgendein Eau-de-Likör benutzen. Ihr Make-up ist komplett verschwunden und sie sieht erschöpft aus. Erschöpft, aber glücklich.

»Wieso lächelst du? Weißt du überhaupt, was ich wegen dir durchmachen musste?«

Sie setzt sich aufs Bett neben mich. »Beruhige dich. Mir geht's gut. Alex und ich waren in einer Bar, etwas weiter weg vom Strip. Ich habe gar nicht mitbekommen, wie spät es war. Nirgendwo waren Uhren und man konnte nicht rausgucken und –«

»Dein Handy hat eine Uhr, Grace. Und du musst gewusst haben, dass es spät ist. Du hättest mir wenigstens eine Nachricht schicken können.«

Mir ist klar, dass ich wie Mom klinge. Tatsächlich sogar schlimmer als Mom, die niemals in Panik gerät oder rumkeift. Na gut, bei mir jedenfalls nicht, weil ich nie etwas tue, was sie ausflippen lassen könnte. Aber jetzt kann ich verstehen, warum Mom Grace manchmal anbrüllt. Es sind erst zehn Minuten vergangen, seit ich ihr Fehlen bemerkt habe, und es waren die schlimmsten zehn Minuten meines Lebens.

»Du wusstest doch, dass ich mit Alex zusammen war. Mir ging's gut.«

Ich stehe auf und der ganze Frust, der sich im Verlauf der Nacht aufgebaut hat, entlädt sich. »Das wusste ich nicht, Grace.« Eben habe ich mich bemüht, mit leiser Stimme zu sprechen, weil Lo schläft, aber jetzt ist mir das völlig egal. Dieser Ausbruch gilt auch ihr. »Ich hatte keine Ahnung, wo du hingegangen bist. Ich weiß nichts über Alex, außer dass er sich gegenüber seinem Bruder wie ein Arschloch verhält. Ich habe mir Sorgen gemacht, okay? Tu nicht so, als hätte ich keinen Grund, mich aufzuregen, denn du bist abgehauen und hast mich komplett im Stich gelassen. Das ist ja wohl nicht meine Schuld.«

»Hannah, leise, Lo schläft.«

»Nein, ich will nicht leiser sprechen. Das ist doch alles Mist. Wir sind meinetwegen hierhergekommen, damit ich mich mit Nick treffen kann. Aber alles lief schief, und anstatt mir zu helfen, habt ihr mich wegen ein paar Jungs hängen lassen. Lo hat mich aus dem Zimmer geschmissen, damit sie mit Oscar rummachen kann. Ich saß mitten in der Nacht ganz allein auf dem Fußboden vor den Fahrstühlen. Und du, du bist bei der ersten Gelegenheit abgehauen, stimmt's? Du hast mir gesagt, du würdest mir Informationen besorgen. Und, hast du sie? Was genau hast du für mich herausgefunden?«

»Na ja«, sagt sie und schaut auf ihre Hände. »Wir hatten kaum Zeit, uns richtig zu unterhalten ...«

»Oh, dann hast du das einzige Versprechen, das du mir gegeben hast, nicht gehalten? Ich bin schockiert!«

Lo, die von meinem frühmorgendlichen Ausraster aufgewacht ist, setzt sich in ihrem Bett auf. »Was ist los?«, murmelt sie. Sie trägt immer noch ihre Klamotten von gestern Abend und hat sich nicht die Mühe gemacht, sich abzuschminken, ihr Make-up ist überall auf ihrem Gesicht und den Kissen verschmiert, mit denen sie sich halb erstickt hat. Wenn Oscar sie jetzt bloß sehen könnte.

»Hannah, ich bin total fertig«, sagt Grace und reibt ihre Augen. »Genau wie Lo auch. Wir haben eine Menge zu besprechen, aber im Moment brauchen wir alle Schlaf, okay? Lasst uns ins Bett gehen und in ein paar Stunden können wir reden.«

Ich weiß, dass es in so einem Moment ziemlich zwecklos ist, mit Grace weiterzudiskutieren. Für Argumente ist sie nicht zugänglich, wenn sie nicht genug geschlafen hat. Ich gebe mich geschlagen, krieche ins Bett und drehe mich um, sodass ich ihr den Rücken zukehre.

Ich höre, wie sie im Badezimmer ihr Gesicht wäscht und sich dann umzieht. Ich kann nicht anders, als die Augen darüber zu verdrehen, dass sie sich um sieben Uhr morgens ihren Schlafanzug anzieht und ins Bett legt, während andere Menschen um diese Uhrzeit aufstehen und sich anziehen. Na gut, vielleicht nicht in Vegas. Aber an anderen, normalen Orten ist es nun mal das, was Menschen tun.

Ich schließe die Augen und versuche, wieder einzuschlafen, aber schaffe es nicht. Das bisschen Alkohol, das ich gestern Abend getrunken habe, bevor ich den Rest über Lourdes und den Spieltisch gekippt habe, hat mich schnell in den Schlaf finden lassen. Aber jetzt habe ich keinen Alkohol mehr im Blut. Das Einzige, was noch in meinem Kopf kreist, sind die Erinnerungen an gestern Abend und jedes Detail, das schiefgegangen ist:

Meine Schwester und meine beste Freundin haben mich im Stich gelassen.

Ich habe Jordy geküsst.

Ich habe meine Freundschaft mit Nick zerstört.

Ich habe mehr oder weniger aufgegeben und ihn Frankie überlassen.

Ich gehe alle Szenen immer wieder und wieder durch, von unserer Ankunft im House of Blues bis zur letzten Umarmung mit Frankie. Hauptsächlich konzentriere ich mich auf die Augenblicke mit Nick, tanzend auf der Hochzeit, zusammen oben auf dem Eiffelturm. Aber diese Augenblicke spielen keine Rolle mehr. Ich bin abgehauen. Ich hab alles kaputt gemacht.

In den Schlaf zu finden, ist aussichtslos, vor allem, weil Grace jetzt in mein Ohr schnarcht. Ich krieche aus dem Bett, ziehe mich an, putze mir die Zähne und mache mich auf den Weg nach unten, um mir Kaffee zu holen und einen klaren Kopf zu bekommen.

Das Kasino ist früh am Morgen genauso voll wie spät am Abend, aber das Publikum ist ein ganz anderes. Touristen und Menschen, die ganz offensichtlich nicht in ihren eigenen Hotelbetten geschlafen haben, schlendern durchs Kasino, während ich alleine im Diner sitze und an meinem Kaffee nippe und mir den Kopf zerbreche, was ich jetzt tun soll, wie ich die Sache mit Nick wieder bereinigen kann. Es ist Jahre her, dass ich so lange wach gewesen bin, ohne mit ihm Kontakt zu haben, und ich tippe und lösche mindestens zwanzig Nachrichten an ihn, bevor ich aufgebe. Nach ungefähr zehn Tassen Kaffee nehme ich meinen Koffeinflash mit nach draußen auf den Strip und laufe den Las Vegas Boulevard hoch bis zum Venetian und auf der anderen Straßenseite wieder zurück. Irgendwo in meinem Unterbewusstsein denke ich, dass ich mir die Gegend und die Menschen anschauen sollte. Ich meine, ich bin noch nie in Vegas gewesen. Eben bin ich an ein paar Menschen vorbeigekommen, die mit billigen Kostümen als bekannte Comicfiguren verkleidet sind. Eine traurige Möchtegern-Hello-Kitty-Gestalt hat ihren Kopf aus Pappmaschee abgenommen, balanciert ihn auf ihrem Schoß und raucht dabei eine Zigarette. Doch ich kann mich nur auf all die Fehler konzentrieren, die ich gemacht habe, und die Regeln, die ich in den letzten vierundzwanzig Stunden gebrochen habe, und der lange Spaziergang verrinnt in einem Nebel von Trauer- und Reuegefühlen.

Ein Morgen danach im wahrsten Sinne des Wortes. Nick und ich werden das hier niemals verkraften. Vier Jahre lang sind wir die besten Freunde gewesen, aber beide haben wir es nicht geschafft, ehrlich miteinander zu sein.

Als ich zurück im Planet Hollywood bin, nehme ich den Fahrstuhl nach oben zum Zimmer. Es ist schon fast Zeit auszuchecken und ich will jetzt nur noch nach Hause. Mit von zu viel Koffein zittriger Hand mache ich das Licht an und brülle, so laut ich kann: »Aufwachen, Mädels, wir fahren!«

»Licht aus«, grummelt Grace, dreht sich auf die andere Seite und bedeckt ihren Kopf mit ihrem Kissen.

»Nein«, sage ich. »Ich habe euch lange genug schlafen lassen. Ihr müsst aufstehen, damit wir loskönnen. Es ist schon fast Mittag, wir müssen auschecken. Ich will nach Hause.«

Lo setzt sich auf und reibt sich die Augen. »Ich dachte, wir würden heute an den Pool gehen.«

»Das hatten wir vor, bevor ich die schlimmste Nacht meines Lebens erlebt habe. Jetzt möchte ich nur noch nach Hause. Könnt ihr bitte aufstehen und euch anziehen, damit wir fahren können?«

»Nein«, murmelt Grace.

Ich ziehe ihr die Decke weg und schmeiße sie auf den Fußboden. »Du hast kein Recht, Nein zu sagen. Du hast nicht eine Nacht wie ich hinter dir. Ich möchte keine Sekunde länger in Vegas bleiben. Wenn ich nach Hause fliegen könnte, würde ich das tun, ganz ehrlich, denn der Gedanke, mit euch vier Stunden im Auto verbringen zu müssen, ist der Horror. Aber wenn es keinen anderen Weg gibt, hier wegzukommen, dann nehme ich das in Kauf. Okay, steht jetzt auf. Bevor ich wirklich böse werde.«

»Hannah ...« Lo steht auf und wankt in meine Richtung, aber ich hebe meine Hand und stoppe sie.

»Mit dir will ich auch nicht reden. Los jetzt.«

Vermutlich jagt ihnen mein Tonfall Angst ein. Dieser Kaffee hat mehr bewirkt, als mich nur auf die Beine zu bringen; anscheinend sorgt er dafür, dass ich völlig wahnsinnig klinge. Offensichtlich wollen sie lieber nicht abwarten, was mir noch einfällt. Also, kein Pool, kein Einkaufsbummel, keine Girls Gone Wild. Nur stumm packen, duschen, ins Auto steigen und zurück nach Kalifornien.

Die Rückfahrt hat nichts mit der Hinfahrt gemeinsam. Das Autoradio ist auf irgendeinen 08/15-Vegas-Sender eingestellt, niemand macht sich die Mühe, einen anderen zu suchen. Grace flucht über jedes Auto, das näher als drei Meter an sie herankommt, und Lo sitzt auf der Rückbank, stöhnt über ihre Kopfschmerzen und rollt sich ein, soweit der Gurt es ihr erlaubt.

Ich ignoriere alle beide.

»Ich hab Hunger«, nuschelt Lo von hinten. »Brauche was zu essen. Brauche Kaffee. Brauche einen Kopf weniger.«

»Ich halte nur noch an dieser Tankstelle und dann erst wieder, wenn wir in Kalifornien sind«, sagt Grace. »Ihr könnt in den Shop gehen, wenn ihr irgendetwas braucht.« Keine von uns beiden macht Anstalten, sich zu bewegen, und sie knurrt uns an. »Das ist kein Scherz. Du bist diejenige gewesen, die mich gezwungen hat zu fahren, bevor ich fertig war. Geht pinkeln, essen, was auch immer. Aber tut es jetzt, denn es gibt keinen weiteren Stopp.«

Ich bin gerade dabei, ohne Lo aus dem Auto zu steigen – soll die sich doch um sich selbst kümmern –, da höre ich ein Stöhnen vom Rücksitz und weiß, wie mies es ihr geht. Zu viel Alkohol und Oscar, nicht genug Wasser und Schlaf. Ich kann mir nur vorstellen, in welchem Zustand ihr Kopf gerade ist. Ich mag zwar sauer sein, aber herzlos bin ich nicht.

»Möchtest du irgendetwas?«

»Kaffee«, murmelt sie. »Und Kohlehydrate. Bring mir irgendwelche Kohlehydrate.« Sie kippt auf dem Sitz um und ich laufe in den Tankstellenshop, um uns etwas zu essen zu besorgen. Ich gehe gerade durch die Gänge, als mein Handy in meiner Tasche vibriert. Eine Nachricht.

Ich habe beide Hände voll mit Kaffee und Süßigkeiten für Lo und rege mich auf, dass meine Schwester mir Nachrichten schickt, wenn sie direkt draußen vor der Tür steht. Doch als ich alles auf die Ladentheke stelle und mein Handy hervorhole, sehe ich, dass es gar nicht Grace mit einer Einkaufsliste ist.

Bevor du nach Hause fährst, komm zur Grillparty bei uns zu Hause. Die Band spielt um 16 Uhr. Alex

Darunter steht eine Adresse in Henderson.

Nicks Adresse.

Ungläubig blinzele ich auf mein Handy und wahnsinnig viele Fragen schießen mir durch den Kopf. Warum sollte ich die Band bei einer Party spielen hören? Und warum hat Alex mir die Einladung geschickt?

Ich überlege, sie zu ignorieren, will aber auch nicht unhöflich sein.

Tut mir leid, schon unterwegs.

Ich würde ihn gerne fragen, was das alles soll – aber ganz ehrlich, will ich es wirklich wissen? Wenn Nick mich bei der Party dabeihaben will, wenn er mir etwas zu sagen hat, hätte er mir geschrieben und nicht sein Bruder.

Dreht um.

Ich bezahle die Einkäufe und gehe zurück zum Auto. »Halleluja, ich danke dir«, sagt Lo, als ich ihr einen Kaffee, eine große Flasche Wasser und eine Plastiktüte voller Kohlehydrate in die Hand drücke – von Müsliriegeln und Kartoffelchips bis hin zu Donuts mit Puderzucker. »In meinen Augen bist du gerade eine Göttin.«

»Na ja, ich will ja nicht, dass du Grace' Auto vollkotzt, wenn wir noch eine vierstündige Fahrt vor uns haben. Das wäre für uns alle die Hölle.« Für Grace stelle ich eine Flasche Wasser in den Getränkehalter in der Mittelkonsole und lege einen Müsliriegel dazu. Als der Wagen vollgetankt ist, setzt sie sich ans Steuer, öffnet die Flasche Wasser und trinkt sie aus. Dann lässt sie den Motor an und fährt los, ohne sich auch nur zu bedanken.

Wir fahren ungefähr fünf Minuten in tödlichem Schweigen auf dem Freeway und die ganze Zeit frage ich mich, ob ich Grace irgendetwas von Alex' Nachricht erzählen soll. Ich möchte nicht zu dieser Party gehen, ich will Vegas nur noch im Rückspiegel sehen und nie wieder daran denken müssen. Aber ich wüsste doch gern, ob Alex diese Party meiner Schwester gegenüber erwähnt hat und warum er mich dorthaben will. Und ich muss an Frankies Worte von gestern Abend denken. Laufe ich wieder weg? Wie Lo schon gesagt hat: Für jemanden, der immer die Kontrolle haben will, tue ich sehr wenig dafür, mein Leben in den Griff zu kriegen.

Vielleicht ist das meine Chance. Vielleicht geht es gar nicht darum, die Regeln zu brechen, sondern die Dinge in die Hand zu nehmen, die ich beeinflussen kann. Das bedrückende Schweigen wird mir schon bald zu viel und ich komme einfach nicht von allein auf die Antworten.

»Alex hat mir eine Nachricht geschickt«, sage ich leise.

»Was? Wann?« Grace bemüht sich, ihr offensichtliches Interesse und noch irgendetwas anderes – vielleicht Eifersucht – nicht durchklingen zu lassen, aber sie scheitert kläglich. Ich kenne sie zu gut.

»Gerade eben. Er hat geschrieben, dass die Band heute Nachmittag auf einer Party bei ihm zu Hause spielt und dass ich vorbeikommen soll, bevor wir Vegas verlassen.« Ich räuspere mich und achte darauf, dass meine Stimme ungezwungen klingt. »Weißt du, warum?«

Grace schüttelt den Kopf. »Er hat erzählt, dass sie heute Nachmittag auf irgendeiner Geburtstagsparty spielen, aber mehr weiß ich nicht. Klang nicht, als ob es besonders wichtig wäre.« Sie starrt auf den langen Autobahnabschnitt vor uns. »Wie ist er an deine Nummer gekommen?«

Ich weiß, was sie damit sagen will. Es bedeutet: *Warum hat er dir eine Nachricht geschickt und nicht mir?* Wie ich ihr diese Frage beantworten soll, weiß ich nicht.

»Vielleicht hat er sie aus Nicks Kontaktliste? Keine Ahnung.«

Jetzt starre ich auf die Straße vor uns, auf die trostlose Einöde der Wüstenlandschaft links und rechts und versuche, einen klaren Kopf zu bekommen. Eine ganze

Zeit lang sagt niemand von uns etwas, bis Grace das Schweigen bricht. »Und, willst du nicht hin?«

»Wir sind schon auf dem Weg nach Hause«, sage ich. »Und ich glaube nicht, dass Nick mich sehen will. Nicht nach gestern Nacht.« Wenn Nick mir die Nachricht geschickt hätte, wäre ich auf dieser Party, so schnell wie Grace' Auto es schaffen würde. Aber was bedeutet die Einladung von Alex? Ich hab mit ihm den ganzen Abend kaum ein Wort gewechselt.

»Was war denn gestern Abend?«, fragt Grace.

Ach ja. Grace hat so ziemlich alles verpasst. Ich drehe mich mit einem langen Seufzer zum Fenster. Weil ich immer noch sauer bin, möchte ich ihr eigentlich nichts erzählen. Doch mein Bedürfnis, die Meinung eines anderen zu dem Ganzen zu hören, ist größer als meine Wut; also kläre ich sie auf, was sich zwischen Nick und mir abgespielt hat, einschließlich meines Gesprächs mit Frankie beim Blackjack.

Für eine ganze Weile sagt Grace überhaupt nichts und starrt weiter auf die Straße. Ich möchte auf eine Antwort drängen, gleichzeitig will ich nicht wirklich wissen, was sie dazu sagt, also starre ich auch hinaus.

»Wieso hast du das getan?«, krächzt Lo von der Rückbank. »Warum hast du Frankie wegen Nick ermutigt?«

»Tja«, fauche ich zurück, »gestern Abend war sie die einzige Freundin, die ich hatte, also konnte ich ja nicht wirklich gemein zu ihr sein. Wenigstens wollte *sie* Zeit mit mir verbringen.«

Lo ignoriert meine Spitze. »Ich finde, du solltest zur Party gehen.«

»Warum? Damit Nick mich weiter anbrüllen kann? Damit ich mich noch mehr erniedrige? Wozu soll das gut sein?«

»Alex hält es für eine gute Idee«, sagt Grace.

»Alex und Nick verstehen sich nicht mal.« Ich denke an den Moment mit Nick zurück, als er mir erzählt hat, sein Bruder habe ursprünglich etwas von Frankie gewollt. Davon sage ich meiner Schwester lieber nichts, doch ich finde, es ist ein ziemlich guter Grund, Alex' Absichten, mich auf diese Party einzuladen, infrage zu stellen.

»Tja«, sagt Grace und dreht ihren Kopf leicht zur Seite, um mich anzusehen. »Ich finde auch, dass du hingehen solltest.«

Aber wir fahren weiter und der Abstand zwischen uns und Vegas wird größer und größer.

Sobald wir die Vororte von Vegas hinter uns gelassen haben, besteht die Landschaft aus nichts als Steinbrocken und Schotter. Doch bald taucht vor uns eine kleine Gruppe von Gebäuden auf und mir wird klar, dass wir bereits auf die Grenze zwischen Kalifornien und Nevada zufahren. Und auf die drei aus dem Boden gestampften Kasinos direkt an der Grenze.

Ich schaue zu, wie die Gebäude immer näher und näher kommen, und ich kann sie sehen, die riesige gelbe Achterbahn, deren Gleise sich um das Buffalo Bill's Hotel & Casino winden.

Die Grenze bedeutet, wir verlassen Nevada und damit wird es offiziell, dass ich vor Nick weglaufe und Alex' Einladung ignoriere. Im Grunde genommen will ich Nick nicht mehr sehen, weil in meinen Augen alles zerstört ist, aber ganz sicher bin ich mir nicht. Ich fürchte mich vor etwas, das vielleicht wieder in Ordnung gebracht werden kann, und zwar, weil ich glaube, dass genau dieses In-Ordnung-Bringen mir wiederum Angst machen könnte.

Das ist doch bekloppt, sage ich mir. *So möchte ich nicht leben.*

Also beschließe ich, es nicht zu tun.

»Fahr rechts ran«, sage ich zu Grace. »Ich will mit der Achterbahn fahren.«

27. Kapitel

Wir stehen auf dem überdimensionalen Parkplatz vor dem Buffalo Bill's Resort & Casino und es ist überraschenderweise relativ voll. Ich habe mich gefragt, wer sich die Mühe macht, ein Kasino an der Staatsgrenze zu besuchen, wenn Vegas nur fünfundvierzig Minuten entfernt ist, doch anscheinend lautet die Antwort: alle. Dutzende von Reisebussen stehen am anderen Ende des Parkplatzes und wir müssen ein paar Runden drehen, bis wir eine Parklücke gefunden haben.

Jetzt stehen wir da und die Gleise der gelben Achterbahn sind sehr viel näher und wirken viel gefährlicher als von der Autobahn aus. Keine Ahnung, was ich mir dabei gedacht habe, als ich Grace befohlen habe anzuhalten. Muss wohl einen Schlaganfall gehabt haben oder so.

»Vergiss es«, sage ich. »Ich hab bloß Spaß gemacht. Ich will doch nicht.«

Lo stöhnt von hinten und rollt sich auf die andere Seite.

Grace dreht sich in ihrem Sitz, damit sie mich ansehen kann. »Sieh mal«, sagt sie. »Ich weiß, dass du gerade wütend auf mich bist und ich verstehe das. Wirklich. Aber jetzt musst du mal eine Pause einlegen und dir den Rat deiner großen Schwester anhören, okay?«

Mir irgendwelche Ratschläge von Grace anzuhören, ist nicht gerade das, was ich gern tun möchte, aber vermutlich wäre die Alternative, in diese Achterbahn zu steigen, also lasse ich sie reden.

»Du brauchst nicht bis zum College zu warten, bis du anfängst zu leben, weißt du? Du kannst es jetzt tun.«

Ich starre sie an und schweige.

»Die letzten vier Jahre deines Lebens hast du damit verbracht, überhaupt nichts zu machen. Du lernst, du bekommst gute Noten, aber du lebst nicht. Du warst mit Typen zusammen, die du nicht einmal besonders gemocht hast, damit du möglichst keine echten Gefühle für sie entwickeln konntest. Du hast dich in Nick verliebt und es noch nicht mal vor dir selbst zugegeben. Du sagst immer, dass du dieses oder jenes aufs College verschiebst, aber das ist eine Ausrede.«

»Ist es nicht.«

»Doch, das ist es. Eine lahme Ausrede, damit du dich sicher fühlst und die Kontrolle behalten kannst. Was glaubst du, was im College passiert? Du wirst immer noch lernen müssen und gute Noten bekommen, weißt du? Um ehrlich zu sein, wird es noch schwerer. Und du musst auch arbeiten. Wirst du dann immer noch dein Leben in Warteschleife leben? Weiter nach Ausreden suchen?«

Ich rufe mir die Vorstellung in den Kopf, die ich mir

von meinem Leben im nächsten Jahr an der UCLA gemacht habe. Obwohl mir Grace ständig von ihren Hausarbeiten und Prüfungen erzählt, spielen College-Party-Filme in meiner Vorstellung eine große Rolle, wenn es um die nächsten vier Jahre geht. Tatsächlich ist mein Fokus aber – so gern ich mir auch ausmale, Party zu machen –, eine gute Studentin zu sein. Ich möchte lernen und meine Prüfungen bestehen, und zwar mit guten Noten.

Wenn ich das alles umsetze, wann werde ich dann Zeit für mein Leben haben? Wenn ich mit dem College fertig bin? Wie sieht's dann mit der Uni aus? Oder einem Job? Werde ich dann Zeit haben, Spaß zu haben? Oder wird die Arbeit an erster Stelle stehen und alles andere kommt danach?

Wenn ich länger damit warte, Spaß zu haben, wenn ich weiter vor Neuem davonlaufe, bis ich mein Leben unter Kontrolle habe, wird das jemals eintreffen?

»Ich werde nie irgendwelchen Spaß haben, oder?«

»Du musst dich nicht entscheiden. Es ist kein Entweder-oder. Erfolg oder Spaß. Leben oder Liebe. Es gibt nicht nur eine Tür, durch die du gehen kannst.« Sie fährt sich mit ihrer Hand durch die Haare und schaut mich an. Schaut mich richtig an. »Du kannst beides haben. Das ist in Ordnung. Du musst einfach nur loslegen und etwas tun. Sitz nicht nur da und lass das Leben geschehen. Nimm dir, was du möchtest, egal, was es ist.«

Während sie spricht, spielt sie mit ihrer Tiffany-Kette, und ich denke daran, was sie mit Gabe durchgemacht hat. Was sie für diese Beziehung aufgegeben hat und wie sie jetzt mit nichts dasteht. Aber sie hat mehr als nichts. Zu ihrem Ich gehört so viel mehr. Gabe war nicht alles, was Grace ausgemacht hat. Sie ist UCLA und *Rocker* und meine Schwester. All das gehört zu ihr und das ist der Grund, warum das Ende ihrer Beziehung sie zwar gebrochen hat, aber nur vorübergehend. In ihrem Leben gibt es noch so viel mehr, dass sie wieder auf die Beine kommt.

Ich stütze meine Ellenbogen auf meine Knie und lege meinen Kopf in die Hände. »Ich habe das alles falsch angepackt.« Ich habe so viel verpasst, weil ich nicht weiß, wie man mehrere Sachen auf einmal macht. Weil ich zu große Angst davor habe zu versagen.

»Das schaffst du schon«, sagt Grace, legt ihren Arm um mich und zieht mich an sich. Automatisch will ich mich sperren; nach den letzten paar Stunden, die wir hinter uns haben, möchte ich mich nicht von ihr trösten lassen. Doch stattdessen lasse ich mich in ihren Arm sinken und sie drückt mich fest an sich.

»Gut«, sage ich und setze mich wieder auf. »Ich mache es. Ich fahre mit der Achterbahn. Aber schnell, sonst überlege ich es mir wieder anders.«

»Ich muss doch nicht mit euch beiden in dieses Ding klettern, oder?«, stöhnt Lo.

Ich springe aus dem Auto. »Na klar kommst du mit.« Ich ziehe die hintere Tür auf, beuge mich hinein und ziehe sie in eine aufrechte Position. »Das ist deine Strafe für deine Ausschweifungen gestern, du Königin der Nacht. Du schuldest mir eine Fahrt mit dieser Todesfalle.«

»Hannah. Ich werde furchtbar kotzen.«

»Ist mir egal. Raus.«

Lo quält sich aus dem Auto und wir drei gehen ins Buffalo Bill's und machen uns auf die Suche nach dem Eingang zur Achterbahn.

Es gibt nicht genug Worte in unserer Sprache, um zu beschreiben, wie sehr sich das Buffalo Bill's von den Kasinos unterscheidet, die wir in Vegas besucht haben. Während das Planet Hollywood weiß und rot und glitzernd war, ist das Buffalo Bill's braun und schmuddelig und dekoriert wie in einem Western. Es riecht wie in einem Aschenbecher und wir sind in diesem Schuppen bei Weitem die jüngsten Gäste. Mit vielen, vielen Jahrzehnten Altersunterschied.

»Das ist sicher nicht der richtige Ort, um sich ein paar Typen zu angeln«, flüstert Grace, als wir durch die Tür in das schwach beleuchtete Kasino gehen.

»Das ist sicher nicht der richtige Ort, um irgendetwas zu angeln außer Lungenkrebs«, antworte ich und bemühe mich, den Gestank nach Zigarettenrauch und Schweiß nicht einzuatmen. In den Kasinos in Vegas wird auch geraucht, aber vermutlich sind sie besser belüftet, denn da ist es mir kaum aufgefallen. Hier sickert der Rauch tief in meine Adern.

»Können wir das schnell hinter uns bringen?« Los Gesichtsfarbe wird immer grüner, während wir durchs Buffalo Bill's gehen – eigentlich ist so ein Hautton menschlich gar nicht mehr möglich. »Dieser Ort trägt nichts dazu bei, meinen Brechreiz zu lindern.«

»Strike!«, sagt Grace und zeigt auf ein Schild, auf dem ACHTERBAHN steht. »Hier geht's lang.«

»Ziemlich viele Cowboystiefel hier«, bemerke ich, als

Grace uns durchs Kasino zerrt. Sie geht vorneweg und hält mich an meinem Handgelenk, während ich Los Hand umklammere, ein Gänsemarsch des Jammers.

»Das hier ist wie die Country-Version der peinlichsten Proleten aller Zeiten«, sagt Grace.

Den Kartenschalter ausfindig zu machen, ist nicht annähernd so schwierig wie gestern Abend im New York-New York, hauptsächlich, weil das gute alte Buffalo Bill anscheinend nicht ganz so viel zu bieten hat. Ich klammere mich an die heimliche Hoffnung, dass die Achterbahn geschlossen ist, was gar nicht so weit hergeholt ist, denn wir haben sie noch kein einziges Mal vorbeifahren sehen. Doch wir folgen den Schildern – die Bahn heißt Desperado – und sehen einen gelangweilt aussehenden Typen Mitte zwanzig mit einem Kopfhörerstöpsel im Ohr am Kartenschalter, der mit seinem Handy spielt.

»Hey«, sagt Grace, als wir herankommen. »Ist die Achterbahn in Betrieb?«

»Ich setze sie in Gang, wenn ihr fahren wollt«, sagt er. »Dann hab ich was zu tun.« Seine Stimme klingt rau, als hätte er schon seit Stunden nicht mehr gesprochen.

»Sie lassen die Bahn nur für uns drei fahren?« Ich hoffe, dass er sagt, wir müssten warten, bis alle Wagen voll sind, was natürlich nie passieren wird.

»Klar. Steht sonst nichts an.« Er tippt unsere drei Karten in die Kasse ein und zeigt uns den Eingang zur Bahn.

»Hannah muss ganz nach vorn«, sagt Lo. Sie sieht aus, als ob sie gleich hier auf dem Boden zusammenbricht, sie muss sich an die Stange klammern, hinter der man anstehen müsste, wenn es denn jemanden gäbe, hinter dem man sich anstellen könnte. Ich sollte mich nicht so an ihrem Elend weiden, aber ich kann nicht anders.

Ich bin geradezu hingerissen.

»Ja«, sagt Grace. »Hannah geht nach vorne. Wir sitzen direkt hinter dir.«

Ich starre den Wagen an. Es ist ein langer Achterbahnwagen und wir sind die Einzigen, die darin fahren. Die gesamte Todesfalle ganz für uns allein.

Panik überflutet mich. Mein Herz schlägt wie verrückt, mein Magen kann nicht tiefer sinken und ich schwitze wie in einer Sauna. Dabei haben wir noch nicht einmal einen Fuß in den Wagen gesetzt.

Ich hole tief Luft. »Hey, ihr beiden«, sage ich. Aber ich weiß nicht, ob ich den Gedanken überhaupt zu Ende bringen kann. Laut Schild ist die Desperado eine der höchsten und schnellsten Bahnen im ganzen Land und plötzlich bereue ich, dass mir die Erkenntnis, mein Leben in die Hände zu nehmen, nicht schon zu Hause gekommen ist, wo ich erst einmal eins der Kinderkarussells in Disneyland hätte ausprobieren können.

Grace nimmt meine Hand. »Das schaffst du«, sagt sie. »Denk nicht daran, dass du keine Kontrolle hast, okay? Konzentriere dich auf das Gefühl, frei zu sein. Als ob du fliegen würdest. Das ist nicht beängstigend. Es befreit.«

Lo richtet sich auf. »Hol tief Luft.«

Das tue ich.

»Steigt ihr nun ein, oder was?«, fragt der Typ. Für jemanden, der sich zu Tode langweilt, drängelt er ganz schön.

»Sieht nicht so aus, als ob Sie etwas Besseres zu tun hätten, als auf uns zu warten«, faucht Grace. Ich lächele. Meine Schwester steigt in meiner Gunst wieder höher.

Sie schaut mich an und ich hole noch einmal tief Luft, während ich mir Nicks Gesicht von gestern Abend vorstelle. Er war offen, hat mir seine Gefühle gestanden. Wie anders hätte es ausgehen können, wenn ich, anstatt davonzulaufen, die Kontrolle übernommen hätte und dasselbe getan hätte? Ich male mir aus, wie anders sein Gesicht ausgesehen hätte, wie anders alles gewesen wäre, und an diese Vorstellung klammere ich mich, so gut ich kann.

»Okay«, sage ich. »Auf geht's.«

Ich schwinge mich in den Wagen, ziehe den Bügel über meinen Schoß und drehe mich um, um zu schauen, ob Lo und Grace hinter mir dasselbe tun.

»Das schaffst du.« Grace beugt sich vor und wuschelt mir mit ihrer Hand durch die Haare. »Nicht vergessen: Das Leben kann dir gleichzeitig Angst einjagen und Spaß machen. Der Schrecken ist der Spaß.«

Ich drehe mich wieder um und achte weiter auf meine Atmung. Einatmen. Ausatmen. Einatmen. Ausatmen. Ich kann die Kontrolle abgeben. Es wird mich nicht umbringen. Ich werde mich nicht übergeben.

Die Achterbahn macht ein Geräusch, und bevor ich weiter in Panik geraten kann, fährt sie mit einem Ruck an und wir sind unterwegs. Im Kriechtempo fahren wir durch die Kasinowand und sind im Freien, auf den gelben Gleisen, die wir von der Autobahn aus gesehen haben. Der Wagen wird schneller, und bevor ich begreife, was geschieht, sausen wir mit Höchstgeschwindigkeit los und klettern die gigantische Steigung vor uns hoch.

»Hey Leute!«, brülle ich. Ich mache den College-Vorbereitungskurs in Physik und weiß, was es bedeutet, diese Steigung hier hochzufahren. Wir müssen gleich wieder runter.

Der Wagen klickt, wir klettern höher und höher und mein Magen zieht sich zusammen und meine verschwitzten Hände krallen sich um den Bügel vor mir.

Grace brüllt: »Das schaffst du!« Lo stöhnt bemitleidenswert.

Dann haben wir den höchsten Punkt erreicht. Ich halte einen Moment inne und schaue mich um. Ich sehe die Autobahn, Autos, die vorbeiflitzen. Dort erstreckt sich der Parkplatz und die anderen Kasinos und das Outlet-Center und dahinter viele Meilen Wüste. Trostlos, aber auf seltsame Weise auch schön. Und bevor ich noch weiter darüber nachdenken kann, fallen wir.

Ich brülle.

Der Wagen ist schnell. Wir stürzen in einen dunklen Tunnel, meine Haare wehen mir ins Gesicht und nach hinten und ich habe das Gefühl, die Haut meiner Wangen wird mir gleich vom Schädel gezogen. Der Fall hebt meinen Hintern an und ich klammere mich an den Bügel, so fest ich kann.

Hinter mit brüllt Grace genauso, aber sie brüllt vor Freude und nicht vor Angst. Und als uns der Schwung unserer Abfahrt die nächste Steigung hochbringt, merke ich, dass ich selber gar nicht so viel Angst habe.

Tatsächlich habe ich Spaß.

»Woooooow!«, brülle ich.

»Streck deine Arme in die Luft!«, brüllt Grace, und als wir die nächste Abfahrt runterfahren, die sich in einer irren Spirale windet, versuche ich es. Ich nehme erst eine Hand vom Bügel, dann die andere, und während wir runtersausen, schaue ich auf die sich ewig ausdehnende Wüste und habe das Gefühl, dass ich fliege. Ich fühle mich frei.

Es ist unglaublich.

Unsere Achterbahnfahrt ist viel zu kurz. Bevor ich es überhaupt mitbekomme, fährt der Wagen wieder ins Kasino hinein und die Fahrt ist vorbei. Ich löse den Bügel und springe zurück auf die Plattform. Lo kriecht aus dem Wagen, rennt in die Ecke zum Mülleimer und kotzt hinein.

»Und?«, fragt Grace.

Ich weiß nicht, wie ich es ihr erklären soll. Das Gefühl loszulassen. Das Gefühl, zu fallen und frei zu sein und keine Angst vor dem Sturz zu haben, mich einfach mitnehmen zu lassen.

Ich bemühe mich, das alles in Worte zu fassen, doch als ich es nicht schaffe, sage ich bloß: »Ich will noch mal fahren.«

28. Kapitel

Wir fahren noch drei weitere Male mit der Desperado – eine gute Investition meines übrig gebliebenen Spielgewinns. Okay, Grace und ich fahren. Lo rennt aufs Klo, während wir uns neue Tickets holen. Bei jedem Mal habe ich mehr Spaß, kreische bei jedem freien Fall, werfe die Hände in der Spirale in die Luft. Ich lache, ich brülle, ich weine fast, so viel Spaß habe ich.

Bei unserer dritten Fahrt, als wir auf unserem Weg zum höchsten Punkt sind, angelt Grace nach ihrer Tiffany-Kette und öffnet den Verschluss. Sie hält die Kette in ihrer Hand, als wir ganz oben stoppen, und dann, als der Wagen sich nach unter neigt, um mit voller Geschwindigkeit in die Tiefe zu rasen, streckt sie die Arme in die Luft, öffnet ihre Hand und lässt die Kette los.

Als wir aus dem Wagen steigen, beuge ich mich nach unten, stütze meine Hände auf die Knie und atme tief durch. »Ich glaub's nicht, dass du das getan hast«, sage ich. »Diese Kette war teuer, Grace.«

Grace zuckt mit den Schultern. »Du wolltest nicht mit

der Achterbahn fahren, hast es aber trotzdem gemacht, und du fandest es großartig.« Sie fährt sich mit der Hand durchs Haar. »Da habe ich mir gedacht ... das hätte ich schon lange tun sollen.«

Ich will nicht so etwas Geschmackloses sagen von wegen, wie stolz ich auf sie bin, stattdessen nehme ich sie fest in den Arm. Dann richte ich mich auf, schaue sie an und sage: »Ich muss zu dieser Party.«

Es wäre eine Lüge zu behaupten, dass ich nicht während jeder Fahrt mit der Achterbahn an Nick gedacht hätte. Ich versuche, meine Ängste zu besiegen, und sosehr ich mich davor gefürchtet habe, die Kontrolle zu verlieren, fürchte ich auch, Nick zu verlieren. Okay, er ist mit Frankie zusammen und er ist wütend auf mich. Aber das reicht nicht, um eine vier Jahre lange Freundschaft in die Brüche gehen zu lassen. Vielleicht kann ich nicht mit ihm zusammenkommen, aber ich kann Vegas nicht hinter mir lassen, ohne das in Ordnung zu bringen. Ich darf nicht einfach wegrennen. Klar, ich weiß nicht, was passiert, wenn ich bei dieser Party auftauche, aber schlimmer als jetzt kann es zwischen ihm und mir nicht mehr werden. Wenn Grace es schafft, sich von Gabe zu lösen, dann kann ich mich ohne Wenn und Aber meinen Gefühlen stellen. Ich muss das in Ordnung bringen. Mit ihm sprechen. Mich entschuldigen. Ich möchte meinen besten Freund wieder zurück.

Grace legt ihre Arme um meine Schulter und drückt mich. »Komm, wir holen Lo, und dann nichts wie weg hier.«

Lo wartet vor dem Eingang der Desperado auf uns und

trinkt Cola. Ihr Gesicht ist schon etwas weniger grün und sie lächelt uns matt zu, als wir sie erreichen. »Vier Mal?«, fragt sie.

Ich nicke. »Ich habe mich verliebt. Du kannst meine Trauzeugin sein, wenn ich die Desperado heirate.«

»Du musst etwas total Durchgeknalltes anstellen, wenn wir nach Hause kommen. Ich mache eine Liste mit verbotenen Aktionen, die du ausprobieren kannst.« Sie steht von ihrem Stuhl auf und umarmt mich.

»Nicht gleich übertreiben«, sage ich und wir lachen alle, als wir nach draußen zum Auto gehen.

Ich gebe Nicks Adresse in Grace' Navi ein und wir machen uns – wesentlich besser gelaunt als noch vor einer Stunde – zurück auf den Weg nach Vegas. Meine Wut auf die beiden ist verraucht. Stattdessen bin ich nervös, ganz ähnlich wie gestern, als ich auf der Herfahrt Schmetterlinge im Bauch hatte. Wird Nick sich freuen, wenn er mich sieht? Wird es die Sache nur schlimmer machen, wenn ich bei dieser Party auftauche? Ich glaube nicht, dass Alex mich eingeladen hätte, wenn Nick mich wirklich nicht dabeihaben wollte, aber wer weiß. Ihre Beziehung war schon immer seltsam.

Die Fahrt in der Achterbahn hat mir Mut gemacht, doch mein Kopf gibt trotzdem keine Ruhe und ich stelle mir alle möglichen Dinge vor, die schiefgehen könnten.

»Sagst du ihm Bescheid, dass wir kommen?«, fragt Grace.

»Nein. Diesmal freue ich mich auf die Überraschung. Hoffentlich zahlt sie sich aus.« Ich greife im Fußraum nach meiner Handtasche und fische ganz unten auf dem

Boden nach der Clown-Münze. Ich habe sie heute Morgen beim Packen zusammen mit meinem Portemonnaie hineingeworfen, doch jetzt möchte ich sie wieder bei mir tragen. Ich streiche mit meinem Daumen über die Prägung und stecke sie in meine Hosentasche.

Ich drehe mich zu Lo um, die jetzt aufrecht sitzt und ein bisschen weniger elend aussieht. »Und es macht dir wirklich nichts aus, mir zu helfen?«

Sie beugt sich nach vorn, so weit, wie der Gurt es ihr erlaubt, und greift nach meinem Arm. »Hannah, es tut mir leid wegen gestern Abend. Ich habe keine Ahnung, was in mich gefahren ist.«

Grace kichert hinter dem Steuer. »Äh, ich glaube, er hieß Oscar.«

Lo verdreht die Augen. »Du weiß doch, wie ich bin. Du hattest Nick und ich wollte auch mit einem süßen Typen Spaß haben. Aber dir den Abend verderben, das wollte ich nicht.«

»Ich hab mich aber nicht mit einem süßen Typen amüsiert. Ich hatte Stress mit einem Typen, der eine Freundin hat.«

»Weiß ich ja.« Sie lehnt sich wieder zurück. »Aber die nicht zu übersehende sexuelle Spannung zwischen dir und deinem besten Freund hat mich schon immer fertiggemacht. Ich wollte, dass du etwas dagegen unternimmst, weißt du? Vermutlich habe ich auf meine verdrehte Art gedacht, wenn ich dich allein lasse, bekommst du das hin.«

»Du und Hannah, ihr seid als beste Freundinnen wie geschaffen füreinander«, sagt Grace und stößt mich über die Mittelkonsole mit dem Ellenbogen an. »Hannah braucht jemanden, der sie ab und zu aus ihrer Komfortzone zerrt, selbst wenn sie brüllt und um sich tritt. Der versucht, sie dazu zu bringen, die Initiative zu ergreifen.«

Ich schnaube. »Aber nicht zu viel Initiative, bitte. Kannst du dir vorstellen, wie wir beide im selben Hotelzimmer rummachen?«

»Anstatt dich im Dunkeln zu verstecken und uns dabei zuzuschauen?« Sie beugt sich wieder vor und zwinkert mir zu. »Warum hast du wie eine Spannerin im Bett gelegen, du Spannerin?«

»Ich wollte mich im Selbstmitleid wälzen, wegen Nick! Du hast mich in meinem Unglück gestört!«

»Wir beide sind echt ein Paar, oder?«

Ich drehe mich in meinem Sitz um, um sie zu umarmen, aber weil ich nie im Leben meinen Gurt in einem fahrenden Auto lösen würde, begnüge ich mich damit, ihre Schulter zu tätscheln. »Hast du vor, wieder was mit Oscar anzufangen?«

Sie zuckt mit den Schultern und grinst mich durchtrieben an. »Vielleicht tue ich das, wenn du das mit deinem besten Freund geradebiegen kannst.«

Ich drehe mich wieder um und starre auf den langen Autobahnabschnitt, der sich vor uns ausstreckt. »Das ist der Plan.«

29. Kapitel

Wir nehmen die Ausfahrt in Henderson und sind jetzt laut Navi nur noch ein paar Minuten von Nicks und Alex' Haus entfernt. Ich klappe die Sonnenblende nach unten und versuche verzweifelt, meine Frisur und mein Make-up im Spiegel in Ordnung zu bringen. Wir haben das Hotel so überstürzt verlassen, dass keine von uns auch nur ansatzweise annehmbar aussieht. Auch wenn ich weiß, dass ich mir keine Hoffnungen zu machen brauche, was Nick und meine romantische Zukunft betrifft, möchte ich trotzdem, dass seine letzte Erinnerung an mich im echten Leben eine positive ist. Am Telefon hat er mich zwar schon mal ganz unten erlebt, aber er muss mich ja nicht zu Gesicht bekommen, wenn ich wie ausgekotzt aussehe. Das Letzte, was ich gebrauchen kann, ist, dass ihn mein fertiges Gesicht von meiner Entschuldigung ablenkt.

»Wir sind da«, sagt Grace und biegt in eine Straße mit älteren Häusern, die sich wie ein Ei dem anderen gleichen. Ich habe Alex geschrieben, dass wir unterwegs sind, aber außer der Tatsache, dass die Band da sein wird, habe ich keine Ahnung, was mich erwartet. Normalerweise würde mich das fertigmachen, ich wäre wie gelähmt, doch im Moment macht es mir nichts aus. Ich will nur die Sache zwischen mir und Nick in Ordnung bringen.

Wir müssen ein bisschen weiter weg parken, weil Autos in der Einfahrt und überall am Straßenrand stehen. »Okay, Mädels«, sage ich. »Jetzt geht's ums Ganze.«

»Das kriegst du hin«, sagt Lo. Grace tätschelt ermutigend mein Bein.

»Ich hoffe.« Ich lächele sie an. »Danke.«

Wir gehen in Richtung Haus. Musik dröhnt uns aus dem Garten entgegen. Kurz bevor wir da sind, höre ich meinen Namen. Alex springt von der Ladefläche eines Pick-ups, der am Rand der Auffahrt parkt.

Ich winke ihm zu und aus dem Augenwinkel sehe ich, wie sich Grace' Gesicht zu einem breiten Lächeln verzieht.

Während unserer Zeit in Vegas habe ich Alex nicht viel Beachtung geschenkt. Ich habe mich auf Nick konzentriert und ehrlich gesagt hat Nick mir nie ein sehr schmeichelhaftes Bild von seinem Bruder vermittelt. So war es gestern ganz selbstverständlich für mich, ihm aus dem Weg zu gehen, und er hat es mir leicht gemacht, weil er bei jeder sich bietenden Gelegenheit mit meiner Schwester verschwunden ist. Jetzt jedoch, als ich ihn ansehe, kann ich verstehen, warum Grace ihn unter all den Konzertbesuchern damals herausgepickt hat.

Er ist eine ältere Version von Nick, nur nicht so in sich gekehrt und punkiger, mit bunten Vogel-Tattoos auf seinem rechten Arm und einer Tätowierung irgendeines rätselhaften Spruchs, der halb unter seinem V-Ausschnitt zu sehen ist. Und als meine Schwester ihn anlächelt, grinst er zurück – es ist eine Kopie von Nicks wunderbarem Lächeln, nur etwas cooler.

»Ich freue mich, dass ihr da seid.« Er steckt seine Hände in die Taschen seiner Kapuzenjacke und schaut zwischen Grace und einem Riss in der Einfahrt hin und her, ohne mich auch nur anzusehen. »Hannah, kann ich dich einen Moment unter vier Augen sprechen?«, murmelt er in Richtung Boden.

Ich erhasche für einen kurzen Moment den enttäuschten Gesichtsausdruck meiner Schwester, doch sie verwandelt ihn in ein zaghaftes Lächeln. »Wir sind da drüben«, sagt sie und geht mit Lo zur Straße.

Alex setzt sich wieder auf die Ladefläche des Pick-ups. Er lässt seine Beine baumeln wie ein kleiner Junge auf dem Spielplatz und zeigt auf den Platz neben sich. Ich schwinge mich neben ihn.

»Also, äh, danke, dass du gekommen bist.«

»Klar, kein Problem.« Ich versuche, meine Stimme neutral zu halten, aber das hier ist megapeinlich. Er konzentriert sich ganz auf die Schuhe an seinen hin und her schwingenden Füßen und mir wird klar, dass ich etwas sagen muss, damit die ganze Situation nicht zu schräg wird.

»Also, geht es um Grace?«, frage ich. »Oder um Nick? Ich will es bloß wissen, um mich darauf einzustellen.«

Er lacht nervös auf. »Mann, deine Schwester ist umwerfend, aber das ist ja kein Geheimnis. Dafür brauche ich deine Hilfe nicht.«

Ich würde gerne lächeln, denn Himmel, wie süß ist das denn, doch das geht schlecht, wenn einem das Herz bis zu den Füßen gerutscht ist. Es kostet mich alle Anstrengung, so lässig wie möglich zu krächzen: »Dann ist es also wegen Nick?« Die Cooper-Brüder stehen sich nicht sehr nahe. Nick hat mir oft gesagt, dass ich sehr viel mehr über ihn weiß als sein Bruder, und Alex scheint keine Gelegenheit auszulassen, um Nick auf irgendeine Weise zuzusetzen. Warum mischt er sich jetzt in unsere Freundschaft ein?

Alex zieht ein Bein zu sich hoch auf die Ladefläche, setzt sich darauf und dreht sich zu mir, um mich anzusehen. »Pass auf, Hannah. Ich weiß, dass ich nicht immer ein toller Bruder für Nick gewesen bin, okay? So sind wir nun mal. Es sind nur wir zwei und unser Dad, weißt du? Du hast ja eine Schwester. Du kennst das.«

Ich zucke mit den Schultern. Soviel ich weiß, lässt sich meine Beziehung zu Grace mit seiner Beziehung zu Nick ungefähr genauso gut vergleichen wie das Planet Hollywood mit dem Buffalo Bill's, aber das gehört jetzt nicht zur Sache, glaube ich.

»Ich kann manchmal ein ganz schönes Arschloch sein. Ist mir schon klar.« Er streckt seine Hand aus und rückt seine Kappe zurecht, dabei kratzt er sich am Hinterkopf. »Aber ich kenne meinen Bruder gut genug. Im Moment ist er wütend, aber er würde es total bereuen, wenn er dich so aus Vegas wegfahren lässt. Er steht sich immer wieder selbst im Weg und diesmal kann ich das nicht zulassen.«

Ich drehe meine Haare in einen Knoten und lasse mir Alex' Worte durch den Kopf gehen. Dann fällt mir wieder das Geständnis ein, das Nick mir gestern Nacht oben auf dem Eiffelturm gemacht hat.

»Hat das mit Frankie zu tun?«

Er schüttelt den Kopf und lacht. »Nee, Mann. Das ist noch ein ganz anderes Kapitel.«

Meine Augen werden schmal. »Dann hast du mich also nur eingeladen, weil du Nick helfen willst? Echt jetzt?«

»Ich weiß, dass du mir nicht glaubst, aber ...« Er schüttelt wieder den Kopf, als könnte er selbst nicht fassen, was er gerade sagt. »Ich hab das Gefühl, dass ich ihm das schulde. Er ist mit dir in Kontakt geblieben, während ich mich nie mehr richtig bei Grace gemeldet habe, nachdem wir uns getroffen hatten. Ich habe mich bei Nick nach ihr erkundigt und so, aber selbst habe ich nicht die Initiative ergriffen.«

Das verblüfft mich. »Wieso denn nicht?«

»War dafür zu cool, vermutlich.« Seinem Lachen fehlt jede Spur von Humor. »Blöd von mir. Doch als ihr dann gestern Abend aufgekreuzt seid und Grace plötzlich da war, Mann, da dachte ich, das ist ein Zeichen des Universums oder so. Es war echt seltsam.«

Ich öffne meinen Mund, um zu antworten, und bin im Begriff, ihm zu sagen, dass ich mir ziemlich sicher bin, dass sie – auch wenn sie ihre Tiffany-Kette aus der Achterbahn geworfen hat – keine Absicht hat, in nächster Zeit irgendeine feste Beziehung einzugehen, als er die

Hand hebt und mich stoppt. »Ich habe keine Ahnung, was zwischen dir und meinem Bruder gestern Nacht gewesen ist. Aber das spielt ja auch keine Rolle. Ihr beide kennt euch schon so lange. Du bist wichtig für ihn. Und ich weiß, dass du denkst, ich bin ein Arschloch, und vielleicht bin ich das auch, aber Nick ist mein Bruder, und, na ja, du weißt ja, dass er manchmal Schwierigkeiten hat, das Richtige zu sagen. Unter Leuten zu sein, ist ihm nie leichtgefallen, und ich möchte, dass er glücklich wird. Ich möchte nicht, dass er so ein Idiot ist wie ich.«

Bei seinem Geständnis verschlägt es mir die Sprache. Ich starre nach unten auf meine Knie und versuche, das alles zu verarbeiten, dann schaue ich wieder zu ihm hoch. Ich öffne den Mund, bringe allerdings nichts heraus.

»Egal«, sagt er, »kommt ihr mit in den Garten zur Party? Nick weiß nicht, dass ihr hier seid, und ich dachte, na ja, wir könnten eine Überraschung daraus machen. Wie gestern Abend, nur hoffentlich erfolgreicher.«

»Klar«, sage ich. »Solange du mir nicht irgendwelche Familiengeheimnisse der Coopers anvertraust oder so. Weitere Katastrophen verkrafte ich nicht.«

Dann mal los. Ich bin hergekommen, um mit Nick zu sprechen und das zwischen uns in Ordnung zu bringen. Die Tatsache, dass sein Bruder mir dabei helfen will – tja, vermutlich macht das alles einfacher für mich.

Alex lächelt und hilft mir von der Ladefläche des Pickups hinunter. Ich winke den Mädchen zu, die auf der anderen Straßenseite auf dem Bordstein sitzen und uns beobachten. Sobald Grace nah genug ist, legt Alex seinen Arm um ihre Schulter, zieht sie an sich und küsst sie auf den Kopf. »Bin froh, dass ich dich wiedersehe, Sexy.«

»Offenbar überraschen wir Nick«, erkläre ich den beiden und zucke mit den Schultern.

»Perfekt!«, ruft Lo. »Ich liebe gute Überraschungen. Und gestern Abend war so eine Pleite, wir brauchen einen neuen Anlauf.«

Anstatt durch die Haustür zu gehen, öffnet Alex ein Gartentor neben dem Haus. Er hält den Finger auf den Mund, als wir an ihm vorbeigehen, dann schließt er das Tor leise wieder. »Okay«, flüstert er. »Nick ist hinten, aber er soll euch jetzt noch nicht sehen.«

»Eigentlich gibt es wirklich keinen Grund zu flüstern«, sagt Lo. »Wir konnten die Musik von der Staatsgrenze aus hören.«

Alex verdreht die Augen, aber wir drei können nicht anders, wir müssen lachen.

»Na gut«, sagt er mit normaler Stimme. »Die Band wird in, na, sagen wir, fünf Minuten anfangen. Es wäre am besten, wenn Nick noch nicht weiß, dass ihr hier seid. Vielleicht könnt ihr Mädels ja für ein paar Augenblicke hierbleiben. Okay?«

»Ach, so stellst du dir das vor? Du lässt uns einfach hier hinten stehen?« Ich weise mit meiner Hand auf die drei Mülleimer, den Schuppen und den Rasenmäher. »Und wie soll die Überraschung funktionieren?«

»Oh, das werdet ihr schon merken. Versprochen. Bleibt einfach hier und passt auf.« Er zieht an den Bändern seines Kapuzenpullovers. »Wollt ihr ein Bier oder sonst irgendwas?«

Bei der Erwähnung von noch mehr Alkohol gibt Lo ein Würgegeräusch von sich, doch Grace nickt begeistert. Ich denke an den letzten Abend zurück und wie meine ersten Drinks dazu geführt haben, dass ich Schlabberzungen-Jordy geküsst habe und von der Spielhallenaufsicht beinahe ins Jenseits befördert worden wäre, und mir läuft ein Schauer über den Rücken. »Ich hab keinen Durst«, sage ich. »Danke.«

Eine Minute später kommt Alex mit einem roten Plastikbecher voll Bier für Grace zurück, und während er sie an sich zieht und küsst, inspiziere ich die abgeblätterte Farbe an der Hauswand. »Okay, Hannah«, sagt er, sobald er seinen Mund wieder zur freien Verfügung hat. »Bist du bereit?«

»Ehrlich gesagt, nein. Ich habe keine Ahnung, was ich tun soll.« Dass ich Alex komplett die Kontrolle überlasse, verursacht mir genauso viel Herzklopfen wie die Fahrt mit der Desperado. Aber ich klammere mich an den Gedanken, wie viel Spaß ich letztendlich hatte; das berauschende Gefühl des freien Falls, der Nervenkitzel der Geschwindigkeit und der Wind in meinen Haaren. Ich muss Alex vertrauen.

»Wartet einfach auf das Zeichen.«

»Was für ein Zeichen?«, frage ich, doch er verschwindet in Richtung Partylärm und lässt mich noch verwirrter zurück.

»So, und jetzt?« Ich schaue die Mädchen an, in der Hoffnung, dass sie irgendwelche Antworten für mich haben. Eine ziemlich absurde Hoffnung, denn Alex hat sich das ja alles ausgedacht, und der ist eben abgezogen, um die Instrumente aufzubauen.

Grace nimmt einen großen Schluck Bier aus ihrem Becher und dann zuckt sie mit den Schultern. »Vermutlich warten.«

30. Kapitel

Sieben Minuten, fünf Spinnen und fünfzehn Blicke um die Ecke später verstecken wir uns immer noch in dem Gartenabschnitt zwischen der Hauswand und dem Zaun, der das coopersche Haus vom Nachbargrundstück abtrennt. Ich rubbele meine Münze, als könnte ein Flaschengeist aus ihr steigen, während Grace eine Solo-Tanzeinlage zur Musik hinlegt, die aus den Lautsprechern im Garten dröhnt. Lo, die von all der überschüssigen Energie genervt ist, steckt ihren Kopf in den Schuppen, zieht ein paar alte Handtücher heraus und breitet sie auf dem Gras aus, damit wir uns hinsetzen können.

»Ich fasse es nicht, dass du nicht kurz vorm Durchdrehen bist, Hannah«, sagt Grace und wirbelt im Kreis herum. Sie hat recht. Alex' Mangel an Information nervt mich zwar ein bisschen, aber davon abgesehen bin ich Zen-mäßig gelassen, obwohl ich buchstäblich keine Idee habe, worauf wir warten.

»Und, was hast du vor, wenn du Nick siehst?« Lo dreht sich um und lehnt sich an meine hochgezogenen Knie und ich greife nach einer ihrer Haarsträhnen und fange an, ihr die Haare zu flechten, um meine Hände und meinen Kopf beschäftigt zu halten. »Wenn wir daraus wirklich eine Monsterüberraschung machen wollen, solltest du auf die Bühne rennen, Jordy das Mikro klauen und einen Song für ihn singen oder so.«

»Nein! Was für eine grauenhafte Idee! Nick würde das hassen.« Mir schaudert bei dem Gedanken. »Kannst du dir das nicht vorstellen? Alle zücken ihre Kameras und laden die Fotos auf Instagram hoch? Wenn überhaupt, würde das ihn nur darin bestärken, nie wieder mit mir zu sprechen.«

»Na ja, glücklicherweise hast du Frankie als Vorsitzende deines Fanclubs«, sagt Grace. »Und Nick vergöttert dich. Du könntest von ganz oben aus der Stratosphäre hinunterbrüllen und wüsstest, dass er dir vergibt.«

Bevor wir uns ernsthaft einen Plan einfallen lassen können, der keine öffentliche Demütigung beinhaltet, verstummt die laute Musik und wird von einem Schlagzeug abgelöst und dem Geräusch von Gitarren, die gestimmt werden. Die Band ist bereit.

»Ich glaube, das ist das Zeichen«, sagt Grace, reicht Lo und dann mir die Hand und hilft uns hoch.

Ich klopfe mir den Dreck von meiner Jeans und spähe zum millionsten Mal um die Ecke des Hauses. Der Garten ist voller Menschen, sehr viel mehr, als es den Anschein hatte, selbst angesichts der vollgeparkten Straße. Die Band hat die Instrumente hinten in der rechten Ecke des Gartens aufgebaut, direkt gegenüber unserem Versteck, und die Jungs spielen sich ein, bereit für ihren Auftritt.

»Kannst du Nick sehen?«, flüstert Lo. Sie hält sich an meinen Schultern fest und streckt sich. »Wo ist er?« Wir haben ihn entdeckt, als wir zum ersten Mal um die Ecke geschaut haben, aber seitdem ist er verschwunden. Ich habe keine Ahnung, wie diese Entschuldigung funktionieren soll, wenn ich nicht mal weiß, wo er ist.

Doch dann spielt das keine Rolle mehr, denn Jordy schnappt sich das Mikro, und bevor er anfängt zu sprechen, klopft er ein paar Mal darauf. »Hey, Leute, wie geht's? Danke, dass ihr gekommen seid. Wir haben heute ein paar neue Songs für euch.«

Ein Jubeln geht durch die Menge und die Jungs auf der Bühne lachen alle. »Ich weiß, ihr liebt unseren alten Kram, aber wir haben an ein paar neuen Liedern gearbeitet und ihr, unsere besten Freunde, seid die Ersten, die diese neuen Nummern hören dürft.«

Irgendjemand in der Menge jubelt und ein Mädchen brüllt: »Jordy, ich liebe dich!« Ganz klar, die hat ihn noch nie geküsst.

»Okay, wenn euch diese neuen Songs gefallen, vergesst nicht, es Nick zu sagen. Mr Sensibel hat schwer dafür gearbeitet.« Jordy schüttelt den Kopf. »Diesen hier wollten wir gestern Abend im House of Blues zum ersten Mal spielen, aber Nick hat in der letzten Minute einen Anfall gekriegt und uns bekniet, ihn wegzulassen, was ich inzwischen verstehe. Egal, ich glaube, ihr werdet ihn mögen. Er heißt *Haunted.*« Dann zählt Jordy ein schnelles »One, two, three« ins Mikro, während Drew am Schlagzeug den Takt mitschlägt, und Automatic Friday setzt zu einem Song an, den ich noch nie zuvor gehört habe.

Ich versuche, mich darauf zu konzentrieren, aber Jordys Ankündigung will mir nicht mehr aus dem Kopf.

»Was meinte er damit?«, frage ich die anderen, ohne mich von der Band und der Zuschauermenge wegzudrehen. Nick habe ich immer noch nicht entdeckt. »Dass wir es Nick sagen sollen, wenn uns die Songs gefallen? Was heißt das?«

Keine von ihnen antwortet mir und ich dränge auch gar nicht mehr auf eine Antwort, denn genau in dem Moment kommt Nick durch die Glastür aus dem Haus. Er geht nicht runter auf die Terrasse. Er bleibt genau dort stehen, eingerahmt von der Schiebetür. Er hat ein schlichtes graues T-Shirt und Jeans an und er trägt seine Brille und seine Haare sind zerzaust, aber nicht auf eine *Ich-hab-für-diesen-Look-zehn-Minuten-vor-dem-Spiegel-gestanden*-Weise, sondern eher wie in *Ich hab die Nacht kein Auge zugetan und dann meine Haare mit dem Schuh gekämmt.*

Er sieht umwerfend aus.

Er hält einen roten Plastikbecher in der Hand und hat seinen Blick fest auf Jordy geheftet. Sein Mund bewegt sich, als würde er da oben auf der Bühne stehen, und zum ersten Mal, seit Jordy angefangen hat zu singen, achte ich auf den Text.

Some people have a love story
But we have a ghost story
You haunt my every space
I see nothing but your face

Jordy singt die Worte, aber Nick singt sie stumm mit, als gehörten sie ihm, und in meinem Kopf fallen endlich alle Puzzleteile zusammen.

Wieso Nick beinahe ein Mitglied der Band ist.

Womit er mich überraschen wollte.

Warum Jordys Komplimente so einfallslos waren.

Warum Alex wollte, dass ich die Band spielen höre.

Es ist nicht Jordy, der die Songs für Automatic Friday schreibt.

Es ist Nick.

Das ist das Zeichen, ich weiß es, und ich bin schockgefroren. Erstarrt. Ich spüre, dass die Mädchen hinter mir genau wie ich begriffen haben, aber ich drehe mich nicht um, um mich zu vergewissern, weil ich meinen Blick nicht von Nick lösen kann, der leise mit dem Fuß auf den Boden klopft und mitsingt. Ich beobachte ihn, wie er sein Handy aus der Tasche zieht. Er starrt es an, sein Daumen schwebt über dem Display. Er runzelt die Stirn und schiebt es in seine Tasche zurück, sieht enttäuscht aus, zieht an seiner Kette, bis die Münze mit den Geistern über dem T-Shirt liegt, dann versteckt er sie wieder.

Irgendwann reiße ich mich aus meiner Erstarrung, drehe mich um und sehe, wie Grace und Lo die Augen förmlich aus den Gesichtern fallen.

»Hannah«, sagt Lo und gräbt ihre Finger in meinen Arm. »Was wirst du jetzt tun?«

Ich ziehe mein Handy aus der Tasche und tippe eine Nachricht an Nick.

Das ist mein neuer Lieblingssong.

Ich drücke auf Senden und spähe wieder um die Ecke. Ja, ich bin eine Spannerin, aber es ist mir die Sache wert, als ich sehe, wie er sein Handy wieder herauszieht. Er schaut aufs Display, lächelt und dann lässt er seinen Blick hektisch über die Menge wandern. Genau in diesem Moment beendet Jordy den Song, also murmele ich »Wünscht mir Glück« in Richtung Grace und Lo und gehe los, über den Rasen, der voller fremder Leute ist, direkt in Richtung Glastür.

Da steht er. Mein Nick. Mein bester Freund. Seine Brille sitzt ein bisschen schief, ähnlich wie seine Frisur. Seine Finger, die mir Tausende von Malen Nachrichten geschrieben haben, klopfen jetzt nervös gegen seine Oberschenkel. Seinen Mund, der über meine Witze lacht und mir Geheimnisse anvertraut, hat er zu einem Strich zusammengekniffen, ernst und schmal, während sein Blick über die Menge schweift.

Er sucht mich.

Zum ersten Mal, seit ich die Treppe hinuntergerannt bin, um Lo und Grace diesen Kurztrip vorzuschlagen, höre ich auf zu denken. Ich mache mir keine Sorgen, ob ich unsere Freundschaft ruiniere oder was mit Frankie ist oder um irgendwelche Regeln, die ich breche. Etwas in mir wird ganz hell, als er mich entdeckt, und ich überwinde die Kluft zwischen uns, als wäre er ein Magnet, der mich anzieht. Und als ich bei ihm bin, hebe ich beide Hände, ziehe sein Gesicht zu mir herunter und küsse ihn.

31. Kapitel

In dem Moment, als meine Lippen auf seine treffen, bleiben meine Gedanken stehen und die Gefühle, die sich über vier Jahre aufgestaut haben – Verwirrung, Sehnsucht und Verlangen –, übernehmen.

Das ist der Moment.

Jetzt passiert es.

Nicks Hände greifen nach meiner Taille, als wir uns berühren, und er zieht mich an sich. Ich nehme meine Hände von seinem Gesicht und lege sie um seinen Hals und ich stelle mich auf meine Zehenspitzen, um ihm so nahe wie möglich zu sein. Es scheint, als ob es keinen Weg gibt, ihm nahe genug zu sein.

Und in dem Moment, als mein Hirn sich wieder einschaltet und die Tatsache oben ankommt, dass ich tatsächlich, wirklich und wahrhaftig Nick Cooper küsse, löst er sich von mir und tritt zurück. Ich bin wie benommen, dass seine Lippen nicht mehr da sind, und als ich meinen Blick auf sein Gesicht richte, sehe ich, wie ernst er ist. Unbewegte Miene. Besorgter Blick. Nicht der Gesichtsausdruck von jemandem, der endlich das Mädchen küsst, für das er so viel empfindet.

»Ghost«, sagt er. »Bevor wir … wir müssen reden.«

Die Realität stürzt auf mich ein. Ich habe eben meinen besten Freund geküsst, der eine Freundin hat. Vor allen seinen Freunden. Verdammt.

»Oh Gott, Nick. Das tut mir leid. Ich …«

Obwohl – er lächelt und auf seinem Gesicht entdecke ich keine Spur von Ärger. »Nicht hier draußen«, sagt er. »Komm mit.«

Nick nimmt meine Hand, verschränkt seine Finger mit meinen und lotst mich durch die Glastür. Sobald wir das leere Haus betreten, überkommt mich ein überwältigendes Gefühl der Vertrautheit. Ich bin noch nie in Nicks Haus gewesen, natürlich nicht, aber ich habe es auf Fotos gesehen, und als wir uns zum ersten Mal im Videochat unterhalten haben, hat er mich kurz herumgeführt. Wir gehen am Sofa vorbei, auf dem Nick das erste Mal geküsst worden ist (in der siebten Klasse von der Schwester von Alex' damaliger Freundin, während sie sich *Happy Feet* angeschaut haben), und ohne dass er mir den Weg zu zeigen braucht, weiß ich, dass es nach links in den Flur geht und dass Nicks Zimmer die erste Tür auf der linken Seite ist, mit einem Kratzer in der Farbe, dort, wo ein jüngerer Alex einen Drumstick nach einem jüngeren Nick geworfen und sein Gesicht nur haarscharf verpasst hat.

Nick öffnet die abblätternde Tür. Ich fühle mich an diesem Ort, der mir so vertraut ist, obwohl ich nie hier war, sofort zu Hause. Sein geschlossener Laptop auf dem geerbten Schreibtisch, an dem er die letzten vier Jahre gesessen hat und mit mir gechattet hat. Die Spiegeltür seines Kleiderschranks, vor dem er, bevor er ausgehen wollte, Ganzkörper-Selfies gemacht hat, um von mir grünes Licht für sein Outfit zu bekommen. Sein zerwühltes Bett, auf dem er auf seinem Kopfkissen gelegen und sich mit mir unterhalten hat, friedlich zusammengerollt mit dem Blick zur Wand. Ich lasse mich auf der Bettkante nieder, streiche mit meinen Fingern über die karierte Bettwäsche und versuche, mir vorzustellen, wie er hier liegt und mit mir spricht. Ich sehe zum Nachttisch hinüber und stelle mir sein Handy dort vor, wie es eine Nachricht von mir ankündigt und wie er sofort danach greift, genau wie ich sofort danach greife, wenn er mir schreibt.

»Ich fasse es nicht, dass du in meinem Zimmer bist«, sagt er und setzt sich neben mich. Direkt neben mich, sodass unsere Beine sich von der Hüfte bis zum Knie berühren.

»Nick, wegen draußen eben, ich wollte nicht –«

»Hör auf, Ghost.« Er legt seine Hand behutsam auf meinen Oberschenkel und dreht sich auf dem Bett, sodass er mir gegenübersitzt. Sobald er sein Bein weggezogen hat, fehlt mir die Berührung, aber seine Hand ist ein ganz wunderbarer Ersatz. »Ich möchte dir etwas zeigen.« Er beugt sich über mich zu seinem Nachttisch, auf dem ein zusammengewürfelter Stapel aus Büchern und Schulheften liegt. Er zieht eine abgegriffene Kladde aus der Mitte des Stapels und reicht sie mir. »Schlag auf.«

Ich habe keine Ahnung, was mich erwartet. Ich benutze diese Kladden, um im Unterricht mitzuschreiben, aber ich kann mir nicht vorstellen, warum er mir jetzt seine Englischhausaufgaben zeigen sollte. Allerdings braucht es nur einen kurzen Blick auf die Vorderseite, um zu begreifen, dass das hier kein Schulheft ist.

Auf dem weißen Etikett in der Mitte steht in Nicks krakeliger Jungenhandschrift: *Songs About Ghosts.*

Mein Herz rast, als ich eine Seite nach der anderen umblättere und Songtexte entdecke. Songtexte von Automatic Friday. Zeilen, geschrieben, durchgestrichen, wieder hingeschrieben. Gekritzelte Wörter, Songtitel oben auf den Seiten in dicken Blockbuchstaben, nachlässig hingeschmierte Listen von Reimen, Skizzen von Geistern in den Ecken. Ich streiche mit meinen Fingern über das Papier und kann die Stellen fühlen, auf denen der Stift die Worte geformt hat, durchdacht und zielgerichtet.

Die Texte eines jeden Songs, den ich geliebt habe, eines jeden Songs, den ich mir im Dunkeln angehört habe und bei dem ich Sehnsucht hatte. Worte, die in meiner Vorstellung immer nur für mich bestimmt waren.

In Nicks Handschrift.

»Sie sind alle über dich. Jeder einzelne.«

»Nick.« Ich habe mir immer gewünscht, dass er das zu mir sagt, aber mein Magen krampft sich vor Angst zusammen. »Was bedeutet das?« Die Worte bleiben mir im Hals stecken, aber ich weiß, dass ich sie herausbringen muss. »Was ist mit Frankie? Ich kann ihr das nicht antun. Ich hätte dich nicht küssen dürfen. Ich gehöre nicht zu diesen Mädchen, die –«

»Ach, Ghost.« Er nimmt sich die Kladde zurück und legt sie auf den Nachttisch, dann greift er nach meiner Hand und führt sie zu seinem Mund und küsst jeden meiner Finger. Alles in meinem Verstand brüllt, dass ich sie zurückziehen soll, obwohl Nicks Mund so sanft über meine Finger gleitet und meine Bewegungen komplett lähmt. Ich ziehe meine Hand aus seiner und stehe auf, um etwas Abstand zwischen uns zu bringen. Aber ich komme nicht sehr weit, denn er schnappt sich wieder meine Hand und zieht mich aufs Bett zurück.

»Frankie und ich haben Schluss gemacht. Heute Morgen.«

Die Erde hört auf, sich zu drehen. Bleibt mit einem Knirschen stehen. »Was?«

Worte sprudeln aus seinem Mund, so aufgeregt ist er, dass er mir alles so schnell wie möglich erzählen will. »Ich habe mit ihr Schluss gemacht, Ghost. Ich meine, in Wirklichkeit ging es von uns beiden aus. Wir mögen uns sehr, aber als Paar war es einfach nicht das Richtige, und das wussten wir. Eigentlich schon immer, aber als du gestern Abend plötzlich aufgetaucht bist, war es für mich so klar.« Er stößt einen langen Seufzer aus. »Ich hab sie heute Morgen angerufen und wir sind frühstücken gegangen und haben bei Pfannkuchen Schluss gemacht. Die sie umsonst bekommen hat.«

Ich bin mir ziemlich sicher, dass mir der Mund offen steht, als ich ihn anstarre. Anscheinend haben seine Lippen auf meinen Fingern auch bewirkt, dass ich die Sprache verloren habe.

»Sie hat erzählt, dass du ihr gestern Abend ein paar

gute Ratschläge gegeben hast.« Er legt den Kopf schief. »Hast du echt zu ihr gesagt, dass ihr Blog wichtiger sei als ich?«

Ich ziehe meine Hand weg. »Was? Nein! Das habe ich überhaupt nicht gesagt! Ich habe ihr gesagt, sie müsste sich entscheiden, ob ihr der echte Nick wichtiger wäre als der Nick, über den sie bloggt.« Ich lache kurz auf und jetzt nehme ich seine Hand und ziehe mit meinem Daumen Kreise auf seiner Handfläche. »Ich dachte, die Entscheidung wäre völlig eindeutig«, flüstere ich.

»Vermutlich hat sie dasselbe gedacht.« Er schließt seine Finger um meine Hand und drückt sie. »Und jetzt bist du hier. Und wir können von vorn anfangen. Du bist die Einzige für mich, das weißt du, oder? Warst du immer.«

Er umschließt mein Gesicht mit seinen Händen, als wäre ich etwas Zerbrechliches, das er schützen muss, und küsst behutsam meine Lippen. Ich schmelze in eine Hannah-Pfütze auf seinem Bett zusammen, weil seine Lippen so weich sind und er so sanft ist und ich mich wie im Himmel fühle. Er öffnet meine Lippen behutsam mit seiner Zunge und ich hebe meine Hände und fahre ihm durch die Haare, meine Finger streichen über seinen Hinterkopf, kämmen sein Haar.

Irgendetwas an dieser Liebkosung bringt ihn in Fahrt. Ein Stöhnen steigt tief aus seiner Kehle auf und er streift mit seinem Mund an meinem Ohr entlang nach unten, über meinen Nacken zum anderen Ohr und wieder zurück, atmet schwer und küsst meine prickelnde Haut. »Ghost« flüstert er wieder und wieder. Ich fühle mich wie in der Desperado; ich befinde mich im freien Fall, berauscht auf die bestmögliche Weise.

»Wieso seid ihr hergekommen?«, wispert er in mein Ohr.

»Alex«, schaffe ich herauszubringen. Es ist nicht leicht, einen klaren Gedanken zu fassen, wenn Nicks Hände und Lippen und seine Zunge überall sind, und noch nie hat es sich besser angefühlt, nicht zu wissen, was als Nächstes kommt.

»Verdammt«, sagt er. »Jetzt bin ich ihm was schuldig.« Sein Atem kitzelt an meinem Ohr und tatsächlich kichere ich. Ich habe keine Ahnung, was in mich gefahren ist.

Und dann, ich weiß nicht einmal, wie es passiert, liege ich auf meinem Rücken, er ist über mir. Wir haben aufgehört, uns zu küssen, sehen uns nur in die Augen, atmen heftig, versuchen, nicht zu blinzeln. Meine ruhelosen Finger haben seine Frisur völlig zerstört, das Blut ist ihm ins Gesicht gestiegen und meine Münze baumelt an der Kette von seinem Hals und streift über meine Brust und, oh mein Gott, ich kann nicht glauben, dass das hier wirklich passiert. Die Songs sind für mich und Nick küsst mich. Das ist mehr, als ich jemals geglaubt habe, mir wünschen zu dürfen.

»Ich wollte zu dir kommen«, sagt er.

»Wie meinst du das?«

»Ich wollte morgen nach Kalifornien fahren, Ghost. Es tut mir so leid, dass ich dich gestern Abend habe gehen lassen. Das hätte ich nicht tun sollen.« Er stützt sich auf einer Hand ab und streicht mit der anderen sanft eine lose Haarsträhne aus meinem Gesicht, dann lässt er seine Finger leicht über meine Wange gleiten. »Ich hab bloß ein bisschen Zeit gebraucht, um allein zu sein und nachzudenken. Ich musste mir über so vieles klar werden. Es waren zu viele Menschen um mich herum und es war zu viel los.«

Ich lächele ihn an, so unglaublich erleichtert. Ich öffne den Mund, um ihm zu erzählen, wie es mir ergangen ist, seit wir uns das letzte Mal gesehen haben, doch irgendwie endet das wieder in einem Kuss. Und das ist okay – reden können wir später. Küssen ist besser.

Eindringlicher jetzt, schneller, voller Vertrauen. Vorher hat er sich über mir abgestützt, aber jetzt legt er sein volles Gewicht auf mich, drückt mich nach unten. Seine Hände gleiten an meinen Hüften herab. Er legt sie um meinen Körper und zieht mich noch enger an sich heran. Ich drücke mich nach oben, versuche, mich so eng wie möglich an ihn zu schmiegen, während sein Mund immer noch auf meinem liegt, seine Zungenspitze fährt die Kontur meiner Lippen nach. Und ich denke an nichts anderes als an seine Lippen und seinen Körper und wie sehr ich das alles, was ich gar nicht kannte, vermisst habe.

»Es tut mir so leid«, sage ich bei der ersten möglichen Gelegenheit, als sein Mund zu der empfindlichen Stelle an meinem Ohr wandert.

Er hält inne und schaut mich verwirrt an. »Was tut dir leid?«

»Dass ich so lange gebraucht habe. Bis ich es gemerkt habe, meine ich.«

»Das braucht dir nicht leidzutun«, sagt er. »Wir waren noch nicht so weit. Jetzt sind wir es.«

Er löst seine Arme von mir und stützt seine Ellenbogen aufs Bett, rahmt mich damit ein. Er schaut zu mir herab und nimmt jeden Millimeter meines Gesichts in sich auf.

»Ich wollte dir bloß sagen«, ich strecke meine Hand aus, nehme seine Brille ab und lege sie auf den Nachttisch, »dass das hier die Achterbahn übertrifft.«

»Ghost«, sagt er. »Das ist das wildeste Kompliment, das mir jemals gemacht wurde.« Er lächelt mich an. Sein umwerfendes, offenes Nick-Lächeln. Er ist hier bei mir.

Im wahren Leben.

Danksagung

Hannah und Nick wohnen in meinem Herzen, seit ich 2012 angefangen habe, die ersten Worte dieser Geschichte niederzuschreiben, und während ich die Geschichte geschrieben, umgeschrieben und wieder umgeschrieben habe, habe ich unglaublich viel über Liebe und Freundschaft gelernt und darüber, ehrlich zu sich selbst zu sein. Ganz herzlichen Dank, dass Du dieses Buch liest und Hannah und Nick auf ihrer Reise begleitest!

Aus diesem Buch wäre nie mehr geworden als ein paar vage formulierte Ideen in einer zusammenhanglosen E-Mail, wenn Elizabeth Briggs nicht so brillant gewesen wäre. Danke, Liz, dass Du mir und diesem Buch vom Anfang bis zum Ende beigestanden hast.

Mein ganz spezieller Dank geht an die Menschen, die aus dieser Geschichte ein Buch gemacht haben. Jill Corcoran, meine Agentin: Danke für Deine Geduld, während ich zum Kern der Geschichte vorgedrungen bin, und für Deine Begeisterung und Unterstützung. Kat Brzozowski, meine fabelhafte Lektorin, ich kann mich wirklich glücklich schätzen, mit Dir zusammenarbeiten zu dürfen! Dank Dir habe ich bei jedem Schritt geliebt, gelernt und gelacht. Und an das großartige Team des St. Martin's Verlag: Ihr seid alle fantastisch! Ich schätze mich absolut glücklich, so viele talentierte Menschen an meiner Seite zu haben.

An all die wunderbaren Autoren und Freunde, die mir geholfen haben, als ich nicht mehr weiterwusste. Danke, dass Ihr für mich gelesen, mit mir gelacht und geweint und all meine verzweifelten E-Mails beantwortet habt. Jessica Cline, Dana Elmendorf, Melanie Jacobsen, Emery Lord, Kelsey Macke, Ghenet Myrthil, Kristin Rae, Kathryn Rose, Robin Reul, Keiko Sanders, Rachel Searles, Shana Silver, Katy Uppermann und Tameka Young: Jeder von Euch hat einen Handabdruck in diesem Buch hinterlassen und ohne Euch wäre es ein anderes – genau wie ich auch eine andere wäre.

Danke an die wundervollen Menschen des MFA-Programms der Spalding University und ganz besonders an meine Paris-Workshop-Gruppe, die mir dabei geholfen hat, den Anfang zu finden. Edie Hemingway: für Deine Unterstützung und Dein Anfeuern. Susan Campbell Bartoletti für Deine Genialität, aber auch dafür, dass Du eine ganz bestimmte Figur nicht mochtest und so dafür gesorgt hast, dass dieses Buch tausendmal besser wurde.

An Steve Soboslai und Punchline/Blue of Colors: Danke für Eure Musik. Hätte ich *Universe* nicht gehört, gäbe es weder Hannah noch Nick.

An Liz, Kat, Dana, Rachel und Amaris, Ihr seid meine Freunde und ohne Eure Unterstützung wäre ich verloren gewesen. Mit Euch zusammen kann man immer ein Glas Wein trinken, egal wie spät es ist. Und an meine NBC-Autoren: Danke, dass Ihr mir und diesem Buch vom Anfang bis zum Ende beigestanden habt.

An all die Menschen, mit denen ich in Vegas gewesen bin – was dort passiert ist, ist nicht in jedem Fall dort geblieben. Tipp fürs Leben: Wer die verrückten Geschichten, die ihm in Vegas passieren, nicht in einem Buch wiederfinden möchte, sollte niemals mit einem Autor nach Vegas fahren. (Hey, wenigstens habe ich keine Namen erwähnt.) Erin, Claire, Tameka, Rachael und Ashley: Ihr werdet immer meine Lieblingsreisepartner für Vegas bleiben. Ich kann's kaum abwarten, wieder mit Euch loszufahren.

An alle meine Schüler und Schülerinnen, ehemalige, jetzige und zukünftige – dieses Buch ist für Euch. An den 2014-Jahrgang der CHS: Das Buch hier habe ich geschrieben, als ich Euch unterrichtet habe – ich werde also immer an Euch denken, wenn ich es lese.

An meine Eltern, danke, dass Ihr mir immer Mut gemacht habt, meine Kreativität auszuleben. Und an meine Großmutter, danke, dass Du der wunderbarste Mensch bist, den ich kenne.

Und zum Schluss an meinen Mann, der auf meine aufs Geratewohl geschriebene Nachricht in einem AOL-Chat im Jahre 1998 geantwortet hat und seither nie aufgehört hat zu chatten, mich anzupiepen, mich anzurufen, Nachrichten zu schicken oder Videotelefonate zu führen. Danke, dass Du mein bester Freund bist und kein Internet-Troll.

Angela Mohr

Zwei Tage, zwei Nächte und die Wahrheit über Seifenblasen

Nik rennt vor seinen Schulden davon. Aino vor ihrer Schuld. Nik ist fasziniert von diesem Mädchen mit der zerbrechlichen Stimme – und fassungslos. Denn Aino will ins Kloster und schweigen, für immer. Gestrandet im Nirgendwo schließen die beiden einen Pakt: Aino verpfeift Nik nicht, der in Dauerschwierigkeiten steckt. Und Nik zeigt Aino, was sie auf dieser Welt verpasst. Für 48 Stunden steigen die beiden aus ihrem Leben aus. Aber wie beweist man jemandem, wie schön die Welt ist – mit einem Banküberfall, einem Besuch in einem Sexshop oder einer Nacht im Wald?

312 Seiten • Klappenbroschur
ISBN 978-3-401-60122-9
Beide Bände auch
als E-Books erhältlich

Natasha Ngan

Alba & Seven

Vertraue niemals der Erinnerung

Alba will nur eins: endlich aus ihrem goldenen Käfig im Nordbezirk Londons ausbrechen. Als Tochter des mächtigsten Mannes des Landes ist ihre Zukunft jedoch längst vorherbestimmt. Die letzte Chance, frei zu sein, kommt in Gestalt eines jungen Diebes: Seven. Und der ist nicht nur total unverschämt, sondern auch Mitglied einer Straßengang, die mit gestohlenen Erinnerungen auf dem Schwarzmarkt handelt. Ausgerechnet ihm folgt Alba zum ersten Mal in den Süden. Doch in einer Welt, in der keine Erinnerung privat ist, bleiben auch Geheimnisse nicht lange verborgen ...

Arena

432 Seiten • Gebunden
ISBN 978-3-401-60138-0
www.arena-verlag.de

Stefanie Gerstenberger / Marta Martin

Zwei wie Zucker und Zimt

Charlotte, genannt Charles, ist einfach nur wütend! Wie kann man nur so nachgiebig sein wie ihre Mutter Marion? Da passiert es: Am Morgen nach einem Streit wacht Charles plötzlich in Marions Jugendzimmer auf. Charles ist in der Zeit zurückgesprungen und sieht sich ihrer fünfzehnjährigen Mutter gegenüber! Marion trägt grässliche Latzhosen, badet nackt und tobt sich aus in den wilden Achtzigern. Charles ist erst fassungslos – und dann fasziniert. Wird sie jemals zurück in die Zukunft gelangen? Und will sie das überhaupt?

344 Seiten • Gebunden
ISBN 978-3-401-60129-8
Beide Bände auch
als E-Books erhältlich

Muffins & Marzipan

Ella will das große Glück. Da passiert es: Sie wird für eine Hauptrolle bei einem Kinofilm gecastet! Dabei bekommt sie Unterstützung von unerwarteter Seite. Familienhund Ewan spricht plötzlich mit ihr! Er hilft Ella mit trockenen Kommentaren durch den Alltag am Set und bewahrt sie vor peinlichen Szenen mit Jeremy, in den sie sich verliebt hat. Doch was beim Dreh gelingt, führt noch lange nicht zum Happy End ...

Arena

376 Seiten • Gebunden
ISBN 978-3-401-60218-9
www.arena-verlag.de

Kira Gembri

978-3-401-60149-6

Wenn du dich traust

Lea zählt - ihre Schritte, die Erbsen auf ihrem Teller, die Blätter des Gummibaums. Sie ist zwanghaft ordentlich und meistert ihren Alltag mit Hilfe von Listen und Zahlen. Jay dagegen lebt das Chaos, tanzt auf jeder Party und hat mit festen Beziehungen absolut nichts am Hut. Niemals würde er freiwillig mit einem Mädchen zusammenziehen, schon gar nicht mit einem, das ihn so auf die Palme bringt wie Lea. Sonnenklar, dass es zwischen den beiden heftig kracht, als sie aus der Not heraus eine WG gründen ...

978-3-401-60228-8

Ein Teil von uns

Ein Draufgänger, der sich von einem Risiko ins andere stürzt – das wäre der 19-jährige Aaron gerne. Stattdessen sitzt er seit seinem Nierenversagen fünfzehn Stunden pro Woche im Krankenhaus und erlebt Abenteuer nur im Kopf. Nia hingegen kann auf Abenteuer gut verzichten. Vor lauter Angst, ihre strengen Eltern zu enttäuschen, geht sie lieber gar keine Risiken mehr ein. Klar, dass es nicht gerade Liebe auf den ersten Blick ist. Aber keiner von beiden hätte sich je träumen lassen, dass ein Streit im Krankenhaus sie zum Abenteuer ihres Lebens führen könnte – und bis ans andere Ende der Welt ...

978-3-401-60219-6

Wir beide in Schwarz-Weiß

Als Alex auf die quirlige Kunststudentin Kris trifft, glaubt er, seine Seelenverwandte gefunden zu haben. Denn auch Kris liebt die Herausforderung und den Nervenkitzel, besonders die Performancekunst hat es ihr angetan. Mit Kunst hat Alex zwar überhaupt nichts am Hut, aber für Kris würde er so ziemlich alles riskieren ... selbst wenn er sich damit in große Gefahr bringt.

Arena

Auch als E-Books erhältlich.
Die Hörbücher erscheinen
bei Audio Media.

Jeder Band:
Gebunden
www.arena-verlag.de